분지의 두 여자

분지의 두 여자

강영숙
장편소설

은행나무

차례

분지의 두 여자 7

작가의 말 227

아기를 발견한 사람은 오민준이다. 서울시 동남권 지역 두 개 동을 관할하는 전 직원 30명 규모의 청소 용역 업체 클린이웃컴퍼니 직원 오민준. 그는 서울 시민들이 생활쓰레기를 담아 내놓는 종량제 봉투를 치우는 일을 한다. 주 6일 근무에 밤 아홉 시부터 새벽 다섯 시까지 여덟 시간 일하고 4대 보험이 적용된다. 그는 일곱 시 사십 분경 사무실에 도착해 출근 기록기에 체크하고 탈의실로 들어간다. 사무직원 한두 명을 빼고 나머지 직원들이 같은 동선으로 일할 준비를 한다. 담당 구역에 따라 3인 1팀이다. 탈의실 의자에 걸터앉아 티셔츠를 벗고 옷을 갈아입을 때 입사한 지 얼마 안 된 동료 현수가 탈의실로 들어온다. '회사 좀 옮기고 싶다!' 민준이 매일 하는 생각이다. 그가 원하는 것은 동남권 관할 용역회사들 중 좀 더 규모가 크고 복지 수준이 나은 곳으로의 번듯한 이직이다. 민준이 현수 쪽을 보며 묻는다. "좀 적응돼가냐?" 현수는 일한 지 겨우 삼 개월쯤 됐다. 셔츠를 벗는 현수의 손등과 팔목이 상처투성이다. "네 그럭저럭요." 민준이 현수를 슬쩍 쳐다보며 또 이직 이야기를 꺼낸다. "회사 옮기고 싶지 않냐?" 민준의 말에 현수는 피식 웃으며 대답한다. "저는 지금도 불만 없어요." 민준은 이직에 성공한 자신을 상상해본다. 서초·강남·송파·강동 중 한 곳이면 더 바랄 게 없다. 그런 곳이 아닐 바에는 사무실이 많아 생활쓰레기 분량이 적은 중구 지역이 차라리 낫다. 특히 서초와 강남은 고용된 모든 청소 용역에게 얼굴을 보호하는 특수 고글을 지급한다. "겨우 그 고글 때문에 옮기고 싶다고 하는 거예요?" 오민준이 특수 고글 얘기를 할 때마다 동료들은 모두 같은 반응이다. 그렇다. 오민준이 이직하고 싶은 이유는 오로지 특수 고글 때문이다. 섭씨 30도가 넘는 징글징글한 한여름에 종량제 쓰레기봉투가 터지며 쏟아져 나오는 반려동물이나 사람의 배설물이 얼굴을 강타하는 경험을 해본 사람만이 그의 욕망을 제대로 이해할 수 있다. 쓰레기를 이렇게 버리니까 동네가 발전이 없지. 쓰레기를 이렇게 버리니까 범죄가 많이 일어나지. 쓰레기를 이렇게 버리니까 나라가 이 모양이지. 쓰레기를 이렇게 버리다니! 그는 혼자서 서울을 상대로 싸움이라도 걸 태세다. 오민준은 자신이 속한 구역에 거주하는 주민들, 서울 시민들을 통틀어 경멸한다. 좀 잘살게 됐다고 사람 무시나 할 줄 알지, 쓰레기 하

나 제대로 못 버리는 한심한 인간들이 서울 시민들이다. 두고
봐, 다들 언젠가는 반드시 엄청난 대가를 치를 거야. 오민준
은 감정이 격해질 때마다 특수차에 종량제 봉투를 던져 넣으
며 계속해서 중얼거린다. 스물여덟에 시작한 이 일을 서른이
넘고 서른두 살이 되도록 이어온 건 매달 정해진 날짜에 꼬박
꼬박 입금되는 월급 때문이다. 그게 아니었다면 원룸을 마련
할 수도 없었을 것이다. 아버지가 빚만 남기고 돌아가신 이후
로 나날이 늘어가는 어머니의 잔소리에 지친 민준은 독립하
고 싶었다.

　새벽 한 시에 간식을 먹는다. 오민준을 포함한 팀원 셋이
편의점으로 들어간다. 세상 진지한 얼굴로 휴대폰을 들여다
보던 교복 입은 학생이 순간 화들짝 놀라며 손가락으로 코끝
을 쥔다. 6월 말에, 섭씨 30도 가까운 기온에, 몇 시간째 쓰레
기종량제 봉투를 차에 싣는 일을 한 사람들에게서 냄새가 나
지 않을 수 있나. 처음에는 냄새 때문에 생수 한 모금도 제대
로 마실 수 없었다. 학생뿐만 아니라 편의점 알바생도 이들이
들어가자 노골적으로 싫은 티를 내며 마스크를 고쳐 쓴다. 쓰
레기봉투 적재용 특장차 운전이 주 업무인 김 팀장은 제로 콜
라, 봉투의 수거와 적재를 담당하는 현수는 이온음료, 민준은
바나나우유를 고른다. 술을 마시는 건 근무 원칙상 허용되지
않지만 운전을 하지 않는 사람은 몰래 마시기도 한다. 하지만
민준은 일하는 동안은 절대 술을 마시지 않는다. 술로 망친

인생은 아버지 하나로 충분하다. 에어컨 바람이 시원해 편의점 안에서 먹고 싶지만 눈치가 보인다. 겨우 몇 분일 텐데, 다른 사람들에게 폐를 끼치고 싶지는 않다. 게다가 청소부 옷차림은 형광색이기도 하고 옷 여기저기 주머니며 부착물도 많아 편의점 알바도, 막 들어오는 손님도 시선이 곱지 않다. 세 사람은 자연스레 밖으로 나온다. 편의점 입구의 파라솔 아래가 그들의 자리다. "오늘 봉투가 유난히 많다." 새벽이 깊어질수록 쓰레기봉투는 점점 많아진다. "에효, 늘어나는 건 쓰레기뿐이고." 김 팀장이 한 손으로 라이터를 들어 높이 던져 올린다. "서초, 강남은 트라우마 치료도 다 같이 한다는데, 우린 이게 뭐야." 김 팀장도 민준에게 전염됐는지 서초 강남 타령이다. 운이 나쁘면 고양이나 개의 사체를 보기도 한다. 그러면 어떤 경우 과호흡이 오기도 하고 한동안 일을 못 하게 되기도 한다. 트라우마 치료는 그런 직원들을 위한 프로그램이다. 그때 현수가 나지막한 목소리로 질문한다. "근데 왜 직원들이 밥을 다 같이 먹어야 해요?" 김 팀장과 민준이 힘없이 피식 웃는다. "야야, 밥을 다 같이 앉아서 먹는 게 중요한 게 아니고, 남들 밥 먹는 시간에 우리도 먹는 게 중요한 거지." 현수는 민준의 말을 듣고는 이제 이해했다는 듯 고개를 끄덕인다. 현수는 이십대로 급하게 현금이 필요해 청소 용역을 하고 있다. 높은 금리의 신용카드사 현금서비스를 썼거나 사채를 썼을 수도 있다. 단순히 직업이 필요해 이 일을 시작한 사람은 하루 만에, 혹은 삼일 만에 그만두기도 한다. 비위가 약한 사람은 초기에는 거의 밥을 먹지 못한다. 현수도 초반에는 물도 마시지 못했다. 하지만 현수는 지금 삼 개월째다. 삼 개월만 잘 버티면 일 년을 버티는 것도 가능하다. 새벽 시간은 빠르게 흐른다. 편의점 출입문이 열리고 아르바이트생의 한쪽 어깨가 쏙 삐져나온다. "손님, 여기서 담배 피우시면 안 됩니다." 편의점 문에 매달린 종이 흔들리며 요란한 소리를 낸다. 아르바이트생이 어깨를 다시 넣고 출입문을 닫는다. "아, 저 새끼. 우릴 하루 이틀 보나." 막 담배를 피우려던 김 팀장이 툴툴댄다. "팀장님, 알바 바뀐 거 같아요. 어제 일하던 애 아니에요. 명찰에 이름이 달라요. 지난번에 봤을 때는 박 솔이었나 그랬는데, 오늘은 아니에요." 현수가 먼저 파라솔을 벗어난다. 김 팀장도 목에 건 수건으로 얼굴의 땀을 닦으며 먼저 일어선다. 오민준은 다 마신 바나나우유 통을 들고 편의점 안으로 들어가 재활용 통에 버리고 나온다. 둘은 벌써 트럭에 탔고, 민준은 트럭 표면을 탕탕 두드리며 '고고'를 외친다. 휴식 시간은 늘 짧고 시간은 매우 빠르게 흐른다.

쓰레기 수거차가 언덕길에서 정차한다. 비교적 높은 지대에 있는 소형 다세대주택 밀집지다. 민준의 원룸도 이 근처에 있다. 이곳은 지대가 높아 차가 중턱까지만 올라갈 수 있다. 그래서 청소부들이 일일이 걸어 올라가 쓰레기봉투를 가지고 내려와서 일정한 장소에 쌓아둔 뒤 다시 수거차에 실어야 한다. 이 구역이 어쩌면 가장 난코스다. 김 팀장이 공원 옆에 수거차를 세운다. 차는 더 이상 올라갈 수 없다. 김 팀장이 끙 소리를 내며 힘겹게 운전석에서 나온다. 그는 곧장 공원 왼쪽의 다세대주택 밀집지 쪽으로 올라간다. 현수는 젊고 신입이어서 늘 직선으로 뻗은 가장 높은 쪽 골목 양쪽의, 높지만 비교적 시야 확보가 용이한 집들 담당이다. 그는 귀에 이어폰을 낀 채 계단을 두 칸씩 성큼성큼 올라간다. 민준도 이십대에는 계단을 두 칸씩 뛰어오르곤 했지만 지금은 무리다. 비탈진 오른쪽 아래 골목이 민준 담당 구역이다. 민준의 전화기에서 재난경보메시지가 울린다. 한밤중의 오존주의보다. 세 사람은 각자 맡은 곳에서 종량제 봉투를 가지고 내려와 공원 앞 편평한 지대에 쌓아놓고는 다시 흩어져 세 곳의 구역으로 간다. 세 사람은 한 시간 정도 미친 듯이 종량제 봉투를 들어 공원 입구까지 나른다. 머리에서 흘러내리는 땀이 사정없이 눈 안으로 들어간다. 이래서 고글 타령을 하는 것이다. 오민준은 장갑 낀 팔을 치켜들고 눈자위를 누른다. 자기 구역 일을 모두 끝낸 민준이 김 팀장을 돕는다. 작은 집들이 밀집된 공원 쪽은 골목 모퉁이마다 봉투가 놓여 있어 욕심을 내서 빨리 옮기려다가는 각도를 잘못 잡아 허리를 삐끗하기 쉽다. 김 팀장 혼자서는 무리인 구간이다. 민준이 수거차가 세워져 있는 공원 입구로 들어가 공원을 가로질러 왼쪽으로 움직이는 순간, 공원 한가운데 조형물이 있는 곳에서 고양이 울음소리가 들린다. 몸통이 검은 고양이 한 마리가 조형물 뒤에서 나와 유유히 잡풀 속으로 사라진다. 흔하디흔한 서울의 밤 풍경이다. 순간 오민준은 가끔씩 앉아서 담배를 피우기도 했던 조형물 옆 벤치 쪽을 가볍게 넘겨다본다. 삼각형 모양의 조형물 주변에서 이상한 소리가 들린다. 발걸음을 옮길 때마다 공원 바닥에 깔린 돌들이 내는 소리를 들으며 오민준은 성인의 키만 한 철제 조형물 앞까지 걸어간다. 조형물에는 이 지역의 역사를 배경으로 지었다는 노래 가사인지 시 구절인지가 인쇄되어 있다. 오민준은 조형물 앞에 서서 주변을 돌아본다. 곧이어 이상한 소리가 다시 들린다. 이런 곳에서는 상상할 수 없는 소리다. 아까 들려온 고양이 울음소리와는 확연히 다른 낯선 소리에 민준은 주머니에서 손전등을 꺼내 조형물 뒤쪽을 비춘다. 고양이 몇 마리가 순식간에 흩어져 숨는다. 오민준은 손전등으로 아래를 비춘다. 그는 숨이 멎을 듯하다 겨우 한마디 토해낸다. "아기다." 어두운 바닥에 놓여 있는 바구니 안에 흰 덩어리가 하나 있다. 그 덩어리를 감싼 흰 천은 고양이 발자국으로 더럽혀져 있다. "진짜 아기네." 민준은 또 확인하듯 중얼거린다. 흰 천에 싸인 채 턱에 힘을 주고 고개를 옆으로 돌리고 있는 작은 공만 한 아기의 얼굴이 보인다. 민준은 얼굴에서 땀이 떨어질까 뒤로 물러선다. 그때 수거차의 압력 장치를 작동시키는 기계음이 들린다. 쓰레기봉투를 차에 실어 올리기 시작한 것이다. 빨리 수거차로 이동해야 하는데 민준은 계속 중얼거리며 서 있다. "아, 겁나 하얗고 깨끗해!" 오민준은 어렵게 장갑을 벗어 바닥에 팽개친다. 그리고 맨손으로 바구니 안에 밀어 넣어둔 천 솔기를 잡고 천 한 가닥을 걷는다. 아기가 불빛을 피해 반대 방향으로 고개를 조금 돌린다. 오민준은 아기를 이렇게 가까이 보기는 처음이다. "자는 건가." 오민준은 아기를 보며 이상한 기분에 빠져든다. 이런 상황은 낯설다. 보는 사람은 없는지 민준은 순간 뒤를 돌아본다. 그리고 아주 잠깐 깊은 생각에 빠졌다가 바구니를 집어 든다. 그리고 공원 주변을 살펴본 뒤 자신의 집 쪽으로 빠르게 걸어간다. 본 사람이 한 명도 없으니 지금 아기를 집에 두고 오면 아무도 모를 거라 확신하면서. 민준은 바구니가 흔들리지 않게 중심을 잡은 채 가로등 불빛도 없는 골목으로 사라진다.

특장차인 3.5톤짜리 수거차는 안으로 미는 압력 장치가 작동되어 트럭 안쪽 깊숙이 종량제 봉투를 계속 밀어 넣는다. 이 업계에서는 비교적 후발 업체인 청소 용역 업체 클린이웃컴퍼니, 이 업체에서 오민준은 가장 성실한 청소 용역 중 한 명이다. 그는 서울시가 위탁한 청소 용역 회사의 직원으로 나름 보람도 느낀다. 그는 동남권 도심 구역에서도 가장 유동인구가 많은 환호재래시장 인근의 다세대주택지인 '바 4, 5, 6 구역' 담당이다. 김 팀장과 민준 그리고 현수는 눈이 오나 비가 오나 3.5톤짜리 트럭에 3.3톤 정도의 생활쓰레기를 압축해서 담아 지역 집하장까지만 운반한다. 지역 집하장은 구역마다 있다. 민준이 속한 구의 지역 집하장은 대규모 운동 공원 시설 옆에 있는데 지하 1층부터 3층까지 음식쓰레기, 생활쓰레기, 재활용쓰레기로 분리해 집하하도록 되어 있다. 민준은 인천이나 마포에 있는 매립시설까지는 가보지 못했다. 그런데 지금 민준은 평소 일할 때의 긴장감을 잊고 정신이 온통 아기한테 가 있다. 이럴 때 잘못하면 사고가 나기 십상이다. 민준과 현수가 적재함 안으로 쓰레기봉투를 던져 올린다. 쓰레기봉투가 터져 액체가 튀든 말든 민준은 아기 생각뿐이다. "다 됐냐?" 운전석에 앉은 김 팀장이 후방 카메라를 보며 묻는다. "다 돼갑니다." 민준이 대답하고 현수는 말없이 움직인다. 수거차는 어느 정도 골목을 후진해 내려간 후 방향을 바꾼다. "오늘 꽤 오래 걸리셨네요." 현수가 민준에게 묻는다. 민준은 헛기침을 하고 되는대로 대답한다. "새끼 고양이를 봤거든. 귀여워서 키우려고 집에 데려다 놓고 왔어." 오민준은 말을 하면서도 역시 자신은 거짓말에는 소질이 없다는 걸 절감한다. 사실은 아기가 잘못됐을까 봐 불안하다. 처음에는 아기 숨소리가 들렸지만 어느 순간부터는 아예 아무 소리도 들리지 않았던 것이다. "아 근데 차 안에서 좀 이상한 냄새나는데." 현수가 차 안을 둘러본다. "무슨 냄새?" 민준이 묻는다. 민준은 깜짝 놀라며 몸을 와르르 떤다. "무슨 요거트 냄새

비슷한 거 같은데." 현수는 코를 흠흠거리며 냄새의 진원지를 찾는다. "요거트는 무슨." 민준이 관심을 돌린다. 수거차가 막 대로변으로 접어든다. 두 사람에게 아기 얘기를 해볼까, 민준은 잠깐 고민한다. 그들이 일하는 구역에서 아기가 발견되기는 처음이라서 회사 전체에 바로 소문이 날 것이 틀림없다. 지금은 새벽 세 시 삼십 분이다. 일을 마치는 다섯 시까지는 아직 두 시간이 남아 있다. 김 팀장과 현수는 쓰레기를 싣고 지역 집하장으로 가 쓰레기를 내려놓은 뒤 회사로 가 차를 세우고 샤워를 한 뒤 순대국밥 집으로 갈 것이다. 오늘은 소주를 한 병쯤 마시겠지. 새벽에 일을 마치면 말로 다 할 수 없는 허기가 몰려와 뭐든 먹지 않을 수가 없다. 그러나 그것도 어느 정도 일이 숙련된 다음의 일이다. 처음엔 아무것도 먹지 못한다. 물은커녕 약도 못 먹고 커피도 못 마신다. 오민준은 처음 일을 시작했을 때 거의 10킬로그램이나 살이 빠졌지만 지금은 거의 정상 체중으로 돌아왔다. 이 직업의 가장 안 좋은 점은 어쩌면 바로 그것이다. 일이 익숙해지면서 새벽에 밥이든 술이든 먹고 마시게 된다는 것! 오민준은 마음이 급해진다. "팀장님 저 여기서 먼저 내리겠습니다. 오늘은 바로 퇴근할게요." 팀장이 얼굴을 돌리고 인사한다. "그래 먼저 들어가. 내일 보자." 민준은 왠지 신이 나서 평소보다 더 활기차게 말한다. "현수 뒷정리 잘해라." 수거차에서 내린 오민준은 벼락처럼 귀에 꽂히는 새벽녘 자동차 소리를 들으며 빈 택시가 보이는 쪽으로 뛰어간다. 최근 들어 이렇게 심장이 뛴 적은 없었다. 왜 갑자기 이토록 흥분된 감정 상태가 되었는지 의아할 뿐이다.

샤오는 생계 때문에 대리모가 되는 사람이다. 샤오는 삼계탕을 파는 식당에서 일한다. 3호선 안국역에서 내려서 현대건설 본사 쪽으로 걸어 올라가다 보면 길 쪽으로 낸 나무 테라스가 있는 커피숍이 보인다. 그 커피숍을 끼고 좌회전하면 다른 골목이 나온다. 그리고 정확히 이백열 걸음 정도를 세면 전통 기와집의 외관을 한 식당에 도착한다. 골목에 내어놓은 에어콘 실외기 때문에 골목 전체가 뜨겁다. 식당 담벼락에 널어둔 직원들 유니폼이 바람에 펄럭이는 게 보인다. 설마 샤오의 출근을 환영하는 걸까. 길고양이 둘이 시간차를 두고 배를 뒤집어 보여준다. 식당이 가까워질수록 골목 바닥 색깔이 짙어진다. 바람을 타고 닭 비린내가 솔솔 풍겨온다. 샤오는 식당 바로 옆 잡화 가게에 들어가 말보로 한 갑과 일회용 라이터를 산다. 그리고 기와집 모양의 식당 건물 대문을 열고 안으로 들어간다. 현관 옆 출근 체크기에서 '샤오'라고 적힌 카드를 뽑아 기계에 넣어 출근시간을 체크한다. 달칵 하는 소리는 언제 들어도 경쾌해서 살아 있음을 느끼게 해준다. 청색 잉크로 찍힌 출근 시간을 확인한 뒤 샤오는 탈의실로 들어간다. 샤오는 그녀가 즐겨 보던 중국 드라마 여주인공 이름이다. 샤오는 중국 사람이 아니다. 샤오는 한국 사람이다. 그럼에도 샤오는 자신의 한국 이름을 사용하지 않는다. 그녀는 자신의 이름을 직종에 따라 상황에 따라 자주 바꾼다. 이름을 바꾸면 이상하게도 힘든 일이 덜 힘들게 느껴지기도 하고, 자기 인생이 아닌 샤오라는 남의 인생을 사는 것 같은 기분도 든다. 샤오 말고 다른 외국어 이름도 있는데, 기억하기 쉽고 부르기 쉬운 닉네임을 지어 사용한다. 단기로 고용되어 일할 때는 한국인인 것보다 외국인인 척하는 것이 지내기 편할 때도 있다. 같이 일하는 사람들은 한국말을 잘한다고 칭찬하기도 한다. 삼계탕 집 종업원들이 퀴즈를 냈었다. 샤오는 어느 나라 사람일까? 샤오는 몇 살일까? 맞추면 만 원! 이 퀴즈 대회에서 샤오의 머리색이 까만 터라 북한 사람일지도 모른다는 추측이 나오기도 했다. 사람들은 샤오를 자연스럽게 중국 사람, 조선족으로 안다. 샤오가 그런 말을 해서는 아니다. 샤오는 가만히 있지만 손님들은 자연스럽게 그녀를 조선족으로 단정한다. 샤오는 다른 사람보다 삼십 분 일찍 식당에 출근한다. 그렇게 하면 아주 빨리 고용주들로부터 신뢰를 얻을 수 있다. 신뢰를 얻지 못하면 허드렛일을 더 많이 한다. 계속해서 집게로 무거운 삼계탕 뚝배기를 들어 옮기거나 설거지를 해야 한다. 삼계탕이 든 뚝배기는 굉장히 무겁다. 샤오는 중국어와 일본어를 조금씩 하는데 모두 다 식당 일을 하면서 동료들에게 배웠다. 식당에서 오가는, 먹고사는 데 필요한 외국어다. 지금 샤오는 식당의 문 안팎에서 일어나는 모든 일에 관여한다. 샤오는 여기서 일 년 정도 일했고 베테랑이다. 주방 뒷문을 통해 샤오가 출근하던 골목길로 바로 나갈 수 있다. 골목 화단 아래 커다란 스테인리스 깡통 안에는 담배꽁초가 수북하다. 이미 종업원 두 사람이 나와 서서 담배를 피우고 있다. 한 사람은 최근에 들어온 태국 여자 '키우'이고 또 한 사람은 주방에서 일하는 '춘식'이다. 춘식은 하루 종일 불 앞에 서서 토치 두 개를 들고 가스 불을 붙여가며 삼계탕을 끓이는 사람으로 진짜 조선족이다. 춘식의 상의는 이미 땀으로 젖어 있다. "샤오 누님, 요즘 얼굴 좋아지네." 춘식은 늘 기분 좋은 말만 한다. 그때 옆에 서 있던 키우가 샤오를 향해 고개를 숙인다. 샤오는 담배를 피울 때는 말을 섞고 싶지 않다. 북촌의 하늘 위로 흘러가는 흰 구름을 보거나 골목 바닥에 덕지덕지 붙은 기름때의 무늬를 내려다보는 것이 좋다. "누나, 나중에 맥주 한잔해요." 춘식은 담배 꽁초를 깡통에 던지고 열어놓은 뒷문을 통해 주방으로 들어가며 샤오에게 말한다. 이내 샤오도 춘식의 뒤를 바싹 따라 들어간다. 춘식은 들어가자마자 낚시 장화로 갈아 신는다. 부엌 한가운데 썻어둔 분홍색 닭이 트레이 위에 높이 쌓여 있다. 춘식은 뚝배기에 닭을 하나씩 담아 육수를 붓고 간을 해 끓이기 시작한다. 한 번에 뚝배기 스무 개씩 동시에 끓인다. 윗옷을 벗은 채 땀을 흘리며 삼계탕을 끓이는 춘식의 뒷모습을 보면 샤오의 머릿속엔 어떤 이미지가 떠오르곤 한다. 어릴 때 본, 다리 아래에서 개를 잡아 불에 태운 뒤 가마솥에 넣고 끓이던 그런 남자들의 이미지다. 샤오는 소름이 끼쳐 갑자기 머리를 흔들며 주방 바닥을 둘러본다. 주방 바닥으로 쥐가 돌아다닌다. 샤오는 쥐와 여러 번 마주쳤다. 가끔 주방에서 커다란 쥐를 만나는 꿈을 꾸기도 한다. 손으로 커다란 쥐를 잡아 직원들에게 보여주는 꿈이었다. 이제 곧 하루 장사가 시작된다.

　샤오는 각각 분리된 세 개의 커다란 홀 중 목련관 담당이다. 샤오보다는 나이가 많은 직원들 세 명, 그리고 샤오까지 넷이서 목련관을 맡아 관리한다. 식당의 전 관에는 CCTV가 있다. CCTV는 손님은 물론 직원들의 일거수일투족을 기록한다. 종업원 옷차림, 헤어캡 착용 여부, 신발 상태, 손님 응대할 때의 표정, 무전기 착용 여부 같은 것도 확인한다. 근무시간에는 휴대폰 보는 것도 금지다. 오전 열한 시부터 오후 세 시까지는 모두 다 정신없이 움직인다. 다른 직원이 삼계탕을 나르다가 힘에 부쳐 식탁에 쏟았고 손님이 불쾌감을 표하는 장면이 CCTV에 그대로 나온 적이 있다. 샤오를 싫어하는 중간관리자 한 명이 흠집을 내려고 사장에게 일렀다. 그는 샤오가 담배를 피우는 횟수까지도 사장에게 보고했다. 그래도 사장은 늘 샤오 편이다. 식당은 하루 종일 브레이크 타임도 없이 삼계탕을 판다. 그런데 조류인플루엔자가 퍼진 뒤부터 영업에 타격이 왔다. 샤오는 삼계탕 집을 그만둬야 할지도 모른다. 그렇게 되면 생계가 막막하다. "야, 샤오야, 지난 주에만 우리 농장에서 몇 천 마리를 묻었어. 농장 근처의 닭은 물론 메추리, 오리까지. 이젠 아무것도 남은 게 없다. 땅속에 다 갖다 묻었다." 사장의 얼굴은 까맣게 타들어가고 있다. 사장 자리 뒤에 세워둔 텔레비전에서 조류인플루엔자로 인한 닭 농가의 폐사 소식이 담긴 영상이 계속 나온다. 방역 공무원들이 일을 하고 있는 모습도 나온다. 닭을 집단 폐사시키는 장면이 직접적으로 나오지는 않지만 충분히 상상할 수 있다. 흰 방역복을 입고 헬멧을 쓴 사람들이 가스로 죽인 닭을 태우거나 땅속에 묻을 것이다. 샤오는 구역감이 올라오는 걸 겨우 참는다. "철새들이 오는 한겨울, 12월 달도 아닌데 말이야, 농장이 아비규환이야 지금. 문제는 이 지경에, 손님들이 삼계탕 먹으러 올 거냐는 거야. 이럴 때 누가 먹겠어. 나라도 삼계탕 안 먹어." 사장은 내장이 타고 똥줄이 탄다. 계속 담배를 피우고 계속 어딘가로 전화를 걸어 화를 낸다. 사장의 얼굴은 반쪽이 됐고 그 부인의 이마에는 선명한 세로 주름이 생겼다. 농장주이자 영업점주이기도 한 사장은 재빨리 지역 내의 식당 업자들을 모아 정부에 대책 마련을 위한 압력을 행사하려고 한다. 그는 어느 때보다 이 상황에 분노한다. 늘 세상을 자기 맘대로 살던 사람이어서 자기 생각대로 일을 해결할 수 없는 걸 참을 수 없다. 그래서 그는 걷잡을 수 없이 화를 낸다. 조류인플루엔자는 야생에서 사는 새들이 바이러스를 보유한 상태에서 닭이나 오리 같은 가금류에 접촉할 때 퍼진다. 새들의 배설물도 위험하다. 조류인플루엔자에 걸린 새와 접촉했을 때 가금류의 치사율이 50퍼센트에 이른다. 아직까지 국내에서 조류인플루엔자가 사람을 감염시켰다는 보고는 없다. 그러나 다들 공포에 떤다. 전국에서 운영 중인 치킨 집은 도대체 몇 개일까. 여름철 초복 중복 말복 시즌이면 대기 손님 줄이 골목을 다 채울 정도이고, 평소에도 점심시간이면 빈자리가 없이 손님이 몰려오던 식당 안이 휑하게 비어 있다. 종업원들은 갑자기 한가해져서 몸 둘 바를 모른다. 지붕들 사이로 보이는 맑은 하늘을 올려다보며 스트레칭을 하거나 마음껏 휴대폰을 내려다봐도 지적하는 사람 하나 없다. "자 오늘은 홀 청소나 합시다!" 갑자기 예정에 없던 청소 지시가 내려진다. 모두 홀 바닥을 닦고 미세하게 생긴 검정 얼룩이나 벽에 생긴 거미줄을 없앤다. 오래전 식당 구석구석에 넣어둔 바퀴벌레 소탕 키트를 꺼내 겔을 넣은 뒤 새로 설치하고 쥐약도 놓는다.

행복하게도 점심 메뉴는 삼계탕이다. 평소 팔리는 삼계탕 분량의 반도 팔리지 않아 종업원들은 점심과 저녁, 매끼 삼계탕을 먹는다. 조류인플루엔자에 오염된 닭이 아니기를 바랄 뿐이다. 조류인플루엔자가 퍼지지 않았다면 사장이 종업원들에게 삼계탕을 주지는 않았을 것이다. 평소에 직원들에게 점심과 저녁으로 주는 메뉴는 감자를 넣은 오뎅국이나 오이를 썰어 넣은 냉미역국에 개별 포장된 김 한 개씩이다. 그런 음식에 비하면 삼계탕 국물은 굉장히 맛있다. 사장이 고안한 특별한 레시피를 쓴다는 얘기도 있고, 화학조미료를 넣어 진한 스프를 만들어낸다는 얘기도 있고, 동남아의 어딘가에서 만든 스프만 비행기로 가져온다는 얘기도 있다. 소문이야 어쨌든 이 집 삼계탕은 정말 맛있다. 그것이 조류인플루엔자에 걸린 닭이라 할지라도. 샤오는 고열에서 가열하면 전염은 막을 수 있다는 말을 믿고 싶다. 평소에 뉴스를 잘 시청하지 않아 전국의 비상 상황을 잘 모르는 손님들이 한두 테이블 있을 뿐, 오후가 되어도 홀에 손님이 없기는 마찬가지다. 뉴스에서는 이번 조류인플루엔자 사태가 길어질 것을 예측하는 취재 보도를 계속 내보낸다. 입만 열면 상대편 욕만 해대는 정치인들 얼굴이 나오지 않자 그들의 소식이 궁금해지기까지 한다. 시름에 빠진 양계 농장에 더 이상 닭은 없다. 방역복을 입은 방역본부 직원들이 회색 플라스틱 통에 든 닭들을 꺼내 구덩이에 던져 넣고 있다. 그러거나 말거나 종업원들은 머릿수건을 쓴 채 테이블 여기저기에 엎드려 낮잠을 잔다. 샤오는 사장 눈치가 보여 식탁 위에 엎드려 자는 동료들을 하나씩 깨운다. 낯선 차량들이 식당 앞에 와 선다. 복지 시설, 노인정과 데이케어센터, 장애아 시설 등에서 보낸 차다. 직원들은 포장한 삼계탕 박스를 메모가 된 대로 분산해 싣는다. 삼계탕 박스를 나르는 직원들과 눈이 마주치자 샤오는 미소를 짓는다. 저걸 가져가면 먹을 사람이 있을까. 한국 사람들은 이제 부자고 저런 음식을 먹을 리가 없다. 샤오는 고개를 젓는다. 그래도 어딘가에서는, 누구든 먹겠지. 샤오는 더 이상 궁금해하지 않기로 한다. 그러고 나도 시간은 남아돈다. 종업원들은 이제 손톱도 다듬고 친구와 전화도 하고 약국에도 다녀오고 내과에도 가고 이비인후과에도 간다. 그래도 시간이 남으면 또 탁자 위에 엎드려 잠을 잔다. 영업은 평소보다 두 시간 빠른 여덟 시에 종료한다. 겨우 두 시간 빨리 끝났는데 그 두 시간이 로또 같고 성탄절 같다. 종업원들은 사장이야 망하든 말든 일찍 퇴근하면 다 좋아한다. 샤오는 바깥으로 나가 한산해진 거리를 걷는다. 평소보다 행인도 적고 그제야 이 낯선 도시가 제 것처럼 느껴진다. 조류인플루엔자에 맥 못 추는 도시, 식당에서 음식도 제대로 사 먹을 수 없게 되어서야 이 도시가 샤오에게 다정하게 웃음을 건네는 것처럼 느껴진다.

딸에게 전화를 걸고 싶다. "딸, 엄마 안 보고 싶니?" 그렇게 묻고 싶다. 많이 보고 싶다고 말하고 싶다. 딸이 열 살 때, 샤오는 딸을 버렸다. 무능하고 게으른 남편을 대신해 생활비를 벌기 위해 아이를 버리고 집에서 나왔다. 샤오는 딸이 남편을 떠나 아주 먼 곳으로 가기를 바란다. 그래서 다른 사람이 되기를, 상상할 수도 없는 완전히 다른 삶을 살기를 바란다. 부모조차도 기억하지 못하는 삶을 살기를 바란다. 샤오는 전철역 쪽으로 걸어간다. 떡볶이와 튀김 기름 냄새가 나는 분식집 앞을 막 지나고 있을 때 분식집 옆 담벼락에 기대앉아 있던 노숙자가 샤오에게 말을 건다. "아가씨, 배가 고파서 그러는데 밥 사 먹을 돈 좀 줘요." 목소리가 카랑카랑하다. 샤오는 만 원짜리 지폐 두 장, 이만 원을 내민다. 이럴 때 샤오는 자신이 더 이상 비루한 사람이 아닌 것 같아 기분이 좋다. 내가 당신보다는 낫지. 안 그래? 그런 마음이 없지 않다. 지하철역으로 들어가기 전 샤오는 습관적으로 뒤를 돌아본다. 아무도 그녀를 바라보지 않는다. 이 도시에 샤오를 아는 사람은 없다. 그녀가 서울에 와서 본 것 중에 제일 신기했던 것은 건물이 불타는 모습이었다. 어느 날 한밤중에 빈 호텔 건물이 불타는 걸 봤다. 지붕 꼭대기가 반으로 쪼개지고 그 안에서 빨간 불이 미친 듯이 타올랐다. 샤오는 그때 따릉이 자전거를 빌려 타고 서울 시내를 뱅글뱅글, 끝도 없이 돌고 있었다. 호텔이 아니라 딸을 버린 자신이 불타는 것 같았다. 땅바닥에 떨어지는 불꽃이 자신의 몸에 튀어 자신도 불에 타버릴 것만 같았다.

샤오는 성남시에 있는 집에서 가출했다. 서울로 가는 광역 버스를 기다리던 중에 '일자리 소개소'라고 쓰인 간판을 본다. 남편이 찾아낼까 봐 조마조마하지만 그렇다고 아주 먼 도시로, 멀리 가버리기는 두렵다. 오히려 집에서 조금 가까운 곳에 있는 것이 안전할 수도 있다는 판단을 한다. 그녀는 서울로 가지 않고 성남보다 안쪽인 경기도 광주의 한 도박 하우스에 취직을 한다. 그곳에서 일하다가 갑자기 떠나던 날 밤에도 샤오는 불을 본다. 샤오는 그 도박 하우스에서 중국 사람처럼 치파오를 입는다. 도박 하우스는 외형만 봐서는 평범한 2층짜리 오크색 목조 건물의 중국 음식점이다. 근처에 공원과 호수가 있고 호수 주변에 식당들이 많다. 쉬는 날은 일주일에 하루뿐이지만 호수를 마음껏 볼 수 있다. 호숫가를 따라 걸으면 마음이 느긋해지고 딸을 버린 죄책감에서 조금은 놓여나기도 한다. 샤오를 받아주는 건 사람이 아니라 자연이다. 그래서 샤오는 전과 달리 호수나 숲을 찾아다닌다. 이상한 손님들이 많다. 샤오의 주머니에 전화번호가 적힌 명함을 찔러 넣어주는 사람도 있다. 자기네 집 가정부로 들어와 병든 노부모를 봐달라는 사람, 죽은 아내를 대신해 자기 집에 와서 요리를 해달라는 사람, 또 다른 뭔가를 해달라는 사람도 있다. 자기들 집으로, 어딘가로 데려가려고 한다. 샤오의 어떤 면이 그런 말을 하게 하는 걸까. 샤오는 사람들이 자신을 쉽게 생각한다는 걸 잘 알고 있다. 샤오의 남편도 그랬다. 도박에 빠진 사람들은 모두 다 멀쩡해 보인다. 법원 직원, 교사, 공무원, 보험회사 직원, 주부, 시의회 직원, 자영업자, 택배 배달부 등 직업도 연령도 성별도 다양하다. 하루 종일 그들이 피워대는 담배 연기 때문에 정신을 차릴 수가 없다. 저녁 시간에 온 사람들은 볶음밥을 시켜 미친 듯이 먹고는 바로 내기 화투에 빠져든다. 막 퇴근한 남편에게 아이와 저녁을 맡기고 배턴터치를 하듯 오는 여자들도 많다. 사람들이 화투에 골몰할 때 샤오는 바깥으로 나와 호수 주변에서 몰려오는 뿌연 안개를 바라본다. 안개를 보고 있으면 고향 생각이 난다. 북쪽의, 호수가 많은 B시, 샤오는 고향을 떠난 이후로 사람들보다는 늘 호수와 안개를 그리워했다. 어릴 때는 그 안개가 자신을 망친다고 믿었고 결국 고향을 떠났다. 도박 손님들은 밤을 꼬박 지새우고 새벽 네 시경이 되면 각자 택시를 불러 집으로 돌아간다. 그들이 가고 나면 샤오는 밥을 먹고 이를 닦고 창고에 놓인 비좁은 침상에 누워 잠든다. 잠을 청할 때는 열 살짜리 딸이 눈앞에 있다고 생각하고 말을 건다. 우리 딸 엄마 보고 싶어? 그럴 때 샤오는 세상에서 가장 착한 사람이 된다. 샤오는 매일 새벽 네다섯 시에 잠들고 아침 열 시에 일어난다. 그녀는 딸을 버렸기에 잠을 충분히 잘 수 없는 고통을 달게 받는다. 무엇을 해도 그녀는 용서받을 수 없다.

이 도시에서는 매년 축제가 열린다. 축제 기간에는 다른 지방에서 원정을 오는 도박꾼들도 있어서 더 바쁘다. 1, 2층 모두 도박 하우스로 사용하기로 해서 축제 전날까지 2층 창을 모두 가리는 천막을 치고 천막이 떨어지지 않게 임시로 고정하는 작업을 한다. 불빛이 새어 나가서는 안 되기 때문이다. 축제 첫날, 주방장은 평소보다 더 많은 양의 음식 재료를 준비한다. 축제 기간 내내 도박꾼들을 먹이기 위한 것이다. 점심때부터 도박꾼들이 몰려온다. 겉으로 보기에는 역 주변의 평범한 중국집이지만 식당 안은 불타는 것 같다. 이곳에는 돈에 미친 사람들이 가득하다. 샤오는 남편이 자주 쓰고 다니는 야구모자와 똑같은 모자를 쓴 남자를 보고 잠깐 주방 안 창고로 숨는다. 그 손님이 자장면을 먹고 갔다는 말을 들은 후에야 바깥으로 나온다. 이 도시는 켤 수 있는 모든 불을 다 켜고, 전국에서 모인 사람들을 다 즐겁게 해줄 것처럼 들떠 있다. 호수 주변에 늘어선 식당들도 모두 손님들이 들어차 있고 그 너머로 호수와 연결된 모든 곳이 자잘한 불빛으로 빛나고 있다. 샤오가 식당 바깥으로 나가 불빛에 휩싸인 호수를 보고 있을 때 저만치서 한 아이가 샤오 쪽으로 걸어온다. 비쩍 마른 몸에 긴 머리, 딱 봐도 딸이다. 샤오는 딸의 이름을 부르며 뛰어간다. "지우야, 엄마야." 아이의 어깨를 잡고 안으려는 순간, 아이의 얼굴을 다시 본다. 딸이 아니다. 지나가는 동네 아이다. 샤오는 안도하듯 그 자리에 주저앉아 가슴을 쥔다.

최근에 늘 돈을 따는 사람은 이 지역 법원에서 서기 일을 하는 남자다. 얼굴은 약간 우울증 걸린 회사원처럼 생겼는데 미친 듯이 돈을 건다. 그는 돈을 따면 샤오와 동료에게 팁을 주고, 가방을 들고, 재킷을 한 팔에 걸친 뒤 가게에서 나간다. 최근에 그에게 돈을 잃은 남자 세 명이 그와 함께 테이블에 앉아 있다. 오늘 페이스는 법원 직원 앞에 앉은 태권도 도장을 하는 남자가 시종 끌고 가고 있다. 그는 최근에 태권도 인기가 시들해져 모든 일이 잘 안 풀린다고 푸념을 한다. 그가 술과 안주를 가져오라고 시킨다. 과일 안주를 내고 샤오와 동료 한 사람은 테이블 한쪽에 앉아 종아리를 두드린다. 시간이 더 흐른다. 샤오의 동료는 테이블 위에 엎드려 잔다. 2층에서는 아직도 승패가 나지 않았다. 그때 2층에서 큰소리가 난다. 샤오가 뛰어 올라간다. 태권도 도장 남자가 느닷없이 샤오에게 욕을 하며 그녀를 벽으로 밀친다. 맥주를 더 가져오라고 시킨다. 샤오는 아픈 어깨를 만지며 1층 주방 냉장고로 간다. 주방은 늘 그렇듯이 어둡고 조용하다. 쉬쉬 하고 바람 빠지는 소리를 내며 돌아가는 대형 냉장고 소리만 들릴 뿐이다. 그런데 순간 주방으로 연결된 출입문이 박살난다. 샤오는 주방 개수대 아래로 몸을 숨긴다. 세 명의 경찰관이 식당 안으로 들어온다. 그사이 샤오는 얼른 뒷문으로 빠져나간다. 우당탕거리는 소리가 들린다. 샤오는 흰색 샌들을 신고 나가 천변을 지나 호숫가 쪽으로 걷는다. 뛰다가, 걷다가 돌아보니 식당 1층이며 2층 할 것 없이 불이 훤하고 식당 앞쪽에 경찰차들이 도착하는 중이다. 샤오는 반대편으로 달린다. 한참을 달리다가 외국인도 아니고 불법 체류자도 아닌 자신이 왜 도망을 쳐야 하는지 생각한다. 어떤 습관이다. 늘 삶으로부터, 남편으로부터 도망치던 습관이다. 샤오는 한참을 걷다가 천변 위 다리로 올라선다. 가로등 불빛에 보니 치파오는 다 찢어져 있고 발목이 저려 힘을 줄 수가 없다. 호숫가 저편 다리 위를 걸어 축제 장소로 가고 있는 사람들이 보인다. 샤오도 저 사람들을 따라갈 생각이다. 곧 축제가 시작될 모양이다. 이제 뭘 하지. 청소부, 조리사, 아니면 요양보호사라도 되어볼까. 나는 뭘 할 수 있지. 나는 왜 여기에 왔지. 샤오는 가능성이 없는 일들을 자꾸 떠올려본다. 가능성, 그 안에 샤오의 세계는 없다. 샤오가 바라는 것은 집으로 다시 돌아가지 않는 것이다. 샤오는 그때서야 왜 이곳까지 오게 됐는지 깨닫는다. 모든 것이 그녀의 선택이었다. 딸을 버린 것도, 이곳에 있는 것도. 호수 건너편 식당 건물에서 불길이 치솟는다. 샤오는 그 불길을 보며 이제는 서울 시내로 들어가야겠다고 결심한다. 샤오는 영원히 고통의 톱니바퀴에서 빠져나올 수 없을지도 모른다. 샤오는 중얼거린다. 희선아, 네 인생은 왜 늘 이 모양이니. 그래도 죽지 마! 꼭 좋은 날이 올 거야.

누구나 살면서 당황하면 엄마를 찾는다. 민준은 집으로 돌아가 아기 바구니를 들고 남현동 노모의 집으로 간다. 노모는 이모와 함께 산다. 민준은 여자친구와 헤어진 뒤 집으로 들어가 살다가 노모의 잔소리를 못 견디고 다시 집을 나왔다. 그리고 남편이 죽어 혼자가 된 엄마의 여동생이 이사를 왔다. 비밀번호를 누르고 집으로 들어간다. 집은 비교적 깨끗하다. 민준이 입던 남자 러닝셔츠를 입은 노모가 잠이 깬 듯 부스스한 모습으로 방에서 나오다 그 자리에 멈춘 채 민준을 본다. 그녀는 아들을 단번에 알아보지 못한다. 노모는 이전보다 깡마른 느낌이다. "낮에 와야지, 새벽에 오냐. 그건 뭐냐, 나 주려고?" 아기 바구니를 과일 바구니로 착각한 모양이다. 민준은 거실로 들어가며 정면 벽에 걸린 시계를 올려다본다. 새벽 네 시 반이다. 노모는 화장실로 들어가 문을 활짝 열어둔 채로 컬러풀한 색감의 몸뻬 바지를 내리고 소변을 본다. "이모는 어딨어요?" 민준이 묻는다. 노모는 화장실에서 나오며 대답한다. "화투질에 미쳐서 어디로 갔는지도 몰라. 집에 없어." 이모는 민준이 용돈을 주면 당장 어딘가로 달려간다. 요즘은 돈이 없어도 화투방으로 달려간다. 민준은 아기 바구니를 거실 한쪽에 두고 부엌 싱크대로 가 손을 씻는다. 땀이 흘러 지저분한 얼굴도 물로 두어 번 닦아낸다. "이게 뭐냐?" 노모는 쪼그려 앉아서 바구니 속 아기를 들여다보고 있다. "엄마, 나 겁나서 왔어." 쪼그려 앉은 노모는 천천히 민준 쪽으로 몸을 돌리고는 어깨를 마구 때린다. "일하다가 주웠어. 그냥 데려오고 싶었어." 노모는 무표정한 얼굴로 아기를 내려다본다. "네 아버지는 무능했지만 거짓말은 안 했어. 네 새끼니까 데려왔겠지. 빨리 말해 미친놈아. 놀라서 숨도 못 쉬겠다." 민준은 냉장고로 가 물을 마시고 노모에게도 물을 준다. 언제 끓여둔 보리차인지 맛이 텁텁하다. 민준은 물을 마시고 심호흡을 한 뒤 거실로 가 자고 있는 아기를 내려다본다. 밝은 형광등 불빛에서 본 아기는 공원에서와는 다르게 몹시 쭈글쭈글하고 피부가 빨간색이다. 노모가 방에서 셔츠를 가지고 나와 목을 집어넣어 꿰어 입으며 말한다. "아니 세상이 아무리 험해도 그렇지 누가 애기를 버린다니. 천벌을 받을 인간들이지." 민준은 소파 끝에 걸터앉아 양손으로 머리통을 감싸 쥔다. 왠지 엄마의 상태가 나쁘지 않고 멀쩡한 게 더 걱정스럽

다. 이 집의 전세금이 자신의 것이 되기는 아직도 멀어 보인
다. "그렇게 앉아 있지 말고 빨리 경찰서에 갖다줘버려. 하긴
네까짓 게 무슨 애를! 정말 네 애가 아니지? 내가 잠깐 꿈을
꿨나 보다. 너같이 느려터진 놈이 무슨 애를." 그사이 창밖은
조금 밝아졌다. 민준은 잠깐이라도 눈을 붙이고 싶다. "아기
가 아까부터 움직이지를 않아, 엄마. 한번 봐봐." 노모는 아기
를 보는 대신 담배를 피우기 위해 베란다로 나간다. "엄마 미
쳤어? 아기가 있는데 담배를. 진짜 너무 한다!" 민준은 화를
내고 노모는 다시 거실로 들어온다. 거실 창 하나 제대로 닫
을 힘도 없어 창문을 벽 쪽으로 미는 순간 노모의 몸이 휙 돈
다. "머저리 같은 놈, 애기들은 태어나면 하루 종일 저렇게 잠
만 자는 거야." 민준은 그 말에 안심이 되며 긴장이 풀린다. 그
는 마른세수를 하면서 정신을 차리려고 눈을 부릅뜬다. "그런
데 애를 이렇게 꽉 묶어놔도 되는 건가." 민준은 소파에서 내
려와 무릎을 꿇은 채 바구니 앞에 앉는다. 두 사람은 거실 한
가운데 바구니를 놓고 아기를 내려다보고 있다. "막 태어난
애들은 뭘로 꼭 싸 놔야 해." 노모는 그렇게 말하고는 방으로
들어가 이부자리 위에 눕는다. "너도 좀 자. 깨면 울겠지. 울
면 내가 밥이라도 끓여 죽 국물을 먹일게." 민준은 거실 바닥
에 대자로 뻗는다. 노모 말대로라면 아기는 죽은 것이 아니라
잠을 자는 중이다. 민준은 노모를 믿기로 한다. 지금은 노모
를 믿을 수밖에 없다. 민준은 아기 바구니 쪽으로 얼굴을 돌

린다. 모든 게 갑작스럽게 생긴 일이라 감당하기 벅차다. 민준은 금세 눈을 감는다. 그러다 갑자기 바구니에 얼굴을 갖다댄다. 왈칵 몰려오는 아기 냄새가 민준의 심장을 녹인다. 절대로 잊을 수 없는 이상한 냄새다.

오민준은 자다가 벌떡 일어난다. 꿈이라고 하기에는 지나치게 생생하다. 아기가, 아주 작은 몸의 발가벗은 아기가 매연으로 둘러싸인 거대한 쓰레기 매립지에서 쓰레기를 주워 먹고 있다. 아기는 쓰레기 더미 위에 앉아 비닐, 고무줄, 플라스틱 쪼가리들을 계속 입으로 들여 간다. 아기가 있는 곳 주변에는 돈이 되는 쓰레기를 찾는 사람들이 집게를 든 채 쓰레기 더미를 샅샅이 뒤지고 있고, 배가 고픈 개들도 뭔가를 찾고 있다. 오민준은 짓눌린 머리통을 겨우 일으켜 잠에서 깨어난다. 벼락이라도 친 줄 알았지만 아무 일도 일어나지 않았다. 빌라 창문을 통해 평범한 아침의 소음이 집 안으로 들어올 뿐이다. 나무가 많은 오래된 빌라여서 새 소리도 들린다. 집 주변 상공을 도는 까마귀 소리도 들린다. 오민준은 두 팔을 앞으로 늘어뜨린 채 고개를 숙이고 가만히 앉아 있다가 무슨 일이 일어났는지 그제야 상황을 파악한다. 아기가 보이지 않는다. 아기가 없다. 아기가 담겨 있던 바구니도 없다. 오민준은 현관문을 열고 슬리퍼를 다급하게 꿰어 신은 채 빌라 골목길로 뛰쳐나가 망연자실 골목을 바라본다. 그리고 잠시 후 다시 집으로 들어온다. 노모의 방은 이부자리가 잘 개켜져 있다. 어디로 갔는지 노모는 보이지 않는다. 오민준은 화장실에 들어가 소변을 보고 집 바깥으로 급히 나온다. 아기도 노모도 사라지고 없다. 다세대주택이 다닥다닥 붙은 비좁은 골목을 벗어나 지하철역으로 가는 길을 모두 눈으로 훑는다. 노모는 정신이 오락가락하지만 동네 지리를 모르거나 집을 찾지 못할 정도는 아니다. 오민준은 노모가 자주 가는 슈퍼마켓에 들어가 주인에게 물어본다. 주인은 휴대폰 화면을 내려다보고 있다. "안녕하세요 사장님, 혹시 저희 엄마 못 보셨어요?" 사장은 쓰고 있던 돋보기를 벗으며 자리에서 일어선다. "어머니가 누구? 어떤 할머니, 난 할머니 못 봤는데. 무슨 일 있어요?" "자고 일어났더니 갑자기 엄마가 없어졌어요." 쌀집과 약국, 식당과 주차장을 지나 골목 끝의 초등학교 정문까지 걷는다. 노모가 가끔 저녁 산책을 하러 가는 초등학교 운동장 앞까지 간다. 운동장은 출입 금지다. 어디에도 엄마는 보이지 않는다. 오민준이 지금 걱정하는 것은 사실 엄마가 아니다. 오민준은 아기를 걱정하고 있다. 학교 담벼락을 끼고 우회전해 대로변으로 나간다. 순식간에 자동차 소리가 커지고 오민준은 그 자리에 서서 주변을 돌아본다. 아침 일찍부터 조악한 포장의 과자와 갈색 캐러멜을 바구니에 가득 담아 놓은 채 팔고 있는 노점상이 보인다. 자전거와 오토바이가 줄지어 서 있고 주유소가 보이고 그 바로 옆에 척추관절 전문 병원이 영업 중이다. 오민준은 아무 생각 없이 횡단보도 앞에 서서 건너편의 병원을 보고 있다. 마침 신호가 바뀌고 횡단보도를 건너는데 바로 앞에서 병원의 자동문이 열리고 바구니를 든 노모가 남성 간호사의 손에 의지해 바깥으로 나오고 있다. "여기, 민준아. 나 여기!" 노모가 먼저 민준을 보고 반가워한다. 바구니를 들 힘도 없는 주제에, 민준은 화가 치밀어 오르는 것을 느낀다. 도대체 저 병원에 왜 간 걸까. 민준은 노모에게 다가간다. 노모는 계속 간호사의 부축을 받고 있다. 바깥에서 보는 노모의 모습은 매우 낯설다. 엄마가 이제는, 더는 건강하지 않다는 느낌이 전달된다. 새벽에 집에서 만난 노모의 차분한 모습은 어디에도 없다. "저는 간호사인데요. 어머님이 아기를 데리고 오셨는데 빨리 큰 병원으로 가셔야 할 것 같아요. 아기가 숨을 쉬지 않는다고 하시는데 그렇지는 않아요. 그런데 저희는 소아 전문의가 없어서 아기를 봐드릴 수가 없어요." 간호사는 재빨리 그 자리를 벗어나려는 듯 민준의 손에 바구니를 들려준다. 바구니 손잡이 부분이 누구의 몸에서 배어났는지 모를 땀으로 축축하다. 순간 횡단보도 주변으로 비둘기 여러 마리가 날아오르고 모든 시간이 멈춘다. "야 민준아. 니가 엄마 먹으라고 사온 그 망고를 저 남자 간호사가 죄다 뺏어 갔어." 민준은 노모가 경도 인지장애 환자라는 것을 숨기고 있다. 노모가 인상을 쓰며 똑같은 말을 여러 번 한다. 민준은 도로로 내려가 팔을 흔들어 택시를 부른다. 곧 주홍색 택시

한 대가 다가오고 민준은 택시를 탄다. 노모가 길 안쪽으로 안전히 들어갔는지 확인조차 하지 않는다. 민준은 기사에게 가까운 곳에 있는 소아전문병원으로 가자고 말한다. 운전기사는 휴대폰 앱에 대고 큰 목소리로 '소아전문병원'이라고 말한다. 민준은 뒷자리에서 흰 천을 잠깐 들춰 아기를 본다. 간호사가 그랬는지 아기 입을 막지는 않게 공간을 만들어 흰 천을 덮어두었다. 냄새가 난다. 자신의 몸에서 나는 것인지, 아기에게서 나는 것인지 알 수 없는 냄새다. 하지만 세상의 모든 나쁜 냄새, 지울 수 없는 냄새의 원천은 늘 자기 자신이었다. 민준은 옷소매를 코에 대고 냄새를 맡는다. 그리고 아기를 본다. 아기는 하얗고 천사 같던 아기가 아니다. 피부는 쭈글쭈글한 노인처럼 보이고, 어젯밤 처음 봤을 때보다 아기를 감싼 수건에 얼룩이며 먼지가 더 많이 묻어 몹시 지저분하다. 민준은 외면하듯 흰 천을 덮고 택시 창문에 머리를 기댄다. 택시는 가다 서기를 반복한다. 출근 시간이라 정체는 피하기 어렵다. 왜 이런 바보 같은 짓을 한 걸까. 감당도 못 하면서 왜 이런 일을 한 걸까. 난 역시 한심한 놈이야. 하는 일마다 다 이 모양이야. 엄마 하나도 제대로 보살피지 못하면서. 바구니에 뭐가 들었든 평소대로 새벽에 일을 끝내고 샤워를 한 후 김 팀장 그리고 현수와 회사 앞 24시간 순댓국집으로 갔으면 아무 일 없었을 것이다. 따뜻한 국밥에 소주 몇 병 마시고 집으로 돌아가 잠이나 잤으면 됐을 일이다. 아니면 김 팀장과 현수에게 솔직하게 말하고 경찰서로 갔으면 끝났을 일이다. 잠잘 시간에 이렇게 눈을 뜨고 돌아다니는 것 자체가 고통이다. 아무 일도 일어나지 않는 평소의 일상이 얼마나 소중한 것인지 새삼 깨닫는다. 오민준은 계속해서 이명에 시달린다. 커다란 철판이 바람에 휘어질 때 날 것 같은 이상한 소리가 머리에서 계속 울린다. 제대로 씻지 못한 몸은 악취를 풍긴다. 민준은 자신이 그 어느 때보다 싫다. 민준은 지금이라도 병원에 가서 사실대로 말할 생각이다. 아기를 병원에 두고 나오면 다 끝날 일이다. 아니면 십대 미혼모들이 아기를 낳아 갖다 버린다는 베이비 박스 같은 데 두고 오면 그만이다. 그것도 아니면 경찰서에 가거나. 한밤중만 아니었다면 그런 실수를 했을 리가 없다. 민준은 영리하지도 않고 감당 못할 일을 저지를 정도로 용감하지도 않다. 민준은 택시 뒷좌석 벨벳 의자에 놓인 아기 바구니를 내려다보다가 두 다리를 떤다. 그러다 이내 두 손으로 얼굴을 감싸고 숨을 거칠게 몰아쉰다. 택시가 병원에 도착하기만을 기다린다. 더는 바보짓을 하지 않겠다고, 책임지지 못할 일은 하지 않겠다고 다짐하며 두 손바닥을 마르고 닳도록 비빈다.

진영은 죽은 딸 때문에 대리모가 되는 사람이다. 아침에 집을 나간 아이가 저녁이 되어도 집으로 돌아오지 않는다. 드라마나 영화에서는 빈번하게 일어나는 일이다. 그런데 실제로 누군가에게 그런 일이 일어난다면 어떨까. 상상하는 것과 실제로 일어나는 것과는 다르다. 살면서 도저히 겪어서는 안 되는 일들이 어디서나, 누구에게나, 아무렇지도 않게 일어난다. 왜 하필 진영이었을까, 왜 하필 이규였을까, 왜 하필 어린 윤재였을까, 그들은 뭘 잘못했나. 그날이 시작이었다. 이곳 북쪽 B시에는 타원형의 신도시 크기만 한 규모의 인공 호수가 북쪽과 남쪽의 두 개의 강에 걸쳐 있다. 호수에는 늘 푸르고 차가운 물이 고여 있다. 완연한 봄인 3월까지도 중심부가 꽝꽝 얼어 있기 일쑤고 늦은 봄이 되어서야 가장자리부터 천천히 녹기 시작한다. 이 지역의 랜드마크인 관광호텔 앞 호수 산책

길, 아직은 이른봄인 3월 초라 지나다니는 사람이 많지 않고 길 아래쪽 호숫가에 몇몇 낚시꾼과 빈 의자만 보인다. 이곳은 산이 높아 해도 잘 들지 않는다. 낚시꾼들은 얼음 위에 부탄가스 버너를 켜놓은 채 죽은 듯이 앉아 있다. 오전 시간에는 햇빛이 들지만 정오가 지나고 몇 시간만 지나도 주변은 급속도로 어두워진다. 낚시꾼들은 잠깐씩 볼 일을 보러 가기 위해 간이의자에서 일어날 때를 제외하고는 일관된 자세로 얼음 구멍 속만 뚫어지게 내려다보고 있다. 낚시꾼들은 모두 다섯 명이다. 호텔 옆 공터에서 새 건물을 짓느라 운행 중인 포클레인 소리가 끊이지 않고 들려온다. 문이 열려 있는 컨테이너 박스 안에서 삼색 고양이 한 마리가 천천히 나와 느릿느릿 호수 쪽으로 걸어간다. 어느새 네 명의 낚시꾼은 사라지고 한 명만 남아 있다. 그가 모든 것을 보게 되는 사람이다.

시신은 호수 가장자리에 양쪽으로 자리 잡은 갈대숲의 한쪽까지 떠밀려왔다. 시신은 분홍색 프로스펙스 롱패딩을 입은 채로 물 위에 떠 있다. 시신을 발견한 사람은 이 지역 거주자가 아닌 타지 사람으로, 다섯 명 중 마지막으로 남은 낚시꾼이다. 하루 종일 낚시를 하는 것으로 소일하는 오십대 중반의 남자는 시신을 발견한 순간 보상금 같은 걸 받게 되지 않을까 잠깐 흥분한다. 왜냐하면 그는 실업급여를 신청할 기회조차 다 소진해버린 장기 실업자였기 때문이다. 그는 매사 돈, 돈, 돈 생각뿐이다. 누군들 그렇지 않을까. 그뿐만이 아니라 다른 사람들도 하루 종일 돈 생각만 하는 세상이 되었다. 더는 가장자리로 밀려오지 못한 시신은 그대로 멈춘 채 갈대숲에 걸려 있다. 갈대숲을 밀고 호수 가장자리까지 닿기에는 물살이 약했던 모양이다. 시신은 매우 선명한 분홍색이다. 갈대숲에 막혀 반쯤 모로 누워 있다. 그 위로 물새 몇 마리가 삼각형의 대형을 그리며 유유히 지나간다. 시신은 육안으로는 거의 훼손되지 않아, 갈대숲을 배경으로 물에 뜬 채 옆으로 누워 잠깐 쉬는 것처럼 보일 지경이다. 신발도, 양말도 신고 있던 그대로였으며 속내의와 청바지도 그대로 입고 있다. 차라리 깊고 푸른 물속으로 빨려 들어가버렸다면 어땠을까. 그렇다면 부모인 진영과 이규는 희망을 버리지 않았을 것이다. 낚시꾼이 소리친다. "어휴, 저게 뭐야. 우이씨, 무서워 죽겠네." 낚시꾼은 너무 놀라 낚시터를 경중경중 뛰어 다니다가 흥분을 가라앉히고 물에 빠지지 않도록 조심하며 산책로까지 기어 올라간다. 높은 곳에서는 좀 더 잘 볼 수 있기 때문이다. 조금 전에 본 게 무엇인지 정확히 알아야 한다. 저만치 갈대뭉치가 섬을 이룬 상류 쪽에서 포클레인으로 호수 표면까지 올라온 모래를 퍼내는 작업자들이 보인다. 낚시꾼이 소리를 지르고 여기를 보라고 불러댄다고 해도 그의 움직임이 보이기는 힘든 거리다. 그는 주변을 살핀 뒤 산책로의 잡풀을 모아둔 덤불 더미에 가서 긴 나뭇가지 하나를 집어 들고 다시 낚시터로 내려간다. 그는 호수로 들어가기라도 할 태세다. 최대한 호수 가까이 내려가 긴 나무 막대기를 들고 얼음 낀 갈대에 붙어 있는 분홍색 시체를 건드려본다. 시신은 약간 밀려나왔다가 다시 움푹 팬 갈대 쪽으로 가 움직임을 멈춘다. 그나마 수심이 낮고 호수의 물살이 잔잔해 시신이 거기 그대로 멈춰 있는지도 모른다. 금세 눈을 뜨고 일어날 것처럼 보여 남자는 으스스 소름이 돋는 걸 느낀다. 순간, 낚시꾼이 아무런 행동도 하지 않았는데 시신이 저절로 가장자리로 떠내려온다. 그는 밀려오는 악취에 코와 입을 막는다. 시신을 발견한 낚시꾼은 119에 전화를 걸고 둑방에 걸터앉아 담배를 피운다.

이내 경광등을 단 경찰차 두 대와 승용차 한 대가 달려온다. 부모들은 멀리서 봐도 표가 난다. 주차를 하면서 바로 직전에 도착한 경찰차의 뒤 범퍼를 거칠게 치고는 차를 세운다. 공터가 넓어 경찰차와 부딪칠 이유가 전혀 없는데 접촉사고가 난다. 두 사람은 겨우 차를 멈추고 자동차 문도 닫지 못하고 시동도 그대로 켜놓은 채 낚시터로 달려 내려간다. 그들은 이미 몸을 제대로 가눌 수 없는 상태다. 실종신고를 한 지 이주 만이다. 자식을 잃은 자들의 비명이 북쪽 B시의 하늘을 붉게 물들인다. 여자의 이름은 손진영. 그녀는 자신의 가슴팍을 주먹으로 내리치고 머리를 잡아 뜯으며 울부짖는다. 내 아이를 데려가다니, 차가운 호수에 아이가 떠 있다니. 여자는 오열한다. 남자의 이름은 한이규, 아내를 달래고 말고 하지도 못하고 두 손을 앞으로 포갠 채 가만히 서 있다. 그들의 몸이 유난히 작고 왜소해 보인다. 오늘 날짜로 이들은 자식을 잃은 사람들이라는 호칭을 얻는다. 그러거나 말거나 호텔 쪽 포클레인 소리는 무자비하게 점점 커진다. 넓은 인공 호수 주변이 점점 어둑어둑해진다. 파출소 소속 경찰들이 먼저 그들에게 간다. 조용히 폴리스 라인을 치고 어두워진 호수 쪽으로 시선을 고정한다. 강력반 소속의 경찰들이 더 온다. 그들은 장갑도 끼지 않고 곧장 호숫가로 내려간다. 시간이 계속 밤을 향해 흐른다. 얼마나 흐른 걸까. 포클레인 소리가 뚝 끊어지고 주변은 깜깜하다. 진영과 이규는 호숫가에 널브러진 채 고개를 숙이고 앉아 있다. 어린 경찰이 자식을 잃은 부모들에게 다가가 모자를 벗고 머리를 숙인다. 뭔가 말을 걸어보려다 그냥 뒤로 물러선다. 부모들은 이미 무너졌다. 경찰들은 시신을 들것에 올린다. 들것 아래로 물이 뚝뚝 떨어진다. 부부는 다른 경찰차의 뒷좌석에 타고 병원으로 따라간다. 그들의 승용차는 다른 경찰이 운전한다. 자동차 앞좌석에서 우황청심환 냄새가 진동한다. 어린 경찰은 뒷좌석에 쌓아 놓은 실종 전단지 뭉치를 보고 얕게 한숨을 쉰다. 그들이 이 주 동안 어떤 시간을 보냈는지 그 차 안의 물건들, 흐트러짐이 모든 것을 말해준다. 3월 첫 주에 실종된 만 열아홉 살 한윤재가 실종된 지 이 주 만에 발견된 것이다.

진영은 관할 병원 사체 안치실 앞에 서 있다가 실신한다. 진영은 정신을 잃는 순간, 바로 얼마 전에 여행 갔던 이탈리아 캄파니아주에 있는 고대도시 유적지 폼페이의 한 곳을 본다. 그녀는 1층 응급실로 바로 옮겨진다. 이규는 진영이 응급실 침대에 누워 있는 것을 확인하고 경찰을 만나기 위해 안치실로 다시 돌아간다. 안치실 입구로 들어가다가 출입구 문을 잘못 봐 유리창에 얼굴을 부딪친다. 자식이 시신으로 돌아온 날, 안경이 부러지면서 눈두덩이 살이 찢겨 피가 흐른다. 하나도 아프지 않다. 이규는 피 묻은 안경을 한 손에 든 채 최대한 냉정하려고 애쓴다. 검안의가 이규에게 시신을 확인해야 한다고 말한다. 그의 얼굴을 본 의사는 응급 처치부터 해준다. 그는 가장이고 가족을 지켜야 하는 사람이므로 최대한 슬픔을 억누른 채 의사를 따라 안치실로 들어간다. 윤재가 저기에 있다. 세상에서 가장 사랑했던 존재, 무엇이든 다 줄 수 있는 존재, 이다음에 크면 아빠와 결혼하겠다던, 아빠가 귀엽다던, 언제나 이규를 보고 웃어주던 아이가 차가운 스테인리스 선반 위에 누워 있다. 이규는 눈물을 흘린다. 저 아이가 여기 서 있고, 내가 대신 죽었으면 좋겠다. 하나님, 그렇게 해주세요. 그는 윤재의 몸을 두 팔로 감싼 채 엎드려 운다. 검안의의 목소리가 들린다. 정확한 언어는 상처를 준다. "강물 속에 오래 있어 모래와 오물을 빼내야 했고, 큰 외상은 없지만 자세히 보면 오랜 시간 물에 쓸린 상처가 많이 보입니다. 그리고 성폭행 사건이라는 증거는 발견하지 못했습니다. 있다 하더라도 시간이 많이 지나서……." 이규는 천천히 고개를 끄덕인다. 상기하고 싶지 않지만 노끈으로 묶인 윤재의 발목에는 커다란 돌이 매달려 있었다. 시신은 금세 눈을 뜰 것 같은 깨끗한 얼굴이다. 이규는 순간 다짐한다. 어떤 놈인지, 잡으면 내장까지 다 꺼내서 갈기갈기 찢어죽이겠다고. "충격이 몹시 크실 텐데, 부인은 안 보셔도……." 이규는 단호히 머리를 흔든다. 그렇게 할 수는 없다. 안 봐도, 봐도, 고통스럽기는 매한가지다. 그렇다면 봐야 한다. "아닙니다. 깨어나면, 아내가 봐야 합니다. 지금 애 엄마는 응급실에 있어요. 아니, 어쩌면 안 보는 것이 나을지도 모르겠네요. 아뇨 봐야 합니다. 어쨌든, 좀 이따, 아니 어떡해야 하나요?" 이규가 온 얼굴을 찌그러뜨리며 말한다. 아이가 입고 있던 분홍색 롱패딩과 티셔츠, 속옷, 머리끈 등은 비닐에 담겨 증거물로 확보된다. 순간 이규의 모든 감각이 마비되어버린다. 그는 차가운 철제 침대 가장자리를 잡고 주저앉는다. 그가 어떤 행동을 해도 아이는 감은 눈을 뜨지 못한다. 새벽 무렵, 병원은 온몸을 잔뜩 웅크릴 만큼 춥다. 벽에서 천장에서 바닥에서 차가운 냉기가 흘러나온다. 이규는 응급실 침대 아래 가죽 의자에 몸을 웅크린 채 눈을 감고 있다. 진영은 앓는 소리를 내며 쇼크에서 깨어나 몸 안쪽 깊은 곳에서부터 쏟아져 나오는 울분을 토해낸다. 이규와 진영은 서로의 어깨를 부둥켜안고 운다. 이규의 팔목에는 윤재의 손목에서 뺀 검은색 천 머리끈이 끼워져 있다. 이규는 머리끈에 얼굴을 대고 한없이 운다.

　그들은 거의 매일 경찰서에 간다. 수사 담당 경찰관을 만나려면 한 시간 이상 기다려야 한다. 이 사람들이 소중한 딸을 잃은 부모라는 것을 세상은 모두 잊은 듯하다. 사고 초기에는 여러 사람들을 만날 수 있었다. 강력반 형사들부터 사이버 수사팀까지, 모두들 다가와 이름을 말하고 사건 경위를 경청하고 수첩에 적었다. 지금은 아무도 그들을 먼저 찾지 않는다. 방문자용 소파에 앉은 두 사람은 여기서도 소외된다. 자식을 잃었는데, 자식을 잃었다는 이유로 소외된다. 왜인지 모르지만 경찰서장 방으로 안내된다. 경찰서장은 통화 중이다. 통화가 끝나길 기다리는 동안 담당인 양 형사를 비롯한 형사 몇 명이 서장실로 들어와 소파에 앉는다. "아이고 우리 교수님, 잘 지내셨습니까?" 그는 이규가 교수일 거라고 생각한 모양이다. 이들은 교수 부부라고 호명된다. 전화를 내려놓은 경찰서장은 상체를 숙인 채 이규에게 악수를 청하며 손을 내민다. "요즘 바쁘시죠?" 경찰서장이 그 말을 할 때까지 한쪽 소파에 가만히 앉아 있던 진영이 말한다. "바쁘냐고요. 자식이 죽었는데, 우리가 바쁠 일이 뭐가 있을까요? 남는 건 시간뿐이에요." 이규는 아내를 진정시키고 싶지만 자신도 미칠 지경이라 차라리 잘되었다 싶다. 진영이 비교적 차분하게 이야기를 시작한다. "사고가 나고 시간이 많이 지났는데 이렇게 별다른 단서도 없이 그냥 시간만 갈 수도 있나요?" 경찰서장은 옆에 앉은 형사들을 보며 호통을 치지만 그게 아무 의미 없이 해버리는 말이라는 건 다 알 수 있다. 양 형사가 다크서클이 진 눈을 한 손으로 마구 비벼대기 시작한다. "내가 당신들 고발할 거예요." 진영이 입에 거품을 문다. 경찰서장의 이마에 순간 핏줄이 돋는다. 사실 진영은 어디에도 이 억울함을 호소할 곳이 없다는 것이 안타깝고 속이 터질 지경이다. "죄송하게도 관내에 아직 해결하지 못한 강력사건이 많습니다. 우리 경찰 가족 실종 사건도 있는데 해결을 못 했고요. 정말 죄송합니다." 소파에 앉은 다른 형사들의 무전기가 바삐 울리고 동어 반복이 계속되자 배석했던 형사들이 적당히 눈치를 보며 하나둘씩 자리에서 빠져나가기 시작한다. 간부들은 생색을 내기 위해 잠깐씩 연기를 하는 것처럼 보인다. "저희가 더 애쓰겠습니다. 두 분 많이 힘드시겠지만, 좀 기다려주십쇼." 경찰서장의 말을 듣던 이규는 붉게 변한 얼굴로 결국은 분노를 터뜨린다. "그러니까, 서장님 얘기는 지금 경찰 가족이 실종된 사건도 해결을 못 했으니…… 그러니까 당신들은 가만히 있어라, 그 말이죠?" 더는 얘기를 이어가기가 어려운 상황이다. 양 형사는 배를 불뚝 내밀고 서서 이제 그만 나가달라는 듯한 표정으로 진영과 이규를 쳐다본다. "왜 아직도 이런 사건이 많이 생기는지 모르겠어요 저도." 적은 월급에, 처리해야 할 일은 많고, 물론 그들도 힘들 것이다. 그러나 자기 자식이 그렇게 됐다면 저렇게 말할 수 있을까. 때로 전문가들은 자신이 가진 기술이나 능력보다 말에 주의해야 한다. 현실은 그닥 바뀌지 않는다. 모든 것은 그저 말로 전달될 뿐이라는 것을 기억해야 한다. 진영과 이규는 서장실에서 나와 다른 방으로 안내된다. 탁자 위에 커피가 담긴 종이컵이 놓이고 한동안 침묵이 흐른다. 커피를 탁자 위에 둔 양 형사가 옆 자리로 걸어간다. 한 남자가 구부정한 자세로 앉아 신문을 보고 있다. 양 형사는 그 남자와 잠깐 무슨 얘기를 나누고는 머리를 깊이 숙여 인사한 뒤 자리로 돌아온다. 양 형사의 표정이 좋지 않다. 그가 들고 있는 커피 잔은 그의 덩치에 비해 아주 작아 보인다. "따님 일이 나기 전에, 그것도 몇 년 됐는데. 이전 경찰서장 딸 유괴사건이 났는데 그것도 아직 해결을 못 했어요. 본청 베테랑 형사들이 오고 아주 난리를 치고. 사실 다들 거기 달라붙어서……. 우리가 무능한 건지, 뭐가 뭔지 모르겠네요." 진영이 입을 연다. "아까 서장실에서 다 들었던 얘기예요. 그래서 우리 애를 그렇게 만든 범인 찾는 건 뒷전이라는 얘기죠. 힘 있는 사람들 애 찾는 것도 어려우니까……." 양 형사는 고개를 숙인다. 이규가 무슨 말인가를 더 하려고 하는데 양 형사가 먼저 입을 연다. "죄송합니다. 하지만 그런 말씀을 드리려고 한 건 아닙니다. 요즘이 어떤 세상이라고 그렇게 하겠습니까." 바로 그때, 탁자에 놓인 커피가 쏟아지고 진영이 바깥으로 뛰쳐나간다, 눈 깜짝할 사이에. 이규가 따라 나갔지만 놀랍게도 진영은 쏜살같이 달려가 어느새 경찰서장 방으로 들어갔고, 그가 막 도착한 순간에 그녀는 이미 경찰서장의 목덜미를 두 손으로 잡고 있다. 벽 쪽에 있는 무언가를 잡으려는 듯 경찰서장의 몸은 필사적으로 이동하는 중이다. 진영의 몸이 질질 끌려가는 것을 이규는 그냥 바라볼 수 없다. 경찰서장은 벽 쪽에 있는 막대기를 움켜잡으려 한다. 상황은 금세 정리된다. 양 형사의 한 손에 이규도 진영도 금세 서장의 몸에서 떨어져 나간다. 양 형사가 안듯이 몸을 조여 힘으로 진영을 제압한다. 서장은 옷매무새를 고치며 신경질적으로 소리친다. "수사하고 있다지 않습니까." 잠시 후 경찰들이 더 몰려오고 이규도 경찰들의 완력에 끌려 나온다. 복도에 내동댕이쳐진 이규는 자기 머리칼을 쥐어뜯는다. 딸이 시체가 되어 발견되어도 찍 소리도 못하다니. 그가 계단을 내려갈 때 뒤따라오던 진영이 계단에 주저앉아 운다. "다 나 때문이야. 나 때문이라고. 내가 여기로 오자고 해서, 다 나 때문이야. 미안해, 미안해."

윤재가 개강을 맞이한 지 채 두 주도 지나지 않은 날이었다. 진영은 새벽 두 시에 눈을 뜬다. 와인이 다 떨어져 술을 더는 마시지 못했고 그래서 마음 놓고 취할 수도 없는 것이 괴롭다. 거실로 나가 와인 랙을 겸한 냉장고를 열어보고 몸을 돌리다가 윤재의 방 쪽을 본다. 윤재는 보통 새벽까지 잠을 안 자는데 문틈으로 불빛이 보이지 않는다. 방문을 연다. 윤재는 방에 없다. 7층 베란다 문을 열고 바깥을 내다보지만 아파트 마당을 가로질러 현관 쪽으로 걸어오는 윤재의 모습은 보이지 않는다. 방으로 들어가 전화기를 집어 든다. 열두 시 이 분에 윤재가 전화를 한 기록이 있다. 전화기를 진동으로 돌려놓아 듣지 못한 것이다. 진영은 곧바로 윤재에게 전화를 걸었지만 전화는 연결되지 않는다. 진영은 이 전화를 받지 못한 것을 평생 후회하게 된다. 겨우 술이나 마시느라 딸의 전화를 받지 못했다는 자책감이 평생 진영을 괴롭힌다. 진영은 방으로 돌아가 침대에 눕는다. 대학생인데 곧 오겠지. 내가 걱정이 과한 거야. 어디서 친구들과 놀고 있겠지. 친구네 집에서 자고 오겠다는 전화였을 거야. 어서 자야 해. 다시 잠이 들기 위해 노력하지만 잘 되지 않는다. 진영은 윤재의 방으로 가 불을 켠다. 책상 위는 늘 그랬던 것처럼 지저분하다. 책상 위에 흩어진 것들을 훑어본다. 윤재가 아침에 지나가는 말로 과 모임이 있다고 했던 게 퍼뜩 떠오른다. 그럭저럭 삼십 분이 금세 지나가버린다. 어느 순간 호흡이 가빠지면서 상체를 지탱할 수 없을 만큼 쥐어짜는 느낌이 든다. 식은땀이 나면서 온몸이 부들부들 떨린다. 아무 일도 아니기를, 짧은 순간 진영은 완전히 이성을 잃고 공포에 몸을 와들와들 떤다. 진영은 자신의 안드로이드 휴대폰에 저장되어 있는 윤재 친구들의 전화번호를 찾아본다. 그중 가장 친한 예지에게 전화를 건다. 새벽 두 시가 넘었는데 예지는 바로 전화를 받는다. "예지야, 윤재가 집에 안 와서 아줌마가 걱정이 돼서, 혹시 오늘 윤재랑 통화했니?" "오늘 과 친구들이랑 술 마신다고, SNS에 올렸던데요. 제가 '좋아요' 누르고 어디서 마시냐고 했더니 학교 근처라고 메시지 왔어요." 예지는 북쪽 소도시와는 200킬로미터 정도 떨어진 대전 부근에 살고 있다. "오늘 전화 통화는 안 했어요. 저도 전화해볼게요. 걱정마세요." 진영은 예지에게 늦게 전화를 해 미안하다고 말하고 전화를 끊는다. 새벽 두 시 사십 분. 평소와 달리 시간이 팽팽해지면서 긴장감이 감돈다. 진영은 자고 있는 이규의 몸을 잡아 흔든다. 둘은 서로의 눈을 뚫어져라 쳐다보며 처음엔 실수로 119에, 다시 112에 신고 전화를 건다. 주소와 전화번호, 인적사항과 인상착의 등을 말한다. 이쪽의 다급함과는 전혀 다른, 평온한 말투의 응대이다. 이규도 잠옷을 벗고 후드티를 입는다. 냉정한 태도를 유지하려고, 아직은 나쁜 생각을 할 때는 아니라고 마음을 다잡는다. 진영은 윤재의 방으로 다시 들어가 윤재가 책상 위에 흩어놓은 것들을 살펴본다. 청소할 때 무심코 지나치면서 본 종잇장들을 하나씩 들춰보며 내용을 읽는다. 신입생을 대상으로 한 오리엔테이션 안내문, 학과 대표 전화번호가 적힌 종이가 보인다. 다급해진 진영은 리스트 맨 위의 학생 대표 번호로 전화를 건다. 그 시간에 모두들 전화를 받는 것이 신기하다. "어머님 제가 후배들 얼굴을 다 기억하지는 못합니다. 누구를 말씀하시는지 잘 모르겠는데, 인상착의를 좀 말씀해주시겠어요?" 진영은 차분하게 윤재에 대해 설명한다. "아, 누구인지 알겠어요. 키가 좀 크고 머리가 긴 편이죠? 제가 윤재 남자친구 연락처 보내드릴게요. 그 친구한테 한번 연락해보세요." 입학한 지 얼마 되지도 않았는데 남자친구라니, 진영은 순간 당황한다. 윤재의 남자친구는 같은 과 한 학년 선배라고 한다.

112에 신고 접수가 된 뒤에도 별 조치나 연락이 없이 시간만 간다. 새벽 세 시 반이 되어서야 두 명의 경찰관이 경찰차를 타고 아파트로 온다. 마음이 급한 두 사람은 아파트 단지 아래로 그들을 만나러 내려가 경찰의 질문에 답한다. 이규는 그때까지도 차분하려고 노력한다. 새벽 네 시가 된다. 진영은 여성 경찰관이 해준 말을 희망으로 삼는다. "따님의 휴대폰은 아직 켜져 있습니다. 통신 보호법 때문에 위치를 알려드릴 수는 없지만요. 집으로 들어가서 조금만 기다려주세요. 곧 연락이 될 겁니다." 경찰이 돌아가고 진영은 윤재의 방으로 들어간다. 경찰을 믿을 수 없다는 직감이 든다. 서랍을 열어보고 카메라 같은 것도 만져보고 스테인리스 통에 든 물건들도 확인한다. 책꽂이의 책들, 그중 검은색 책 하나를 뽑는다. 책이 아니라 검은색 노트다. 노트를 묶은 검은 끈을 풀고 노트를 연다. 매일매일 해야 하는 일과 마음의 다짐, 있었던 일을 적어 놓은 일기다. 필기체로 휘갈겨 쓴 것처럼 어지러운 딸의 글씨를 전혀 알아볼 수가 없다. 알아볼 수 있는 것은 윤재가 그려놓은, 어릴 때 키웠던 고양이의 얼굴이다. 윤재는 고양이를 사랑했다. 진영은 침대 위에 주저앉는다. 팔에 힘이 풀려버리고 동공에도 더 이상 힘을 주기가 어렵다. 바깥에 서 있던 이규가 찬 기운을 잔뜩 몰고 집 안으로 들어온다. 남편의 얼굴이 전혀 모르는 사람처럼 낯설다. 진영은 남편에게 다가가 그가 입고 있는 옷을 두 손으로 움켜쥔다. 진영은 결국 평정을 잃고 만다. 진영은 일어나서 윤재의 노트에 그려진 고양이 그림을 이규에게 보여준다. 두 사람은 완전히 공포에 빠져들고 두 사람의 신경계는 그들을 공포 이상의 어떤 극한 상태로 몰고 가는 중이다. 윤재는 어디로 간 걸까. 진영은 소파에 누워 머리를 소파 아래로 늘어뜨린 채 숨을 헐떡인다. 그러다가 벌떡 일어난다. 더는 집에 있을 수 없어 키를 챙겨들고 밖으로 나간다. 자동차를 몰고 새벽이 오고 있는 북쪽 도시를 아무 데나 지그재그로 운전하며 돌아다닌다. 동이 틀 무렵 아파트 입구에 내렸을 때 진영은 창밖의 공기가 이전과는 완전히 달라졌음을 느낀다. 그 사실만으로도 마음이 아파 구역감을 느낀다. 어제 먹은 와인이 한꺼번에 올라오려고 한다. 경찰서에서는 여전히 아무런 연락이 없다. 잔인한 시간이 흐른다. 아침에 집을 나간 아이가 밤이 오고 날이 새도 돌아오지 않는다. 집에 아이는 없고 그런 일을 당한 부모보다 더 불행한 사람은 없다.

두 사람은 윤재의 학교에도 가본다. 진영이 강의하는 B여자전문대학과 윤재가 다니는 B국립대학이 이곳의 주요 대학 시설이다. 둘은 무턱대고 학과 사무실을 찾아간다. 그날밤 윤재가 누구와 함께 술을 마셨는지 알아내는 것이 목적이다. 널찍한 복도를 걷다가 진영은 창 너머에서 비춰 들어오는 햇볕에 점령당한다. 순간 이상한 감정이 든다. 모든 것이 이대로 멈출 것 같고 조금 앞서 걷는 이규의 등마저도 저 빛 속으로 곧 사라질 것처럼 느껴진다. 진영은 두렵다. 학과 조교는 몇 통의 전화를 걸었고, 술을 함께 마신 학생들이 모두 안전하게 집에 갔다는 사실을 확인해준다. 윤재 한 사람만 빼고 모두 다 안전하게 집으로 돌아갔다. "조금 더 기다려보시면 어떨까요? 어디 친구네서 자고 있는 게 아닐까요. 죄송해요 어머니." 둘은 집으로 간다. 그들은 신경증 환자처럼 깨어 있거나 중병을 앓는 사람처럼 잔다. 텔레비전은 밤새 켜놓은 탓에 뜨거운 열을 뿜어낸다. 자고 났는데 머리가 더 무겁다. 가장 힘든 시간은 지금처럼 어렵게 든 잠에서 눈을 뜰 때이다. 모든 감각이 몸을 찌른다. 이규는 꿈속에서 도시 한가운데 있는, 사방이 유리로 된 건물 꼭대기를 오르내리는 엘리베이터에 올라탄 채 끝도 없이 떨어지는 속도를 감당하지 못해 비명을 질러댄다. 그는 헛소리를 하다가 눈을 꼭 감고는 꿈에서 깨어나지 않게 해달라고 빈다. 그의 몸은 엘리베이터 몸체에 단단히 결박

되어 아무것도 할 수가 없다. 유리로 된 벽면을 뚫고 누군가의 얼굴이 튀어나와 뭐라고 말을 하는데 누구인지, 뭐라고 말을 하는지 알 수 없다. 처음 보는 사람이다. 엘리베이터는 아래에서 위로, 위에서 아래로 계속해서 오르락내리락 한다. 이규는 얇은 표피 같은 피부를 가진 개구리다. 개구리는 엘리베이터 안에서 무작정 벽으로 기어올랐다가 사정없이 아래로 곤두박질친다. 급기야 개구리의 몸이 엘리베이터 바닥에서 터진다. 푸릇한 색깔의 파자마 때문에 이규의 표정은 더 어두워 보인다. 이규는 담배를 들고 베란다로 나간다. 오전임에도 도심 언덕까지 차오른 안개는 아직 빠져나가지 못한 상태고, 등교하는 학생들이 지나간 아파트 단지는 쥐 죽은 듯이 고요하다. 북쪽 도시는 건재하다. 이규는 자신에게 어떤 권한이 있다면 이 도시에 사형 선고라도 내리고 싶다. 도시는 오래 남는다. 사라지는 건 인간뿐이다. 담배 한 개비를 채 다 피우기도 전에 휴대전화가 울리기 시작한다. 이규는 귀를 틀어막는다. 이 전화가 그들을 사지로 몰아넣는다.

이규는 거울이 싫다. 자신의 얼굴을 도저히 봐줄 수가 없다. 이규는 어느 때부터인가 자기도 모르게 이마를 자주 찡그린다. 그 결과 이마 한가운데 선명한 세 줄 주름이 생겼고 그 이전의 순하고 조금은 유해 보이던 중년 남자의 얼굴은 온데간데없이 사라져버렸다. 이규는 컴퓨터 모니터 두 개를 번갈아 쳐다보며 주식을 했는데 이제는 그저 켜두기만 한다. 주식은커녕 겨우 숨만 쉬는 데도 몸의 모든 에너지를 쓸 만큼 힘들다. 이규는 무슨 생각에서인지 안정감 있게 상승하던 미국 주식을 충동적으로 팔아버린다. 친구 회사 일을 돕느라 주식 동향 보고 연구서 작성, 고객들의 자산 관리나 투자 레포트 같은 걸 작성하는 일도 했는데 이제는 그것도 하지 않는다. 이규는 제 할 일을 조용히 하던 사람이지만 지금은 고개를 떨군 채 두 손만 내려다보고 있다. 진영도 일을 하지 않는다. 독서도, 연구도, 문제의식을 갖는 것도, 그 무엇도 불가능하다. 아예 이불 속에서 나오려고 하지도 않는다. 몸을 움직이려고도 하지 않는다. 숨만 쉬기도 버겁다. 집 안은 쓰레기와 먼지로 뒤덮였지만 둘 다 치울 생각을 하지 못한다. 누군가 와서 도와주기라도 하면 좋겠지만 두 사람은 누군가를 부를 힘조차 없다. 에너지가 조금도 없다가 조금 생기면 그 에너지를 술을 마시는 데 다 쓴다. 이규는 자신만이라도 정신을 똑바로 차리고 있어야 한다고 다짐하고 또 다짐한다. 그런데 다짐과 달리 진영을 돌봐야 한다는 생각만으로도 힘에 겹다. 둘이 함께 있어도 떨어져 있어도 위로가 되지 않기는 매한가지다. 혼자 있을 때보다 함께 있으면 더 불행하다. 두 사람은 절대 눈을 마주치지 않으려고 하고, 뭔가를 먹을 때도 혼자서, 자리에 앉지 않고 싱크대 앞에서, 일어선 채로 각자 조금씩만 먹는다. 두 사람은 점차 피폐해져간다.

이규는 대충 세수를 하고 일찍 집을 나선다. 운전대만 잡으면 자동차는 자동으로 윤재가 발견된 낚시터로 향한다. 오전과 달리 오후에는 호숫가를 따라 산보하는 사람들이나 가끔씩 지나가는 어린이축구단 차량조차도 보이지 않는다. 아주 잠깐 햇살이 따끈하게 머리 위를 달군다. 이규는 주머니에서 에쎄 담배를 꺼내 불을 붙인다. 대학 2학년이 되면 열심히 아르바이트를 해 유럽 여행을 가겠다던 평범한 아이의 꿈은 전국에서 가장 아름다운 호수 중의 하나라는 이곳 북쪽 도시의 깊은 호수 바닥에 수장됐다. 이규는 딸이 발견된 지점에서 눈을 뗄 수가 없다. 모든 것이 보이지 않는 삶의 어두운 소용돌이 속으로 빨려 들어가버렸다. 그저 깊은 물속에 머리를 처박고 죽어버리고 싶다.

이규는 몸에 칼을 지니고 다닌다. 대학 앞의 먹자골목에 있는 술집들은 학교 캠퍼스보다도 활기가 넘친다. 이규는 대낮 내내 빈둥거리다가 밤 아홉 시경에 그 술집으로 간다. 윤재가 마지막까지 있었던 곳이다. 윤재가 택시를 타지 않겠다고 하고는 혼자서 걸어갔다는 남자친구 정혁의 증언대로 이규는 그 시각까지 기다릴 작정이다. 시간 약속이라도 한 것처럼 두근거리는 가슴을 억누르며 그 애를 기다린다. 정혁은 나타나지 않는다. 그 애는 무혐의로, 이 일에 아무런 연관이 없다고 판명됐다. 사건이 났던 날은 3월 초임에도 밤 기온이 찼다. 먹자골목에서 나와 시내 중심가를 거쳐 외곽의 호수로 나가는 길까지 도보로 오십 분 정도가 걸릴 거라고 예측된다. 도시 외곽은 어두운 박물관 전시실 같다. 가끔씩 켜져 있는 대규모 상점의 전광판 불빛이 아니라면 가로등만 드문드문 켜져 있어 지나가는 자동차 불빛에 의지해 걸어야 한다. 택시가 지나다니기는 하지만 몹시 뜸하다. 더 북쪽의 도시로 운반되는 물류 트럭이나 레미콘 차량 들도 보인다. 이규는 어둠 속임에도 지나가는 차량 운전석 내부 조명 아래에서 운전기사가 입을 벌리고 웃고 있는 것 같아 자기도 모르게 몸을 떤다. 저것이

범인의 얼굴일지도 모른다. 그냥 라디오를 들으며 낄낄거리는 것일 텐데 이규가 보기엔 그렇지가 않다. 세상 모두가 다 의심스럽다. 조금만 더 걸으면 이규의 집으로 가는 길과 호수로 가는 길이 갈라지는 교차로가 나온다. 시내 중심부와 이어진 길이 끝나는 지점이다. 윤재가 왜 걸어서 집으로 가겠다고 했는지, 그리고 이 길에서 왜 집으로 오지 않고 호수 쪽으로 갔는지 이규는 전혀 알지 못한다. 윤재에게 있었던 일은 알 길이 없다. 정혁이 제일 먼저 용의선상에 올랐지만 제일 먼저 제외되었다. 이규는 처음부터 정혁을 의심한다. 여자친구가 혼자 가겠다고 혼자 보내다니, 딸이 그런 무책임한 아이를 만난 것에 참을 수 없이 화가 난다. 하지만 윤재도 어리고, 정혁도 어리다. 다른 사람까지 책임져야 할 나이는 아닌 것이다. 정혁을 경찰서에서 처음 만났을 때, 말하면서 계속해서 다리를 떤다거나 한 손으로 머리칼을 자주 쓸어 올리는 무의미한 행동까지도, 무엇 하나 마음에 드는 것이 없었다. 이틀 전, 정혁의 엄마로부터 전화가 왔다. 더 이상 자기 아들을 괴롭히지 말라면서, 여자애가 밤늦도록 술 마시고 다닌 게 문제지, 자기 아들은 아무 잘못이 없으니 착하고 불쌍한 아들 앞길을 막지 말라고 당당하게 말한다. 따님의 일은 나도 마음이 아프지만 산 사람은 살아야 하고……. 그 여자가 그 말을 하지 않았다면 어땠을까. "당신 아들은 앞길이 있어서 좋겠네요." 이규는 그렇게 말했고 전화를 끊은 후 소주 한 병을 다 마셨다. 살아 있는 인간들은 사람이 죽어도 끝까지 제 걱정만 한다. 이규는 정혁이 도망이라도 갈까 봐 사실 조마조마하다. 남편도 없이 딸 하나, 아들 둘을 혼자 키운 정혁의 엄마는 시장 골목 안에서 치킨 집을 한다. 이규는 사실 벌써 그 치킨 집에 다녀왔다. 그 집의 인기 메뉴인 마늘 통닭을 시켜 놓고 손도 대지 않고 돈만 내고 나왔다. 정혁의 엄마는 이규가 무슨 말을 해도 별로 놀라지 않을 것 같은, 자기 아들이 살인범이라고 해도 별로 놀라지 않을 것 같은 철통같은 인상의 여자다. 그럼에도 지독한 식용유 냄새 때문인지, 마늘 냄새 때문인지 그녀의 얼굴은 노란 풍선처럼 부풀어 보였다. 그녀의 둔부와 복부 전체에 붙어 있는 살들이 그녀를 훨씬 더 기개 있는 사람으로 보이도록 만들었다. 이규는 정혁의 엄마를 만나보고 단번에 전투력을 잃었다. 잘은 모르지만 그녀가 삶에 관한 한 한 수 위일 거라는 느낌이 들었다.

　　잔잔한 호수가 어두워지며 잔인한 파란색 색채를 띤다. 저녁 기운이 차다. 바람이 불고 쌀쌀해지면서 호수의 물결이 파르르 떨리며 산 쪽부터 어두워진다. 멀리 댐이 보인다. 이규는 비닐봉지에서 소주를 꺼내 병마개를 연다. 목이 말라 반병쯤을 벌컥벌컥 마시고 스낵을 입에 넣는다. "대한민국 만세." 다시 또 반병쯤을 입속에 털어 넣자 금세 사람이 흐물흐물해진다. "대한민국 만세." 그는 중얼거리며 강가로 내려가 강물에 손을 담근다. 물이 차갑다. 물이 닿으면 몸이 녹아내리는 느낌이 든다. 물은 죄악처럼 검고 얼룩처럼 푸르다. 그는 늘 이 자리에 와 앉아 있고 이젠 더 흘릴 눈물도 없다. 비닐봉지에서 소주 한 병을 더 꺼내 병마개를 딴다. 목이 말라 반병쯤을 벌컥벌컥 마시고 스낵을 입에 넣고 씹기 시작한다. 다시 또 술을 반병쯤을 입속에 털어넣은 뒤 강가로 내려가 물에 손을 담근다. 그가 물속에 박아놓은 막대기가 보인다. 그는 막대기를 꺼내 물 표면을 내리친다. 그리고 한 손으로 물을 떠 얼굴을 닦고 물을 위아래로 마구 휘젓는다. 그는 그렇게 호숫가에 앉아 소주 두 병을 비운다. 가슴에 불이 붙고, 머리가 다 타들어갈 것만 같다. 그는 비척거리며 일어나 두 손으로 자기 머리를 때린다. 끝도 없이 때리고 바닥을 발로 차며 발버둥을 친다. 하지만 그가 어떤 행동을 해도 딸은 살아 돌아올 수 없다. 세상이 이토록 아무렇지도 않게 째깍째깍 돌아간다는 것을 용납하기 어렵다. 그는 억울하다. 그가 바라는 것은 딸을 다시 만나는 것, 아이를 잃지 않는 것이다. 사고가 나기 이전으로 돌아가는 것이다. 어느 날 자고 일어나면 윤재가 거실에서 티브이를 보며 악몽을 꾸었느냐고 물어봐줄 것만 같다.

이규는 논길을 터벅터벅 걷는다. 논길을 지나 도로로 올라가면 아무 차나 세워 얻어 타고 경찰서로 갈 작정이다. 그는 발부리에 차이는 제법 큰 돌 하나를 손에 쥔다. 분노 때문에 더는 참을 수가 없다. 그는 돌 하나를 더해 돌 두 개를 가방에 넣는다. 처음에 쥐었던 돌이 너무 작아 큰 돌로 바꿔 넣고 두 번째 넣은 돌도 너무 작아 더 큰 돌로 바꿔 넣는다. 다 죽일 거야. 그는 중얼댄다. 발은 자꾸 논두렁 아래로 미끄러지고 머리는 계속 뜨거워진다. 그는 찻길로 나가기 직전에 그 자리에 멈춰 선다. 어디서 많이 본 얼굴이 건너편에 자전거를 세우고 길을 건너오고 있다. 이규는 다짜고짜 찻길로 나가 정혁의 멱살을 잡고 호수 쪽으로 잡아끈다. "너 잘 만났다 이 새끼, 내가 너 죽일 거야." 이규는 정혁의 멱살을 잡아 바닥에 처박는다. "오늘 죽이고 다 끝낼 거야. 오늘 하나님이 나한테 너를 보내주셨구나. 이렇게 끝내라고. 그래 우리 이제 끝내자!" 그는 정혁의 엉덩이를 차고 등짝을 찬다. 술을 마신 탓에 발이 헛돌고 바짓가랑이가 찢어져 미끄러진다. 정혁이 헉헉거리며 땅에 처박힌 얼굴을 들고 이규의 옆으로 와 그의 어깨를 잡고 말한다. "아저씨 죄송해요. 진짜 죄송해요. 제가 무책임했어요. 윤재를 지키지 못해 죄송해요. 제발 용서해주세요." 이규는 숨이 차 두 다리를 뻗은 채 그 자리에 주저앉는다. 정신을 차리기까지 한참을 바닥에 누워 숨을 헐떡인다. "걔는 늘 술을 마시면 취할 때까지, 끝까지 마신다고요. 아세요? 그날도 그랬어요. 걔는 아무도 못 말려요." "그래서? 아무리 그래도 여자친구를 집에도 데려다주지 않고 가냐!" 이규는 정혁에게 소리친다. "아, 진짜 걔가 날 집에 데려다준 적이 더 많다니까요 아저씨. 그리고 사귄 지 얼마 되지도 않았고, 그런 일이 일어날지도 몰랐다니까요." 술을 혼자 마신 것도 아니고 여럿이 같이 마셨고, 택시를 타지 않겠다고 해서 시내 중앙 로터리까지 함께 걸어가 배웅을 했다고 정혁이 말한다. 사실 그 얘기는 한두 번 들은 게 아니다. 그런데 이규는 들을 때마다 화가 난다. 남자친구라면 당연히 여자친구를 배웅해 집에 들어가는 것까지 봐야 한다. 양 형사는 얘기할 때마다 두 다리를 달달 떠는 정혁에게는 아무런 혐의점이 없다며 거듭 말했고 결국 정혁을 돌려보냈다. 그런데 지금 이규도 그에게 아무런 잘못이 없다고, 그간의 의심을 거두려고 하는 것이다. "아저씨, 저라고 상처 안 받은 줄 아세요? 저도 힘들어요. 이제 이 일 잊어버리고 싶어요. 그래서 온 거라고요. 이제 절대 다시는 윤재 일 생각하고 싶지 않아요. 아저씨가 절 의심하는 것도 지겨워요. 난 아니라고요. 만약 제가 거짓말을 하는 거라면 아저씨가 지금 절 죽여도 저는 피하지 않아요. 하지만 아니에요." 정혁은 고개를 숙인다. "너만 아닌 게 아니다. 나도 아니야. 다 아니야. 그럼 누구냐 도대체." 이규는 담배에 불을 붙인다. "나도 너처럼 다 잊어버릴 수 있으면 좋겠다. 너처럼 나도 미래가 있으면 좋겠어." 이규는 소리를 지른다. 그러다 웃기 시작한다. 그 사이에 담배가 떨어진다. 미동도 없던 호수에서 갑자기 차가운 바람이 뺨으로 밀려온다. 한바탕 실랑이가 지나고 술도 좀 깨는 듯하다. "가라 빨리. 꺼져 새끼야." 이규는

64

정혁을 돌려보낸다. 정혁도 다른 사람의 소중한 자식이다.

　하루 종일 윤재의 목소리를 듣는다. 대학에 간 지 몇 주 되지도 않은 상태에서 사고를 당했지만 그 몇 주 동안 몇 차례, 이규는 딸을 학교까지 바래다주었다. "난 머리가 나빠. 성적 장학금을 받기는 힘들 것 같아 아빠. 아빠가 포기해." 뒷자리에 앉아 재잘거리는 목소리가 지금도 들리는 것 같다. "아빠 이것 좀 내 방에 갖다 둬." 급히 내린 딸의 자리에는 앞머리를 마는 분홍색 롤이며, 머리빗, 화장품이 흩어져 있다. 재잘재잘, 윤재는 계속 재잘거린다. 이규의 귀에서는 하루 종일 매미가 떼로 운다. 매미 소리는 심장을 터뜨릴 정도로 커진다. 이규는 향교로 간다. 향교는 주변 도로 공사로 담벼락이 허물어졌다. 무너진 담벼락이 침범한 향교 건물 한쪽의 여백은 왠지 이전의 권위를 찾아볼 수 없게 만든다. 이규는 중얼거릴 힘조차 없다. 그는 마루에 걸터앉아 하늘을 올려다본다. 공포감이 그를 다시 엄습하지 않기만을 바랄뿐이다. 이규는 몸을 일으켜 비척비척 걸어간다. 어린아이가 홍살문을 넘어 안으로 들어와 화단 끝에 쪼그리고 앉는다. 이규가 다가가자 아이가 얼굴을 들어 올려 이규를 본다. 순간 이규는 자기도 모르게 같이 주저앉는다. 세 살, 네 살쯤 된 어린아이의 얼굴엔 알 수 없는 슬픔이 가득하다. 아이는 거의 민머리에 목에는 동그랗게 손수건을 감고 있다. 자기 손에 들린 것을 이규에게 보여주며 뭐라고 중얼거린다. "그래, 그래." 이규는 아이의 등에 손을 얹고 싶지만 그것마저도 쉽지 않다. 그의 손은 천천히 허공에서 동그라미를 그린다. "너 뭘 먹니?" 그는 머리를 숙이고 아이가 입에다 넣는 것을 본다. 아이의 입술이 마르고 건조해 보인다. 그는 아이의 손을 펴 꼭 쥐고 있는 것을 본다. 흙이다. 아이는 흙을 먹고 있다. 이규는 손을 내저으며 아이를 말린다. 그때 향교 측면 계단에 앉아 있는 진영을 본다. 가끔씩 사라져 몇 시간씩 나타나지 않는 진영의 행방이 이제야 확인된다. 그녀는 신발을 벗은 채 두 다리를 힘없이 내려뜨리고 있다. 입술은 바짝 말랐고 눈은 퉁퉁 부어 있다. 정신을 놓은 사람처럼 보인다. 그게 진영인지조차 잘 몰랐을 정도이다. 그는 아주 천천히 걸어간다. 그리고 옷이며 머리가 온통 후줄근해 보이는 여자의 몸을 두 팔로 안는다. 그 순간 그 둘은 공범이고 죄인이며 죽을 때까지 함께해야 하는 확실한 동반자다.

진영은 서울을 떠나 북쪽 도시 B로 이사한다. 윤재에게 사고가 일어나기 팔 개월 전의 일이다. 진영이 이곳으로 오지 못할 이유는 없었다. 진영은 산으로 둘러싸인 침식분지 지형인 이곳에서 태어났고 이곳에서 성장했다. 댐이 많고 호수가 많은 안개 다발 지역인 이곳에 대해 진영은 누구보다 잘 안다고 믿었다. 어쩌면 수시로 안개가 끼고 겨울에는 춥고 여름에는 덥다는 것 정도가 아는 것의 전부였을 수도 있다. 누구나 방심할 수 있고 그만큼 시간도 흘렀으니까. 이곳 북쪽 소도시에는 댐이 많다. 열 개 정도, 가동을 멈춘 댐까지 계산하면 그보다 더 많을 수도 있다. 가동을 멈춘 댐은 언뜻 보면 공포스럽다. 그럼에도 진영이 이 지역에서 좋아하는 장소가 있다면 단연코 댐이었다. 엄청난 규모, 시멘트 냄새, 절대 부서지지 않을 단단함 같은 것들이 마음에 들었다. 진영은 어릴 때

가끔, 댐이 커다란 시멘트 동물로 변해서 성큼성큼 강을 건너 아스팔트를 무너뜨리며 시내로 걸어 들어오는 상상을 하곤 했다. 겨울이면 살을 에는 추위가 몇 개월이나 계속된다. 겨울은 냉동고 속 같고 여름은 사막처럼 숨도 못 쉬게 덥다. 안개는 아침마다 출몰해 학교에 가기 위해 버스를 기다리는 학생들의 몸 전체를 뒤덮는다. 아주 가까이 다가가서야 앞에 있는 사람 얼굴이 보이고 누구인지 알 수 있을 정도다. 그래서 목소리로 서로를 확인한다. 이사 온 후 겨울철의 스모그는 나날이 정도가 심해졌다. 시의 중심부 외곽은 거의 다 공장 지대이거나 공장 부지로 매입해놓고 공사 중이거나 공사를 중단한 곳들이다. 그래서 이곳 사람들은 그런 환경의 영향을 많이 받는지도 모른다. 진영이 어릴 때 이곳에서 태어난 아이들 중 다른 지역으로 이사를 가지 않은 아이들은 그 삶의 주기 안에 대부분 이 공장 지대와 어떤 식으로든 연관이 생겼다. 모두들 공돌이가 되거나 공순이가 될 거라고 진영의 엄마는 말하곤 했다. 오랜 시간 하천의 침식 작용에 의해 지표가 깎이면서 형성된 분지는 크고 작은 산이 둘러싸고 있는 편평한 땅이다. 북쪽에서 발원한 두 개의 강이 이곳에서 합류한다. 강마다 수많은 댐이 가로놓여 있다. 풍경도 강도 안개도 결국은 두 강이 만나는 합류부를 통해서만 외부로 빠져나가게 되어 있어 다소 협소하고 답답하다. 이 도시에서는 시내 한가운데를 빼놓고는 어디에서나 호수에 쉽게 닿는다. 안개와 스모그가 걷히기 전까지는 이 도시 풍경의 전모가 잘 드러나지 않아 언제나 이곳은 진영에게 매우 답답한 곳이었다. 그 느낌이 지금 되살아나고 있다.

진영은 어린 시절 내내 겨울이면 스케이트를 탔다. 진영의 두 다리에는 아직도 그때의 근육이 그대로 남아 있다. 이 지역 아이들은 스케이트를 따로 배울 필요가 없이 성장과 함께 자연스레 스케이트를 탔다. 방학이 되면 아침을 먹은 아이들은 스케이트를 신은 채 부모의 등에 업혀 스케이트장으로 바로 이동했다. 집 인근의 논도 연못도 겨울에는 모두 두껍고 흰 얼음이 어는 스케이트장으로 변신했다. 진영 아버지의 직업은 군인이었다. 드물게 아버지의 직업에 관한 질문을 받을 때, 진영은 굳이 '엔지니어'라고 대답하곤 했다. 진영의 아버지는 엔지니어인 적이 한 번도 없지만 진영은 왠지 맥가이버처럼 필요한 것은 뭐든 다 만들 것 같은 사람을 지칭하는 듯한 그 단어가 좋았다. 진영의 아버지는 타지 출신이다. 그의 아버지인 진영의 할아버지는 파란색 트럭에 양말을 잔뜩 담아 전국을 돌아다니며 팔았다. 진영의 할아버지 할머니 고모 삼촌 등 모든 가족들이 전국 각지로 돌아다니며 양말을 팔아 생계를 이어갔다. 그래서 가족에 대한 진영의 최초의 기억은 바로 그 알록달록한 색깔의 양말 트럭이다. 진영의 엄마는 무자격 간호조무사로 동네 의원에서 일했다. 병원 청소에서부터 빨래, 진료실 의료 도구 소독 등 온갖 시키는 일을 다 했다. 그쪽 일에 재능이 있었는지 나중에는 주사도 놓아서 그녀의 몸에서는 늘 약 냄새가 났다. 그래서 진영은 엄마가 간호사인 줄 알았다. 진영은 자주 터지고 갈라지고 습진에 시달리는 엄마의 손을 보면 마음이 아팠지만 엄마가 집에서도 늘 흰색 간호사 옷을 입기를 바랐다. 진영의 아버지는 집에만 오면 희미하게 감도는 약 냄새 때문에 병원에 입원한 것처럼 몸도 마음도 편하다고 말하곤 했다. 진영의 아버지는 퇴근할 때 먼저 스케이트장에 들렀다. 그는 스케이트를 탈 줄 몰랐지만 얼음판 위에서 쌩쌩 달리는 아이들을 보면서 즐거워했다. 하지만 스케이트장은 늘 즐거운 일만 있는 곳은 아니었다. 스케이트장 끝에서 기다란 쇠막대를 세워 놓고 스케이트 날을 가는 한 남자가 있었다. 그는 쉬익쉬익 소리를 내며 검은색 롱 스케이트 날을 갈았다. "내가 왜 여기 서 있는 줄 알아요? 내가 여기 서 있어야 애들이 저 뒤까지 안 가요. 얼음이 단단해 보여도 살얼음일 수 있거든. 저기 빠지면 못 나옵니다. 내가 여기 서 있어야 애들이 안 빠져 죽어요." 남자는 회색 숫돌 두 개를 맞붙여 놓고 그 안에 스케이트 날을 넣은 뒤, 칼같이 날을 갈았다. 그리고 그 일이 일어났다. 바로 눈앞에서, 발밑 얼음장 밑에서 벌어진 일이었다. 진영과 늘 같이 스케이트를 타던 한 남자아이가 얼음이 녹은 호숫가 끝자락에서 넘어진 순간 순식간에 깨진 얼음 사이로 빨려 들어가버렸다. 아이들이 얼음 위를 미친 듯이 뛰어다니며 얼음 아래로 보이는 아이의 움직임을 따라가며 안타까워 발을 동동 굴렀다. 턴을 하는 지점의 얼음이 녹아 있었던 모양이다. 아이는 거기서 넘어졌고 깨진 얼음 아래로, 물속으로 몸이 급속도로 빨려 들어갔다. 아이는 필사적으로 수영을 하며 바깥으로 나올 방법을 찾았다. 진영의 아버지는 얼음판으로 뛰어갔다. 뛰어가다 넘어졌지만 이내 더 속도를 내어 뛰었다. 아이들이 동그랗게 모여 서 있는 곳으로 가 머리를 들이밀었다. 얼음판 아래에 움직임이 둔해진 남자아이의 옷이 보였다. 사람들은 아이가 나올 수 있는 쪽을 가리키며 소리를 질렀다. 그러다 호수와 연결된 강어귀에서부터 급하게 얼음을 깨 나가기 시작했다. 하지만 너무 늦었다. 아이를 구하는 데 시간이 너무 오래 걸렸다. 얼음물에서 꺼낸 아이는 탱크처럼 퉁퉁하고 마른 북어처럼 뻣뻣했다. 아이들이 남자아이의 얼굴을 손바닥으로 때리며 눈을 뜨라고 소리쳤다. 진영은 그날부터 스케이트를 타다가 얼음물에 빠져 죽지 않게 해달라고 밤마다 기도했다.

이곳 북쪽 소도시의 중요한 시설이었던 미군 기지가 없어진 건 삼 년 전이다. 그 이후로 땅 표면 위로 계속해서 기름띠가 올라온다. 조사는 계속되지만 특기할 결과는 나오지 않는다. 이 땅은 제로베이스가 된다. 이곳에 미군이 주둔한 군사 시설이 있었다는 것은 절대로 지울 수 없는 사실이다. 땅은 오염되었고 아무것도, 어떤 시설도 들어설 수 없다. 시 당국도, 시민들도 그 정도의 상식은 있다. 그러나 이 땅은 누구의 땅인가. 저녁 일곱 시만 되어도 도시는 유령도시처럼 텅 빈다. 전력도 달려 가끔씩 장시간 블랙아웃 상태가 되곤 한다. 키가 몹시 크고 팔다리는 길고 얼굴은 없는 흰 귀신이 나타난다는 소문도 있어서, 밤이면 높다란 담벼락 옆을 지나가기가 두렵기도 하다. 그래서인지 도시는 고요하다. 누가 죽어도 모를, 사람이라고는 없는 도시로 남은 것이다. 그러고 보면 이 도시가 옛날부터 유지하고 있었던 것은 어쩌면 이 미칠 듯한 고요함뿐이다. 발전과는 동떨어진 고요함만이 이 도시의 실체다. 그래서였는지 진영은 이곳 북쪽 소도시가 조금은 만만했고 그래서 방심했는지도 모른다. 여기서 아이를 잃게 될 줄은 상상도 못 했던 것이다. 이규가 처음부터 북쪽 소도시로 이사하는 것을 찬성한 것은 아니었다. 게다가 그는 줄곧 책상에 앉아 모니터만 들여다보는 경영지원팀 소속의 사무직 직원이었다. 이규는 진영에게 설득당했다. "가자. 거기서 조용히 늙고 싶어. 강의 자리를 얻게 된 게 운명처럼 느껴져." 진영이 연극배우처럼, 절실한 표정으로 말하는 통에 이규는 그만 더 생각해볼 타이밍을 놓친다. 왜 진영이 말하면 뭐든 그럴듯해 보이는 걸까. 그것이 어쩌면 한이규 삶의 딜레마다. 게다가 이규는 안정된 직장 생활을 하는 것과 달리 진영은 사십대 중반이 가까워지면서 시간 강사 자리도 찾기가 어려웠다. 진영은 박사 학위 소지자였지만 그런 것은 아무 쓸모가 없었다. 대도시에서는 비빌 틈이 조금도 없어 자존심을 지키기도 어려웠다. 나날이 모멸감만 커져갔다. 그런데 기회가 왔고 진영은 놓치고 싶지 않다. 하지만 이규는 난감하다. "당신은 새로운 일이 생겼지만 난 일이 없잖아. 내가 거기 가서 뭘 해?" 진영이 겨우 생각해낸 일은 오래전 이규의 꿈이었던 목공을 배우는 것이다. "당신 원래 목공 배우고 싶다고 했잖아. 가서 그거 배우면 어때?" 그건 사실 말 그대로 꿈이었지, 나뭇결을 사포로 갈아대어 겨우 휴지 케이스나 만들고, 작은 직사각형 상자 하나를 만드는 일로 하루를 다 보내겠다는 뜻은 아니었다. 이규의 경우 일 년 정도는 회사 원격근무가 가능했다. 고등학교 3학년 2학기였던 딸 윤재는 학교 앞에 작은 원룸을 얻어주기로 했다. 윤재는 오히려 그런 변화를 즐거워하고 잘 수용한다. 처음엔 아침마다 전화로 깨우는 일이 전쟁이었지만 점차 나아진다. 진영과 이규는 원룸 수납장 한가득 생수와 컵라면 초콜릿 등 비상식량을 잔뜩 채워 넣어주고는 가벼운 마음으로 북쪽 소도시로 이사한다. 이규는 이 모든 변화를 받아들이기로 한다. 왠지 이사 얘기를 할 때 진영의 표정이 행복해 보였고 그 감정은 빠르게 이규에게도 전염된다. 가족을 위한 그 정도의 변화라면 충분히 수용하고도 남았다. 윤재는 이곳 국립대학 자연대 입시에 합격한다. 윤재가 오고 집 안 공기가 쾌청해진다. 화초도 웃고, 집 안에 떠도는 먼지

마저도 생기가 돈다. 모든 것이 다 가볍게 움직인다. "눈이 올 것 같네. 우리 이따 호숫가 산책이나 갈까?" 진영이 제안한다. 식사 후 셋은 모자와 장갑을 챙겨 저녁 산책을 나간다. 강을 따라 설치한 나무 산책로를 걷는다. 이제 셋의 키가 똑같다. "내가 봉사활동을 제일 많이 했다면서 센터에서 케이크를 준다고, 성탄절에 받아가라고 하더라고." 진영은 이규가 하는 말을 듣고 웃는다. "여기서도 자기를 알아봐주는구나." 이규는 노인복지센터에서 봉사를 한다. 왜 그런 일을 하는지 진영은 잘 알지 못하지만 이규가 하는 일에 대해 코멘트를 할 생각은 없다. "난 늙으면 복지관 옆에서 살 거야. 복지관은 밥도 주고 필요한 게 다 있잖아." 이규가 말한다. 진영은 자신의 노후에 대해 깊게 생각해본 적이 거의 없다. 12월의 한가운데인데 왠지 푸근하게 느껴지는 날씨, 셋은 성탄절을 어떻게 보낼까 계획을 세운다. 호숫가에 있는 커피 판매점에서 다디단 커피를 사 마신다. 윤재와 이규를 번갈아 바라보며 진영은 행복하다고 느낀다. 그리고 보람도 느낀다. 산책을 마치고 집으로 돌아와 윤재는 방으로 들어가고 진영은 거실에서 책을 읽다가 새벽 한 시쯤 잠이 든다. 고요하고 평화로운 일상은 새해까지 지속된다. 북쪽 소도시의 삶은 완벽하다. 아인슈페너나 에스프레소 같은 커피가 흔하지 않다는 것 말고는 어떤 부족함도 없다. 진영은 밤마다 와인을 마신다. 사실 거의 매일 밤 술을 마신다. 마치 술을 마시기 위해 북쪽 소도시로 이사 온 것처럼 매일매일 병의 개수가 늘어간다. 진영은 서서히 술에 중독되고 있다. 얻는 게 있으면 잃는 것도 있다.

민준은 아기를 데리고 아동병원 응급실로 간다. 바로 응급 구역으로 이동하려다가 검은색 조끼를 입은 남자들에게 저지당한다. 빨간색 라인이 쳐진 입구에서부터 경비가 막아서서 응급 구역으로 들어가는 것이 여의치 않다. 민준은 당황한다. "여기요, 저 좀 들어가게 해주세요. 저기요, 여기 아기 좀 봐주세요. 지금 아기가 이상해요. 숨을 쉬지 않습니다. 도와주세요 제발! 제가 아기를 길에서 주웠다고요. 누가 버린 아기인지 몰라요 나도. 그런데 아기가 숨을 쉬지 않는 것 같아요. 제발 도와주세요." 듣는 사람이 있거나 말거나 민준은 혼자서 소리친다. 그러자 경비처럼 보이는 유니폼을 입은 건장한 남자가 먼저 다가온다. 아무리 급해도 서류 먼저 작성해야 한다며, 볼펜과 종이가 끼워진 클립보드를 내민다. 본인의 인적사항, 최근의 호흡기 질환 경력 말고 정작 아기에 대해서는 적을 것이 별로 없다. 서류를 내고 기다린다. 얼마 후 민준의 이름이 호출되고 응급 구역 현관문이 열린다. 민준은 아크릴 칸막이가 쳐진 예진석에 앉는다. 바구니를 기울여 간호사들에게 아기를 보여준다. "아기 아버님이시죠? 왜 오셨죠? 아기 상태를 말해주세요." 민준은 당황해 말도 제대로 하지 못한다. 그때 뒤에서 누군가 민준의 어깨를 잡는다. "저, 이거 떨어뜨리신 것 같아요." 경비가 민준에게 지갑을 건네준다. 지갑을 받아 쥔 민준은 예진 간호사의 얼굴을 뚫어지게 보며 말한다. "아직 출생 신고도 안 된 아기예요." 그런데 다음 말을 이어서 할 수가 없다. 민준이 머뭇거리자 간호사가 나서서 아기 상태부터 체크하자고 하며 응급 구역 안쪽 소아응급실로 안내한다. 바구니 속 아이는 이제 아예 무게조차 느껴지지 않는다. 민준은 여러 색깔의 라인이 수없이 그려진 응급 구역 안에서 자신이 가야 할 곳을 찾지 못하고 그 자리에 주저앉는다. 병실은 죄다 길고 투명한 비닐로 가려져 있다. 디자인도 각도도 비슷해 방금 안내받은 소아응급실 위치를 찾지 못한다. 그러다 민준은 다시 일어난다. 눈에 띄는 사람 아무에게나 소아응급실이 어디냐고 묻는다. 소아응급실 앞에 간호사가 두 명 앉아 있다. 두 사람 다 할 일이 많아 보인다. 민준이 청소 용역회사 일을 한 후로 이 시간에 눈을 뜨고 깨어 있기는 처음이다. 체력 하나만큼은 자신 있었는데 지금은 그렇지 않다. 아기를 보여준다. 간호사들이 민준을 보자마자 질문을 쏟아 붓는다. "보호자님 아기 상태 말씀해주세요. 병원에 왜 오셨어요?" 민준은 버벅거린다. "아기가 숨을 쉬지 않아요. 아기가 죽은 거 같아요." 남자 간호사, 여자 간호사 두 명이 더 달려오고 아기를 덮었던 흰 천이 걷히고 동그랗고, 네모난, 작은 기계장치들이 아기의 몸에 붙는다. 그리고 아기 침대 머리 위 모니터에 불이 들어온다. 안정감을 주는 인상의 간호사가 빠르고 큰소리로 말한다. "아버님, 여기 보호자 사인 하셔야 저희가 아기를 치료할 수 있어요. 아기는 지금 자고 있지만 혹시 모르니까 이것저것 체크 좀 해볼게요." 서류에 서명을 하는 순간 엉겁결에 민준은 바구니 안에 있는 아기의 아빠가 된다. 아기가 잘못되거나 죽지 않았다는 것만으로도 민준은 일단 안도한다. "아버님은 잠깐 나가셔서 보호자 대기실에 계세요. 제가 다시 부를게요. 그때 오세요." 민준은 간호사에게 말하고 싶다. 저기요, 이 아기는 제 아기가 아니고요, 제가 공원에서 발견한 아이예요. 누가 조형물 뒤에 버렸더라고요. 오민준은 눈을 동그랗게 뜨고 똑똑히 자신의 상황을 설명하고 싶다. 간호사는 들고 있는 차트를 두 팔로 안고 민준 너머의 어딘가를 보고 있다. 그들은 자신의 일을 할 뿐이다. 피곤한지 얼굴에 다크서클이 생긴 간호사는 비어져 나오는 하품을 참으려고 눈을 깜빡거린다.

칙칙한 얼굴을 한 사람들이 계속해서 병원 복도를 지나간다. 복도 끝 진료비 수납 창구에 앉아 있는 남성 한 명, 여성

한 명 뒤로 동그란 시계가 보이고 텔레비전이 보인다. 시곗바늘은 오전 열 시를 가리키고 있다. 오전 열 시는 평소의 민준에게는 존재하지 않는 시간이다. 그는 보호자석 파란색 플라스틱 의자에 두 다리를 올리고 그 위에 얼굴을 묻은 채 잠을 자보려고 애쓴다. 코끝으로 에어컨 바람이 느껴지고 텔레비전 소리가 멀어졌다 가까워진다. 꿈속에서 민준은 아기 바구니를 들고 청소 용역 유니폼을 입은 채 서울 지역 쓰레기를 다 갖다버리는 인천 매립지에 서 있다. 감당할 수 없는 악취가 나 입을 틀어막는다. 멀리 매립지 끝에 바다가 있다. 알록달록한 색깔의 쓰레기는 푹푹 썩고 있고 쥐들, 벌레들, 새들이 우글거린다. 저 멀리 먹이를 찾고 있는 개들도 보이고 작고 큰 불길이 여기저기서 산발적으로 타오르고 있다. 민준은 입을 틀어막으며 아기 바구니를 매립지 위에 놓을까 말까 망설인다. 이곳에 바구니를 놓으면 아기를 버리는 것이다. 민준은 매립지를 파헤치는 포클레인과 그 뒤로 드는 석양을 보며 한참을 그대로 서 있다. 민준이 잠에서 깨었을 때 보호자석에는 아무도 없다. 민준은 벌떡 일어나 소아응급실 쪽으로 이동한다. 민준은 아까 만난 간호사를 간절한 눈으로 바라본다. "보호자님, 왜 그러세요?" 민준은 차마 말하지 못한다. 아기를 제가 책임지기는 어렵습니다. 말이 도저히 나오지 않는다. "보호자님 아기는 괜찮아요. 걱정 안 하셔도 돼요." 민준은 표정을 바꾼다. "아기가 괜찮다니 다행입니다." 민준은 아무 말이나 해버린다. "일단 수납하실 수 있게 도와드리고 퇴원 조치 해드릴게요. 아기는 큰 문제가 없어요. 잠깐만 여기 계세요." 간호사는 빠른 걸음걸이로 복도를 지나 금세 사라진다. 잠깐 잠이 들었던 것이 민준을 제정신으로 돌아오게 한 것일까. 민준은 온통 화이트로 칠한 병원 안에서 갑갑함을 느낀다. 이제 아기 바구니를 손에 드는 것 자체가 부담이 된다. 이 상태에서 다시 아기를 보는 것이 몹시 꺼려진다. 감당할 수 없는 상황에 처한 민준은 기운을 잃고 병원 복도 벽에 상체를 밀착시켜 기댄다. 지금까지 살면서 청소 용역 일이 가장 힘들다고 생각했는데 그게 가장 쉬운 일이었던 것만 같다. 머리를 굴려 앞날을 생각할 힘조차 없다. 그는 갑자기 링거 거치대를 밀며 복도를 빠르게 걷는다. 단숨에 소아 응급실 구역을 벗어나 병원 로비 쪽으로 움직인다. 경비에게 물을 마시고 싶다고 말하자 복도에 있는 음수대를 알려준다. 복도에 환자가 많다. 민준은 몸에서 나는 냄새를 삼키며 음수대 수도꼭지를 잡고 계속해서 물을 마신다. 병원 로비에서 누군가 피아노를 친다. 환자들과 보호자들이 피아노 치는 사람을 무심히 건너다보고 있다. 민준은 피아노 소리가 아름답다고 느낀다. 그러면서도 계속 걸어 소아 병동 연결통로로 간다. 연결통로에서는 손목에 보호자 표식을 찬 사람이나 서류를 가지고 있는 사람들만 들여보낸다. 민준은 자기도 모르게 고개를 돌리고 반대편으로 걷는다. 병원 로비에 있는 사람들 누구도 민준을 주시하지 않는다. 민준은 병원 로비 앞 인포데스크를 지나 빠르게 병원 현관을 통과해 바깥으로 나온다. 병원으로 많은 차들이 수없이 들어온다. 주차 관리자들이 현관 쪽으로 들어오는 택시와 일반 자동차를 구분해 주차장으로 안내하고 있다. 그는 횡단보도를 건너 정문 쪽으로 걷는다. 의사 유니폼을 입은 사람들이 크록스를 신고 빠른 걸음으로 병원을 향해 오고 있다. 정오의 따끈한 볕이 머리 위로 떨어져 나른할 지경이다. 민준은 뒤를 돌아보지 않고 자동차가 들어오는 입구 쪽으로 멈추지 않고 계속 걸어간다. 저 앞에 보이는 주차 정산기만 지나면 바로 대로변이다. 이제 횡단보도만 건너면 다 끝난다. 민준은 절대 병원 쪽을 돌아보지 않는다. 신호가 바뀌기까지 긴 시간이 흐른다. 그리고 신호가 바뀐다. 그때 민준의 옆에 서서 신호를 기다리던 여자가 발을 헛디뎌 넘어진다. 여자가 두 다리를 접은 채 신음을 내며 그 자리에서 일어서지 못하지만 민준은 그대로 길을 건너 버스 정류장에 정차 중인 택시를 탄다. 그는 마음속으로 외친다. '이제 다 끝났어. 진짜 끝났어.'

샤오는 조류인플루엔자에 감염된 닭 매몰 처분 현장에 간다. 뒤에 봉고차 두 대가 더 따라온다. 사장은 누군가에게 평생 뭔가를 부탁해본 적이 없지만 이번에는 어쩔 수 없이 부탁하겠다며, 직원들을 모아놓고 말한다. "농장 상황이 어렵다. 이번엔 여러분들이 나를 좀 도와주면 좋겠다! 좀 도와주라." 그의 얼굴 색깔은 점점 검어진다. 입술도 눈 주위도 모두 검게 착색되었다. 중국·일본 관광객들이 늘고 삼계탕 장사가 호황을 이루면서 그는 엄청난 규모의 양계장을 매수했다. 직영 농장이 있으면 닭의 수급이 훨씬 편하기 때문이다. 하지만 조류인플루엔자가 발생해 점차 상황이 나빠지면서 닭들을 살처분하게 될 거라고는 상상도 하지 못했다. "지금 농장에 감염된 닭을 치울 사람이 없어요. 어차피 식당에는 아무도 오지 않잖아! 농장 일을 좀 도와줘요." 사장 부인은 사장 옆에 앉아 얼굴을 우그러뜨린 채 말이 없다. 늘 웃던 건강해 보이는 얼굴이 아니다. 종업원들이 가고 안 가고를 선택할 수는 없다. 월급을 받는 한, 일하다 지쳐 나가떨어진 방역 공무원과 농장 직원들을 도와 닭을 치우러 가야 한다. 샤오는 사실 아침에 일어날 때부터 컨디션이 좋지 않았다. 몸 전체에 열감이 있고 눈자위가 뜨거워지며 어지럼증이 일었다. 몸이 아프면 딸이 더 보고 싶어진다. 샤오는 지갑 속에 넣어가지고 다니는 딸의 사진을 꺼낸다. 사진과 같이 포개 넣어둔, 딸이 어릴 때 색연필로 그려 생일날 준 안마 쿠폰, 뽀뽀 쿠폰도 꺼내본다. 모든 일들이 까마득하다. "지우야! 우리 지우." 샤오는 딸의 이름을 부른다. 딸은 얼마나 컸을까. 샤오는 딸의 냄새를 떠올리기 위해 애쓰지만 잘 떠오르지 않는다. 그녀는 겨우 몸을 일으켰고 양치질도 겨우 했다. 컨디션이 좋지 않아도 일을 하러 나가야 하는 것이 괴롭다. 언제까지 몸을 이용해 돈을 벌 수 있을 것인가. 아플 때마다 샤오는 절망감에 휩싸인다.

두 시간 가까이 고속도로를 달려 농장에 도착한다. 5월 하늘은 황사로 인해 늘 그렇듯 탁하고 흐리다. 주변이 이상하리만치 고요하다. 뉴스에서 보던 것과 다르게 농장 주변은 오히려 인적이 드물다. 트럭이 농장 초입에 도착하자, 봉고차 안에서 시체처럼 잠들어 있던 직원들이 일제히 잠에서 깬다. 농장 건물은 전체가 다 흰 천막으로 가려져 있고 출입통제 상태다. 농장은 비교적 편평한 지대 위에 몇 개의 건물이 그룹별로 나뉘어 있다. 먼저 도착한 사장이 걸어 나온다. 방역복 차림이라 모자를 벗고 얼굴을 드러낸 뒤에야 모두 사장을 알아본다. 직원들은 그의 안내를 따라 옷을 갈아입으러 작은 천막 안으로 들어간다. 총 열 명의 종업원이 오늘 작업을 배정받는다. 외국인 종업원들은 춘식을 포함해 남자 동료 세 명뿐이다. 옷을 갈아입고 나오자 드링크 영양제를 주며 작업 시작전에 먹으라고 한다. 휴대폰과 소지품은 모두 수거해간다. 직원들은 신발을 장화로 갈아 신고, 몸 전체를 감싸는 점프수트 같은 방역복을 입는다. 장갑도 끼고 헬멧도 쓴다. 옷을 갈아입는 데만도 시간이 오래 걸린다. 샤오는 여성 직원 세 명과 같이 한쪽 천막 안에서 장갑을 끼고 살처분된 닭을 파란 비닐봉지에 담고 있다. 가스에 질식사한 죄 없는 닭들이 수북하게쌓여 있다. 남자 직원들이 파란 비닐봉지를 차에 싣고 구덩이까지 가져가 구덩이 안에 던져 넣는다. 자동차가 농장 안으로들어올 때마다 굉음과 함께 질척이는 땅이 팬다. 샤오는 키가크고 체격이 좋은 편인 춘식이 자신과 계속 눈을 맞춘다는 것을 알고 있다. 지금은 이런 일에 마음을 쓸 때가 아니라는 걸알면서도 자꾸만 신경이 쓰인다. 약 덕분일까. 아무리 일을해도 피곤이 느껴지지 않는다.

점심시간이 되자 모두들 농장 사택으로 모인다. 옷과 헬멧을 벗고 각자 휴대폰부터 꺼내본다. 어디서 공수해 온 것인지

불고기와 육회, 양주도 한 병 놓여 있다. 하필이면 춘식이 샤오의 바로 앞에 앉아 있다. 그때 갑자기 농장 상공에 헬리콥터 행렬이 보인다. "저 병이 우리에게 옮지는 않겠지, 내가 불안해서리." 주방 보조로 일하는 나이 든 남자 직원이 말한다. 남자는 늘 아무 데서나 침을 뱉어서 샤오가 너무나 싫어 하는 사람이다. "샤오, 얼굴 돌려봐, 뭐가 묻었다." 같은 조의 혜란 언니가 샤오의 얼굴에 묻은 검불 같은 것을 떼어준다. 샤오는 앞에 앉은 춘식의 눈치를 본다. "이거 엄청 맛있습니다." 설거지 담당 남자 직원이 음식 맛에 완전히 빠져 있다. 반주라고 하기에는 과하게 술을 마신다. 샤오도 양주를 두 잔이나 마신다. "오늘 다들 고마워." 사장이 말하면서 이마의 땀을 훔친다. 뭔가 평소의 사장과 다르다. 샤오가 사장을 본다. 사장의 얼굴이 노랗다. 순간 샤오는 사장이 두 팔을 힘없이 축 늘어뜨리며 술잔을 떨어뜨리는 것을 본다. "사장님, 괜찮으세요?" 샤오가 그 말을 하자마자 사장이 옆에 있는 부인 쪽으로 쓰러지고 식사를 하고 있던 평상 위는 난장판이 된다. 사장 부인은 자신의 무릎 위로 떨어진 남편의 머리를 두 손으로 받친 채 119를 부르라며 오열한다. 어디선가 까마귀들이 날아와 평상에서 떨어진 음식을 쪼아 먹기 시작한다. 모두들 그 자리에서 일어나 구급대가 오기를 기다린다. 닭들의 죽음을 애도하듯 하늘이 어둡다. 직원 한두 명이 사장의 두 다리와 팔을 주물러보려고 하지만 이런 상황에서 도움을 줄 수 있는 사람은 없다. 샤오는 어찌할 바를 몰라 자기도 모르게 눈물을 흘린다. 사장의 스트레스가 이 정도인 줄을 전혀 몰랐던 자신이 미워지기까지 한다. 티셔츠 앞이 땀으로 흠뻑 젖은 사장 부인이 허공을 쳐다보며 말한다. "어쩌면 좋아, 어쩌면 좋으니 얘들아, 우린 망했어." 구급대가 도착하고, 사장과 부인은 구급차에 타고 병원으로 실려 간다. 나머지 사람들은 모두 자신의 일자리로 돌아간다. 샤오는 난장판이 된 평상 위를 치운다. 돗자리에 흘린 간장 얼룩이 지워지지 않는다. 그때 춘식이 다가온다. "누나 사장님보다 누나가, 내가 더 불쌍해. 우리 나중에 맥주나 한잔합시다." 샤오는 눈물을 닦으며 평소와 다르게 얼른 대답해버린다. "그래도 사장님 쓰러졌는데. 피도 눈물도 없구나. 그래 난 아무 때나 좋아, 맥주 마시자." 오후 시간에도 작업은 계속된다. 갑자기 직원 한두 명이 점심 때 먹은 것을 토한다. 다시 약이 지급되지만 이제 아무도 약을 먹지 않는다. 아무리 이중, 삼중으로 장갑을 끼고 옷을 입었다고 하지만 바이러스에 전염될 수도 있지 않나. 모두들 신경이 예민해진다. 볏의 색깔이 유독 파랗게 변한 닭이 보인다. 그런 닭들은 바이러스의 영향인지 머리도 퉁퉁 부어 있다. 샤오는 얼른 시선을 반대쪽으로 돌려버린다. 샤오는 불안하다. 계단식 축사는 가스를 살포해 죽인 닭들로 가득 차 있을 것이다. 몇백 마리도 더 치운 것 같은데, 계속해서 죽은 닭을 보고 손으로 만져야 한다. 누군가 기침을 하기 시작한다. 또 누군가는 답답하다며 헬멧을 벗고 맨 얼굴로 허공을 본다. 이러면 안 되는데, 모두들 지쳐가고 있다. 양계장 주변이 검게 물든다. 닭들을 묻고 돌아온 남자 직원들은 망연자실한 얼굴로 담배만 계속 피운다. 샤오는 땅속에 파묻힌 불쌍한 닭들을 생각한다. 땅을 파고 비닐 천막을 깔고 그 위에 죽은 닭을 버린다. 그리고 그 위에 부패를 빠르게 진행시키는 약을 뿌리고 다시 비닐 천막으로 가린 후 흙을 덮는다. 생각만 해도 아주 후진적인 방법이다. 그러기를 몇 차례, 다들 겨우 하루 일을 끝낸다. 입고 있던 옷을 다 벗어 소각장에 던지고 버스에 올라타자마자 곯아떨어진다. 사장은 긴급 수술에 들어갔다. 뇌동맥이 문제라는데 아무도 사장에 대해 더 생각할 기운이 없다. 모두들 걱정은 하지만 더 깊이 생각하기에는 조금의 에너지도 남아 있지 않다. 봉고차가 고속도로를 달리는 도중 문득 샤오는 눈을 뜬다. 붉은 기운이 감도는 고속도로 위 하늘에는 구름이 짙다. 저 멀리 검은 새 떼도 보인다. 샤오는 어두운 가운데 가방에서 콤팩트를 꺼내 화장을 고친다. 뒷자리에 춘식이 있다. 차가 서행하기 시작하면서 샤오는 마음이 급해진다. 그때 문자 메시지가 도착한다. '샤오야, 오늘 치킨 먹을래?' 춘식이 연락하길 기다렸는데, 같이 사는 애자 언니다. 샤오는 신경질적으로 화장품 뚜껑을 소리 나게 덮는다.

　　샤오는 서울역 건너편 동자동 언덕에 산다. 김애자가 세 들어 사는 집이다. 재개발이 지연되고 있는 서울역 역사 건너편, 지대가 높은 골목에 있는 다세대주택이다. 개발을 위한 철거 예정지라 분위기는 칙칙하지만 바로 큰 도로 옆이고 서울역 근처라 모든 것이 편하다. 정 먹을 게 마땅치 않을 때는 서울역 노숙자 센터에 가서 밥도 얻어먹을 수 있고 남산도 가깝다. 주택의 외관은 짙은 벽돌색이다. 이 인근에서 가장 유명한 건물은 언덕 위쪽에 있는, 가톨릭 수도회에서 만든 산부인과였는데 출산율 저조로 문을 닫은 지 오래다. 붉은 벽돌로 지은 병원 건물은 아직까지 과거의 현판이 그대로 남아 있다. 주택에는 한 층에 네 가구씩 총 여덟 가구가 있지만 지금은 샤오가 살고 있는 2층의 한 가구에만 사람이 산다. 다닥다닥 붙은 이 동네의 다른 쪽방들에 비하면 이곳은 천국이다. 다만 창에 붙은 철조망은 전체적으로 녹이 심하게 슬어 을씨년스러운 기운을 풍긴다. 무엇보다 이 집을 더 을씨년스럽게 보이게 하는 것은 붉은 타일 외벽을 타고 내려온 담쟁이넝쿨이다. 샤오는 이 집으로 들어올 때마다 담쟁이넝쿨이 몸을 조여오는 것 같다. 샤오는 피자 배달 청년이 준 쿠폰을 스테인리스 쿠키 통에 넣은 뒤 냉장고 위에 올린다. 그리고 티브이를 틀고 유재석이 나오는 예능 프로그램을 보며 맥주를 마시기 시작한다. 종이 상자에 포장된 피자를 열자마자 길고양이들 소리가 들려온다. 고양이 알러지가 있는 샤오는 크게 재채기를 한다. 재채기가 잦아들자 휴대폰 카메라를 열고 사진을 찍는다. 샤오의 침대가 창 쪽에 있고 주인인 김애자의 침대는 거실 쪽에 있다. 방에 침대 두 개를 놓은 셈인데, 김애자는 샤오를 이 집에서 공짜로 살게 해주었다. 김애자는 월세를 내고 샤오는 도시가스, 전기, 상하수도 요금, 오물처리비와 종량제 봉투 구입비를 합한 총액을 낸다. 각자 필요한 생필품은 각자가 구입하되 식음료품은 한 번씩 번갈아 가면서 장을 봤다. 샤오에게 이 조건은 더할 수 없이 마음에 들었다. 샤오는 한 기업의 직원 식당 주방에 취직되어 일을 하러 갔을 때 김애자를 만났다. 김애자는 몸가짐이 조용하고 말도 예쁘게 하는 사람이었다. 김애자의 엄마는 지방의 한 요양원에 있고 그녀는 한 달에 한 번 정도 병원을 방문한다. "난 김애자라고 해. 이제 곧 오십이 되지. 당신은? 이름이 뭐야?" 그렇게 먼저 다정하게 인사를 걸어온 김애자를 잊을 수가 없다. 샤오에게 그런 식으로 인사를 건넨 사람은 지금까지 없었다. 그런 김애자가 퇴근한다. 현관문에 키를 넣어 돌리는 소리가 들린다. 문이 덜컹 한 번 들렸다가 바로 열릴 순간이다. "샤오야, 왔니?" "응 언니, 어서 와." 김애자는 바로 화장실로 들어가 변기 위에 앉는 것이 습관이다. 여자 둘만 사는 집이라 화장실 문도 열고 사용하고, 옷도 아무 데서나 갈아입는다. 샤오는 김애자가 나달나달해진 브래지어를 벗고 원피스로 갈아입는 뒷모습을 본다. 아이들 몸처럼 등뼈가 드러나 있다. 살도 없고 근력도 약해 보이는 몸이다. "언니 내가 피자 사왔는데, 얼른

와." 김애자는 손을 씻고 난 후 가방 안에서 비닐에 싼 것들을 꺼낸다. 샤오가 좋아하는 무말랭이와 멸치볶음이다. 김애자는 반찬을 락앤락 용기에 담아 샤오의 침대로 가져온다. "내일 쉬는 날이라고 너 아주 신났구나." 샤오가 오늘 어디에 다녀왔는지 김애자는 알지 못한다. "오늘 노인네가 갑자기 무말랭이랑 멸치가 먹고 싶다는 거야. 이빨도 없는 양반이 뭘 그렇게 먹고 싶은 게 많을까. 내일은 또 감자조림이 먹고 싶다고, 감자조림을 해야지." 김애자가 돌봐주는 노인 얘기다. 방문 요양보호사인 김애자는 중소 선반 제작 업체를 운영하다 뇌졸중으로 앓아누운 노인을 돌보고 있다. 두 사람은 그를 그냥 노인네라고 부른다. 김애자는 그 팔십대 노인을 돌봐주는 일로 생계를 꾸린다. 요양보호사고 뭐고 사실 자격증도 필요없다. 돌봐줘야 할 노인은 차고도 넘쳐 직업소개소에 전화만 하면 일자리는 얼마든지 찾을 수 있다. 김애자는 살림도 병간호도 다 잘한다. "우리 언니 고생 많아요. 수고 많았어요." 샤오는 친절하게 말한다. 샤오는 맥주 한 캔을 다 마신 후 냉장고 옆 싱크대와의 빈틈에 빈 맥주 캔을 갖다 두고 새 캔을 꺼내온다. "언니도 술을 좀 마시면 좋은데. 한번 마셔볼래?" 김애자는 원래 술을 마시지 않고 피자도 싫어한다. 샤오는 늘 술을 권하고 김애자는 늘 손사래를 친다. 쇄골 근처까지 내려오던 김애자의 머리칼이 조금 짧아진 듯하다. 맥주 한 캔을 더 따며 샤오가 말한다. "언니, 머리 잘랐구나." "눈썹미도 좋네. 이번 주에 엄마한테 다녀오려고. 못 본 지 좀 됐어, 보고 싶네." 샤오는 티브이 채널을 돌려 김애자가 좋아하는 막장 드라마를 틀어준다. 싱글 침대에 누운 김애자의 몸이 전보다 조금 더 작아진 듯하다. "언니, 피자 한쪽이라도 먹어." 샤오가 피자를 집어 들고 김애자에게 건넨다. 김애자는 몸을 돌려 피자를 받는다. 눈 밑이며 얼굴 전체가 거무죽죽하다. "오늘도 피곤했어? 언니 아프지 마!" 김애자의 눈은 벌써 잠으로 빠져들고 있다. 샤오는 맥주 두 캔을 마시고 방을 정리하기 시작한다. 김애자가 벗어놓은 양말을 세탁기에 넣고 그녀의 가방을 닫아 침대 옆 콘솔에 올려둔다. 샤오는 자신이 돈을 벌 수 있게 된 것이 김애자 덕분이라는 걸 잘 알고 있다. 고마운 사람이라는 것도 잘 알고 있다. 늘 고마움을 잊지 않으리라 다짐하고 또 다짐한다. 아침에 일어나 보니 김애자는 벌써 출근하고 없다. 샤오는 좀 더 자고 싶지만 뻐근한 다리를 풀어주는 스트레칭을 몇 번 한 뒤 침대에서 일어난다. 태풍이 지나고 한동안 하늘의 구름이 가볍게 보였는데 우중충하고 습한 날씨로 돌아왔다. 샤오는 거실의 벽에 세워둔 조립식 옷장을 열고 그동안 지우에게 보내기 위해 사다 둔 물건을 꺼내 커다란 비닐 가방에 담는다. 곧 우체국에 갈 생각이다. 세탁기를 돌리고 침구를 정리하고 화장실에 새 두루말이 휴지도 건다. 여름이 되면 침대 시트와 이불도 바꿔야 한다. 아무래도 이런 일은 나이가 어리고 신세를 지고 있는 사람이 하는 것이 맞다고 샤오는 생각한다. 하지만 언제든 건물이 철거되면 나갈 거라서 김애자도 샤오도 집 안에는 전혀 돈을 쓰지 않는다. 커버가 다 해진 김애자의 침대가 보인다. 샤오는 매트리스의 모서리 부분을 들고 손을 넣는다. 매트리스와 침대 받침대 사이에 넣어둔 핑크색 비닐 지갑이 손에 잡힌다. 김애자의 예금통장 두 개, 인감도장, 그리고 내용을 알 수 없는 작은 물건이 휴지에 꽁꽁 싸여 있다. 어쩌면 귀금속인지도 모른다. 비뚜름하게 쓴 집 계약서 봉투도 있다. 샤오는 표가 나지 않게 다시 넣어두고 침대 커버를 정리한다.

대학 캠퍼스는 적막하다. 진영은 강의실 동의 5층 연구실 창에 기대선 채 캠퍼스 안 어디선가 들려오는 피아노 소리를 듣고 있다. 최근엔 베토벤의 피아노 소나타 〈템페스트〉가 자주 들린다. 음대 건물까지는 거리가 꽤 되는데 연주 소리만큼은 늘 선명하게 들린다. 진영은 구두를 벗고 창가에 선 채로 연주를 듣는 것을 좋아한다. 기왕이면 마르타 아르헤리치의 라흐마니노프 피아노 협주곡 3번 같은 음악이 들리길 원한다. 두려움 없는 타건, 험난하면서도 섬세한 옥타브 패시지를 듣고 있으면 어쩔 수 없이 가지고 있었던 경쟁심, 자만심 같은 것들이 몸에서 빠져 달아나는 것을 느낀다. 진영은 이렇게 평정을 찾고 있는 자신이 대견하고 만족스럽다. 진영은 일주일에 이틀을 출강해 교양학부에서 문화 다양성을 주제로 강의한다. 진영이 한 인터넷 여성 저널에 한국 여성에게 흔한 이름과 그 이름에 담긴 서사, 그리고 문화적 배경을 주제로 정기적으로 연재한 짧은 글을 보고 이 대학 교수인 B가 강의를 부탁해 왔다. 어느 주말에 열린 학회에서 만난 적이 있는, 목소리가 선명해 또렷하게 기억되는 사람이다. 유머 감각이 없는 진영은 유머러스한 사람을 만나면 입을 다물지 못하고 웃는다. B와 얘기를 했을 때도 틀림없이 큰소리로 웃었을 터였다. 그러고 보면 진영은 무엇보다 유머에 약했다. "고향에서 당신을 불러준 거나 다름없네. 정말 잘됐네." 이규는 기뻐해주었다. "고향, 그러네, 거기가 진짜 내 고향이지." 사십대 중반에 4대 보험이 되는 여자전문대학의 초빙교수가 되다니, 진영은 저절로 부풀어 오르는 자부심을 느낀다. 문화 다양성 수업에 들어오는 학생들의 전공은 다양하다. 하지만 학생들은 활기 넘치지도 않고 열정적이지도 않으며 똑똑한지조차도 알 수 없다. 학생들은 진영에게 교수라는 호칭을 쓰기보다는 선생님이라는 호칭을 쓴다. 어떤 호칭도 쓰지 않고 자신의 학번과 이름, 용건만 적는 방식으로 이메일을 보내오는 학생도 가끔 있다. 진영은 그런 이메일을 받을 때 조금은 불쾌하다. 학생들에게 기본적인 이메일 쓰기 방법 같은 걸 가르쳐야 한다고도 생각한다. 하지만 여학생 사십여 명이 꽉 찬 강의실에 들어서면 알 수 없는 열정에 사로잡혀 그런 이메일을 받았다는 사실을 잊곤 한다. 그것은 성별이 같은 사람들이 한데 모여 있는 데서 오는 단순한 편안함만은 아니다. 그것은 알 수 없는 에너지이자 강력한 유대감이다. 그럴 때 진영은 이곳 북쪽 소도시로 오기를 잘했다고, 자신의 결단을 긍정한다.

강의가 있는 날은 아침 일찍 학교 도서관에 도착한다. 오전 시간의 도서관 열람실은 대개 텅 비어 있어 오히려 시간을 보내기에 좋다. 읽은 책이지만 그날 강의할 내용에 맞춰 요점을 정리하고 스크립트를 작성한다. 신변잡기 같은 얘기를 늘어놓지 않기 위해서는 미리 할 말을 메모해두어야 한다. 한번은 스크립트 노트를 집에 두고 왔는데 전자 교탁 앞에 서자 단 한마디도 떠오르지 않았다. 진영은 한류에 편승해 학생들을 앉혀 놓고 드라마나 영화 얘기를 하면서 시간을 흘려보내고 싶지는 않다. 최소한 학생들에게는 뭔가 대학이 아니면 들을 수 없는 것들을 말해주고 싶다. 최소한 지식을 전달하는 사람이라면 그래야 한다고 믿는다. 도서관에서 나와 인문대 건물까지 걸어가는 길을 진영은 좋아한다. 총 530미터 정도로, 캠퍼스 북쪽 숲 안쪽의 나무다리를 가로질러야 한다. 다리는 그다지 높지 않다. 다리 위를 지날 때만 부는 상쾌한 바람이 있다. 다리 아래 자연스럽게 자라나고 있는 작은 잡풀들 주위로 빠르게 움직이는 청설모가 보인다. 강의가 끝나고 집으로 돌아갈 때 캠퍼스는 조금 더 따뜻한 톤으로 변한다. 학교 건물 외벽에 매달린 주홍색 등이 켜지고, 오래된 건물들이, 나무들이 그 빛을 받아 물드는 것을 보면 마음이 한결 누그러진다. 진영은 자연과 어우러진 아름다운 캠퍼스 풍경을 볼 때마다 저 풍경을 꼭 기억해두겠다는 듯 사진을 찍는다. 인간이 결국 기댈 곳은 자연뿐이라는 것을 확신하게 된다. 지금도 진영은 그런 생각에 빠져 충일한 감정 상태에 있다. 그렇게 막 나무다리 위를 건너려던 진영은 그 자리에 멈춰 선다. 안경을 치켜올리고 눈을 똑바로 뜬다. 여자아이가 다리 끝에 서 있다. 진영을 보고 있는지는 알 수 없지만 얼굴은 정면을 향하고 두 팔로 가슴을 엑스 자로 가린 채 진영 쪽을 보고 있다. 여자아이는 나체 상태다. 진영은 소스라치게 놀라 순간 들고 있던 책을 떨어뜨리며 한 손으로 다리 난간을 힘주어 잡는다. 소리쳐 누군가에게 말하고 싶지만 주변엔 아무도 없다. 지나가는 학생도, 가끔 만나는 학교 목공소 직원들조차도 보이지 않는다. 진영은 그 자리에 주저앉는다. "저기요, 거기 있어요. 내가 갈게요." 진영은 몸을 일으키고 여자아이는 두 팔을 아래로 축 늘어뜨렸다가 두 팔로 얼굴을 감싼다. 진영은 더듬더듬 다리를 건넌다. 안경을 치켜올리고 눈을 똑바로 뜨고 다리에 힘을 준다. 진영이 다리를 다 건너 여자아이가 거의 손끝에 닿으려는 순간, 아이는 몸을 돌려 숲 저쪽으로 황급히 사라진다. 진영은 아이가 서 있던 곳을 둘러보다가 뒤쪽에 있는 벤치로 가 앉는다. 아주 짧은 시간 동안의 일인데 오래전부터 보았던 익숙한 장면을 다시 대한 것처럼 온몸에서 힘이 빠진다. 진영은 벤치에 앉은 채로 여자아이가 사라진 곳을 본다. 캠퍼스는 몹시 고요하다. 세상에 혼자만 남겨진 듯하다. 진영은 순식간에 그 감정, 그 시간으로 돌아간다. 그리고 다시 공포에 빠져든다. 진영의 부모는 학교가 끝나고 제 시간에 집에 오지 않았다는 이유로 진영에게 벌을 준다. 옷을 벗긴 채 마루 한가운데 나체로 세워둔다. 사실 그 체벌의 기원은 아주 오래전으로 거슬러 올라간다. 진영이 친구 집에 놀러갔다가 도둑으로 몰렸던 아홉 살 때가 그 시작이다. 진영은 친구 엄마 옷 주머니에 손을 넣은 적도 없는데 한밤중에 친구랑 그 애 엄마가 집으로 찾아온다. 벽에 걸어둔 스웨터 주머니 속 지갑에서 천 원짜리 지폐 한 장이 사라졌다는 것이다. 그날 그 집에 놀러 간 사람이 진영 혼자뿐인 건 맞지만 가족 중에 누군가 꺼내 갔을 수도 있는데, 진영은 그 일로 당장 혐의를 뒤집어쓴다. 그 집 가족이 아닌 사람이 그 옷에 지갑이나 돈이 있다는 걸 알기 쉬울까. "옷 다 벗고 저기 가서 서 있어!" 진영의 아버지는 군인이었고 그의 말은 거스를 수 없는 룰이었다. 옆에 있던 진영의 엄마도 남편 말이라면 그의 말이 채 끝나기도 전에 습관적으로 고개부터 끄덕인다. 진영은 옷을 벗은 채 거실 한쪽에 서 있었고 그러는 동안 진영의 부모는 진영을 유령 취급하면서 텔레비전을 시청한다. 진영은 훗날 그 장면을 자주 떠올린다. 진영의 아버지는 이종 격투기나 프로 레슬링을 좋아한다. 그는 우두둑 소리를 내며 목운동을 하면서 하루 종일 그런 것들만 본다. 그가 더 이상 출근하지 않고 이제 더는 군인이 아니라고 엄마가 말해준 그날부터였는지도 모른다. 그는 진영이 공부를 하고 있어도 텔레비전은 항상 켜둔다. 심지어 집에는 책도 한 권 없다. 아이를 위한 배려라고는 찾기 어렵다. 진영이 벌을 서고 있는 동안에도 격투기 소리는 들려온다. 진영은 그 자리에서 졸도라도 해버리고 싶지만 아직까지는 그냥 버티고 서 있다. 그들은 진영을 세워둔 채로 밥을 먹고 밥을 먹다가 코도 풀고 후식으로 과일도 먹는다. 상을 밀어놓고는 식곤증이 몰려오면 서로의 등을 긁어주기도 한다. 그들은 진영이 어지러울 거라는 생각은 하지 못한다. 진영의 얼굴과 상체는 땀에 젖는다. 어린 진영은 의심하기 시작한다. 저들은 과연 나의 진짜 부모일까? 내가 뭘 잘못했지, 저 사람들은 누구지? 왜 난 많은 여자애들처럼 현기증으로 정신을 잃고 쾅 소리를 내며 쓰러지지도 않지? 이 일은 진영에게 분노라는 감정을 알게 해주는 트리거가 된다. 몇 년 후 일어나서는 안 되는 일이 일어난다. 어느 날 아침 진영은 학교에 가지 못한다. 아침부터 집 전화기가 여러 번 울렸지만 식구들은 전화를 받지 않는다. 진영의 엄마는 집 안에서 일어난 일을 절대 외부에 알리지 못하도록 늘 단속한다. 이번에도 진영은 옷을 벗은 채 나체로 거실에 서 있다. 진영의 키는 165센티미터 정도이고 중학생이 된 지 며칠 지나지 않았다. 교회 여름성경학교에서 있었던 일을 함께 갔던 교육전도사가 엄마에게 말하면서 시작된 일이다. 진영은 교육전도사가 미친 인간이라고 생각하지만 그 여자를 탓하지는 않는다. 진영은 원래 그런 사람이다. 너그러운 척, 다 받아들일 수 있는 척 그렇게 살아왔다. 그것이 진영의 문제다. 왜 그런 일을 당해야 하는지 알지 못한 채 불같이 화를 내는 엄마를 참고만 있다. 심지어 이해를 해보려고 한다. 일요일 오후의 나른하고 방만한 소도시의 공기가 팽팽하게 조이는 순간이다. 한 번만 더 그런 행동을 하면 정신병원에 처넣어버릴 거야! 아직 근육이 단단한 아버지의 말에 겁을 먹는다. 진영의 몸에 소름이 돋는다. 방으로 들어가! 마지막으로 명령한 뒤에도 진영의 아버지와 엄마는 식식거린다. 왜들 저렇게 화가 난 걸까. 진영은 이유를 알지 못한다. 방으로 들어간 진영은 문을 잠가버린다. 콧등과 이마 그리고 두피에 땀이 송글송글 맺혀 있다. 진영은 수련회 장소였던 곳에서 교회 친구들과 춤을 추고 장난을 쳤을 뿐이다. 쌍욕과 친구에 미쳐 있는 나이다. 무엇 때문에 일이 그렇게까지 확대되었는지는 잘 알 수 없지만 진영은 부모가 역겨워졌다. 진영의 몸도 마음도 다 자신들의 소유인 것처럼 행동하는 걸 참을 수 없다. 북쪽 B시의 군인이었던 진영의 아버지는 모든 훈육을 아내에게 맡기고 어떡하면 좀 더 승진할 수 있을까에 혈안이 된 성공지향적인 사람이었다. 그에게 무슨 일이 있었던 걸까. 진영은 도무지 부모들이 무슨 생각을 하는지 알 수가 없다. 진영은 그 주 토요일에 교회 친구 나연에게 연락한다. 그리고 둘은 극장에 간다. 내용은 잘 기억나지도 않는 북유럽 배경의 음악 영화를 보고 B시에서 제일 유명한 카페에 간다. 그리고 둘은 바람을 쐬러 호수로 간다. 호숫가 벤치에 앉아 옅은 물살을 내려다보며 이어폰을 끼고 노래를 듣는다. 북쪽 소도시에서는 다른 사람의 일거수일투족을 모두 다 지켜보는 걸까. 진영은 그날 집에 들어갔을 때 엄마의 얼굴이 노랗게 변해 있고 집 안의 낡은 집기들이 처참하게 흩어져 나뒹굴고 있는 것을 본다. 그리고 아버지는 진영이 어릴 때 이후로 들지 않았던, 등을 긁는 효자손을 회초리로 들고 서 있다. 무서운 모습을 하려고 잔뜩 우그러뜨린 아버지의 얼굴이 이상하다. 잠옷 소매와 가슴 부근에 오렌지주스 같은 액체를 묻힌 엄마는 진영에게 말한다. "너 오늘 나쁜 친구들과 어울렸다며. 옷 벗어!" 진영은 그때 마음속으로 한 가지 결심을 한다. 이 상황에서 다시 옷을 벗어야 한다면 저 사람들을 죽이자! 절대로 용서하지 말자! 진영은 아직도 기억한다. 진영의 엄마는 온통 흐물흐물 벗겨질 것 같은 천으로 만든 잠옷을 입고 서 있다. 진영의 아버지는 창고에서 네모난 소독용 에탄올 통을 가지고 들어온다. 그리고 진영의 벗은 몸에 에탄올을 뿌린다. 그리고 분명히 말한다. "내가 말했지, 그런 일 한 번 더 생기면 가만두지 않겠다고 한 거 기억나지? 너 혼내줄 거야." 한 소녀가 알몸에 소독용 에탄올을 뒤집어쓴 채 서 있다. 진영은 그렇게 서 있는 소녀가 자신이 아니라고 생각하기 시작한다. 힘들 때는 거리를 두는 것이 최고

다. 진영은 다소 큰 자신의 가슴 양쪽이 다 드러나고 여성치고는 많은 다리와 팔의 잔털이 에탄올에 젖어 고불거리는 모습을 지켜보고 있다. 그리고 더는 참을 수 없어서 소파로 가 엄마의 갈색 파마머리를 잡고 흔들다가 수치심에 그 자리에 주저앉는다. 그러다 엄마에게 다시 돌진한다. 50킬로그램도 되지 않는 엄마의 여리고 약한 몸은 순식간에 진영의 완력에 휘둘린다. 한순간에 진영은 패륜아가 된다. 아버지는 순간 거실 커튼을 내리고 현관문을 잠갔으며 집 안의 비밀이 바깥으로 새어나가지 못하도록 단속한다. 창문을 굳게 닫은 집 안에서 일어나는 일은 이웃이 알 수 없다. 진영의 아버지는 술에 취해 벌을 받고 서 있는 진영의 몸에 소독용 에탄올을 더 뿌린다. 정말로 뿌린다. 그들은 에탄올에 불이 붙는지 궁금하다고 말한다. 진영은 아직도 왜 그날 그런 일을 당했는지 이유를 알지 못한다. 가족은 원수다. 모든 일은 가족으로부터 시작된다. 진영은 분노를 배운다. 마그마처럼 증오와 분노가 솟구쳐 오른다. 다리 저쪽의 옷 벗은 여자아이는 진영의 환영이다. 어릴 적 내내 혼자서 안부를 묻고 스스로를 지켜야 했던 진영이다. 왜 그 아이가 지금 진영의 눈앞에 나타난 것일까. 무엇을 말하기 위해서. 무엇을 알려주기 위해서. 진영은 불안하고 두렵다. 주홍색 조명이 켜지고 조금씩 어두워지는 캠퍼스를 둘러본다.

진영은 미친 듯이 수영을 한다. 매주 화요일과 목요일 수업이 끝난 후 꼭 수영장에 간다. 수영장 입구 데스크에서 로커 키를 내주는 학생이 샌드위치를 먹고 있다가 의자를 뒤로 밀며 자리에서 일어난다. 판이 노란색인 동그란 벽시계가 오후 다섯 시 사십오 분을 가리키고 있다. 캠퍼스 내에 오래된 수영장이 있다는 걸 알았을 때 진영은 광적으로 흥분했다. 1미터 50센티가 겨우 넘는 일반 풀과는 비교도 안 되는 5미터 깊이의 풀이다. 수영장은 이곳 북쪽 소도시에서의 삶이 기대했던 것보다 만족스러울 거라고 암시하는 듯했다. 진영은 수영을 할 수 있어서, 물에 몸을 맡길 수 있어서 행복했다. 전에는 입수를 하면 1킬로미터 정도는 쉽게 헤엄칠 수 있었지만 최근엔 500미터도 버겁다. 오른쪽 어깨 통증 때문에 스트로크 자체가 쉽지 않다. 병원에서는 회절근개증후군이라고 진단한다. 뼈에 석회가 끼었다면서 원인은 노화라고 말한다. 새부리처럼 튀어나온, 원래 태어났을 때는 없었던 뼈가 혼자 자라나 다른 뼈를 누르고 있다. 수술은 권하지 않지만 자주 물리치료를 받고 많이 아프면 주사를 맞으라고 한다. 늘 듣는 말, 노화의 한 증상! 열심히 살아봐야 인간을 기다리고 있는 가장 확실한 것은 노화뿐이다. 진영은 의사를 만나는 일로 스트레스를 받는 것보다 수영을 하는 것이 낫겠다고 생각하며 병원 계단을 내려온다. 노화, 노화, 노화! 진영의 세상은 온통 노화하는 중이다.

데스크에서 안내 학생이 로커 키를 주며 손가락 길이만 한 종이도 함께 건네준다. "대학 당국에서 수영장을 없애려고 해요 선생님. 선생님께서도 구글에 접속하셔서 반대 서명 좀 해주세요. 우리가 수영장을 지켜야죠 선생님, 파이팅!" 안내 학생은 유독 대학 당국이란 단어에 힘을 준다. 대학 당국은 수영장을 허물고 신축 건물을 지을 계획이다. 어쩌면 최신 시설의 스포츠센터나 상업용 건물이 들어설지도 모른다. 대학들은 쇼핑을 위한 아케이드를 대학 캠퍼스 안으로 끌어들여오지 못해 안달이다. 그렇게 되는 순간 대학의 정체성이 시장과 같아진다는 것을 이해하지 못한다. 무엇이 들어서든 진영에게는 수영장보다는 못하다. 이 시간이면 늘 오는 인도 남자와 가끔 얼굴을 보는 포니테일 스타일의 머리를 한 키가 큰 여학생이 진영의 바로 뒤에 서 있다. 진영은 인도 남자의 영어가 유창하다고 생각한다. 진영은 캘커타에 가본 적이 있어서 인도 남자의 영어가 훨씬 친숙하게 느껴진다. 그는 로커 사용과 사전 인터넷 예약 시스템이 불편하다는 걸 호소하고 있다. 진영은 수영장의 모든 소요와 낡은 듯한 시설까지도 전부 다 마음에 든다. 가끔 나타나는 외국인 이용객들도 신선하기는 마찬가지다. 수영장은 오후 강의를 마친 학생들로 붐비기 시작한다. 벽에 매달린 낡은 선풍기는 일정한 회전 반경을 오가며 탈탈거리는 소리를 내고 기대에 못 미치는 미적지근한 바람을 뿜어낸다. 옆 사람을 배려해 몸을 작게 말아 움직여야 하는 로커 룸의 비좁음도, 낡고 오래된 건물에서 나는 쿰쿰한 냄새까지도 다 정겹다.

대학 부속 초등학교 학생들이 단체 수영강습을 끝내고 샤워실에서 로커 룸으로 나온다. 아이들이 오들오들 몸을 떨며 떠들기 시작하고 순식간에 탈의실은 와글와글 시끌시끌해진다. 초등학생들의 짐은 로커 대신 파란색 플라스틱 바구니에 담겨 로커 룸 한가운데 모여 있다. 아이들이 자신의 바구니를 찾아 들고는 옷을 입는다. 그사이 낡은 헤어드라이어도 일제히 요란하게 작동한다. 샤워장에 빈 샤워기가 보이지 않는다. 진영은 세면도구와 수영복을 들고 샤워실 중앙의 샤워 대기 줄 끝에 가 선다. 25미터 풀은 다섯 레인이다. 부속초등학교 학생들을 위한 어린이풀은 비어 있다. 진영이 좋아하는 풀은 25미터 풀과 연결된 스킨스쿠버 풀로 깊이가 5미터에서 7미터다. 진영은 여기서 아쿠아 봉 위에 앉아 다리를 움직여 운동하는 것을 즐긴다. 그녀는 습관적으로 파란색 아쿠아 봉을 선택할 때가 많다. 왜 파란색은 더 안전하게 느껴지는지. 그녀는 사각형을 따라 백조처럼 다리를 열심히 굴려 수영장을 돈다. 그러다 아쿠아 봉을 물 위에 버려둔 채 순식간에 7미터 깊이의 바닥까지 잠수해 내려간다. 깊은 물 밑으로 내려갈수록 수압은 강해진다. 그 둔중한 수압에 눌린 몸의 무게가 전혀 느껴지지 않는 자유를 느낀다. 물고기 먹이처럼 몸이 잘게 분해된다고 해도 전혀 아프지 않을 것이다. 진영은 이 깊은 물에,

수영장 바닥까지 내려오는 일에 미쳐 있다. 깊은 물속에서 그
나체의 소녀를 만난다. 물속에서도 소녀는 두 팔을 엑스 자로
꼰 채 진영을 응시한다. 진영은 잠영을 해 그녀에게로 다가갔
다가 다시 되돌아온다. 깊은 물속을 자유롭게 오가는 자신을
느끼는 것이 좋다. 평생 수영만 할 수 있다면 다 괜찮을 것 같
다. 진영은 물 위로 올라와 다이빙 풀의 한쪽 면에 붙어 서서
거친 숨을 내쉬며 수영장이 없어져서는 안 된다고, 학교 당국
에 청원해봐야겠다고 결심하며 아랫배에 잔뜩 힘을 준다.

민준은 병원에서 도망친다. 집에 오고 싶었는데 막상 도착하자 공기가 답답하다. 냉장고를 열어 하나 남은 생수를 꺼내 마신다. 이 상황을 돌파할 어떤 좋은 방법도 떠오르지 않는다. 민준은 텔레비전 위에 놓인 디지털시계로 시간을 확인한다. 정오다. 민준은 전화기를 꺼내 어딘가로 전화를 건다. 전화는 금세 연결된다. 이런 상황에서 왜 혜리에게 전화를 걸었을까. 민준은 혜리가 다짜고짜 소리를 지르자 귀에서 수화기를 멀찍이 뗀다. "너 뭐냐?" 익숙한 목소리를 듣자 긴장이 확 풀린다. 혜리와 민준은 연인 사이였다. 지금은 뭘 하는지 잘 모르지만 혜리는 온라인 마케팅 회사 마케터였다. 민준은 헤어진 지 삼 년 만인 혜리의 목소리가 매우 가깝고 친근하게 들려, 헤어질 때의 나쁜 감정을 순식간에 잊는다. "너한테 뭐 좀 물어보려고……." 민준은 말끝을 흐린다. "빨리 말해. 나 점심 먹는 중인데, 먹으면서 들어도 되지? 곧 사무실로 들어가야 해서." 수화기 너머의 소란스러움이 민준에게 그대로 전달된다. 민준은 좀처럼 입을 열지 못한다. "아니, 만나서 얘기하면 안 될까? 내가 너네 회사 쪽으로 갈게." 혜리는 기분 나쁘게 깔깔거리며 웃는다. "야, 너 살인이라도 했냐, 갑자기 왜 만나냐 우리가. 너, 설마 내가 그럽냐?" 그 말에 민준은 조금 의기소침해진다. 순간 혜리에게 무슨 말을 하려고 전화를 했는지 헷갈리기 시작한다. "혜리야 사실 내가 일하다가 아기를 주웠어. 아기를 병원에 두고 도망쳤어. 이럴 땐 어떻게 해야 되냐. 나 미치겠어, 얘기할 사람이 너밖에 없다. 넌 스케일이 큰 사람이니까. 아주 갓난아기야, 되게 작아." 혜리는 숨을 크게 내쉰다. "도망을 치다니, 그냥 경찰서에 연락해. 이럴 땐 이 누나도 어떻게 해야 하는지 모르겠거든. 나중에 내가 밥 한번 살게. 너 요즘 무슨 일 하니?" 이 질문에는 대답을 하기가 어렵다. 혜리를 사귈 때만 해도 민준은 화장품 원료를 만드는 화공약품 제조회사의 사무직 근로자였다. 월급은 적었지만 괜찮은 직장이었다. 갑자기 현실을 직시한 민준은 서둘러 전화를 끊으려고 한다. 그때다. "민준아 주소 보내봐. 내가 지금 갈게. 나 사실 오늘 면접 보러 나왔다가 면접 끝나고 빈둥거리고 있다. AI 면접은 붙었는데 대면 면접은 또 떨어진 거 같아." 전화를 끊고 난 직후, 민준은 화장실에 걸려 있는 더러운 수건을 치우고 새 수건을 건다. 널린 옷가지며 휴대폰

충전 케이블 등 집을 더 좁아 보이게 하는 물건들을 모두 수납장에 넣는다. 원룸이지만 꽤 넓은 편이라 물건을 좀 치우기만 해도 방은 충분히 넓어 보인다. 쿠션을 정리해 침대 위에 놓고 이불도 가지런히 개켜둔다. 창가에 올려둔 빈 맥주캔과 새우깡 봉지도 치우고 부엌 싱크대 위도 정리한다. 그때 갑자기 원룸 건물 아래에서 사이렌 소리가 들리고 민준은 창밖을 내다보려고 하지만 창이 너무 작아 바깥이 잘 보이지 않는다. 어영부영하고 있을 때 혜리가 도착한다. 그녀는 집 안에 들어서자마자 원룸을 한 바퀴 빙 돌아 샅샅이 살핀다. 침대 위 벽에 걸린 겨울용 청소 용역 유니폼 두 벌을 오래 쳐다본다. 민준은 혜리 뒤에 서서 전보다 숱이 조금은 줄어든 듯한 혜리의 정수리를 바라본다. "밥은 먹었냐?" 혜리가 먼저 벽에 붙은 2인용 식탁 의자에 엉덩이를 맞춰 넣으며 묻는다. "나 미칠 거 같아. 죽으면 어쩌지." 민준은 다리를 심하게 떤다. 혜리는 민준의 얼굴과 목, 온몸에 있는 미세한 상처를 찬찬히 살펴본다. 몇 년 사이에 민준은 뭔가 마모되어 보인다. 닳아버린 느낌이 든다. 저렇게 만든 게 뭘까? 태양, 바다, 아니면 바람? 혜리는 민준의 눈을 쳐다보며 묻는다. "요즘은 뭔 일 하냐? 일은 안 힘들어?" 연애할 때만 해도 엄청난 미남처럼 느껴지기도 했던 순간이 있는데 지금은 전혀 다른 사람을 보는 것처럼 아무런 감정이 들지 않는다. 오히려 길거리에서 보는 모르는 사람보다도 더 담담하다. "그런데 너 왜 아기를 데려온 거야 도대체." 누구나 할 수 있는 질문 아닌가. 민준은 도대체 왜 아기를 데려온 걸까. "나도 모르겠어. 미쳤었나 봐. 바구니를 보는 순간 그냥 그랬어." 민준은 아직도 손전등 불빛을 비췄을 때 보았던 아기의 얼굴을 잊을 수 없다. 꼭 다문 입술과 눈매 때문인지 조금은 슬퍼 보이던 인상이 아직도 또렷하다. "야 오민준, 아직도 정신을 못 차렸구나. 네 한 몸도 제대로 책임지지 못하면서 무슨 애를. 애가 무슨 이쁘고 작은 개 한 마리인 줄 아니. 우리는 개도 아기도 못 키워. 그리고, 너 아기들 좋아하냐?" 혜리가 두 팔을 허리에 올린 채 흥분하며 말한다. 민준은 혜리의 몸짓을 보며 둘이 헤어지던 때, 지긋지긋하게 싸우던 때를 떠올린다. 허리에 손을 얹고 작은 얼굴의 턱 부분을 끌어올린 자세로 눈을 치뜨면 싸움이 시작되는 것이다. 유약한 성격에 겁이 많은 민준은 갑자기 불안함을 느낀다. "그냥 답답해서 연락했어. 우린 헤어졌지만 나는 어려운 일이 있을 때 혜리 너라면 이런 상황에서 어떻게 할까, 생각해보곤 했어. 신경 쓰지 마." 민준의 무의식에는 어쩌면 알 수 없는 기대가 있었는지도 모른다. 애벌레처럼 흰 천에 싸인 아기가 벌떡 일어나 웃으며 걸어 다니는 상상을 해본다. 갑자기 세상의 어떤 일도 다 받아들일 수 있을 것 같아진 민준은, 대찬 성격의 혜리라면 이 상황을 돌파하게 해줄 어떤 아이디어를 줄지도 모른다는 쓸데없는 상상을 한다. "너, 뭐 좀 먹었어? 얼굴 꼴이 볼 만하네." 혜리는 재킷을 벗고 화장실로 들어가며 말한다. 민준은 두 발을 뻗은 채 벽에 기대어 앉아 있다. 혜리가 거실 바닥에서 반원을 그리며 울리고 있는 휴대전화를 집어 민준에게 준다. 모르는 번호다. 민준은 전화를 받는다. 그가 전화를 받는 사이 혜리는 검은 비닐봉지에 든 아이스크림을 식탁 위에 그대로 둔 채 가방을 어깨에 메고 원룸에서 나온다. 문 닫는 소리에 혜리의 감정이 고스란히 실려 있다. 혜리는 민준이 이 원룸에서 자살하지 않은 것만으로도 다행이라고 여긴다. 몇 번이나 민준이 그런 일을 벌일지도 모른다는 불안에 시달렸다. 민준은 아버지가 죽으면서 아버지의 빚을 고스란히 물려받았다. 어리고 평범한 회사원으로서는 도저히 상환할 수 없는 큰 액수였다. 낮에는 사무직, 저녁에는 대리운전까지 했지만 빚을 갚기는 쉽지 않았다. 사채까지 쓰고도 갚지 못했다. 매일매일 회사로 집으로, 양복 차림의 사채회사 직원이 찾아와 서 있었다. 민준이 거의 바닥까지 밀려났을 때 혜리에게 도움을 청했고, 혜리는 아무런 조건 없이 민준을 도와주었다. 민준은 친척들 사이에서도, 친구들 사이에서도 이미 실패한 청춘이었다. 모두들 모이면 민준 얘기를 했다. 민준이 봐라, 민준이처럼은 되지 말아야지. 민준이는 왜 저렇게 됐을까. 민준은 정말 힘들 때 자살예방상담 전화번호를 눌렀다. 1393. 놀랍게도 전화는 단 한 번도 연결되지 않았다. 아무도 받지 않거나 늘 통화 중인 자살예방전화라니, 민준은 속은 기분이었다. 7월의 어느 날 정오경, 민준은 740번 시내버스를 타고 반포대교 아래 고수부지로 갔다. 보도 턱이 높지 않아 얼마든지 강물로 뛰어내릴 수 있었다. 강물로 뛰어내리기 전 민준은 혜리 생각을 했다. 두 팔을 두르면 등에서 전해지던 따뜻한 기운, 그리고 밝은 웃음을 준 사람. 긴 시간은 아니었지만 혜리가 함께 있어주었기 때문에, 그래도 숨은 쉬고 살 수 있었던 것이다. 민준은 혜리가 천사인 줄 알았다. 그렇게 이 년여, 두 사람은 외롭지 않았다. 민준은 누군가와 자신의 어깨에 올려진 무거운 짐 더미에 대한 얘기를 하는 것만으로도 위로를 받았다. 그런 순간만큼은 웃을 수도 있었다. 그러나 오래가지는 않았다. 혜리는 착한 사람이었지만 야망이 있었다. 민준은 그날 죽지 않았다. 그가 높이 1미터 정도 되는 다리 난간으로 기어 올라가던 순간, 무거운 카메라를 어깨에 멘 사진작가가 민준을 보았고, 다행히 달리는 자동차가 없어 바로 길을 건넌 그 사진작가가 민준을 잡았다. 어쩌면 오늘 혜리가 민준 집에 온 것은 그때의 민준이면 어쩌나 확인해보려는 욕망 때문이 아니었나 싶다. 하지만 혜리도 어떤 면에서는 안심했다. 민준이 최소한 자살하지는 않을 거라는 확신이 들었다. 혜리는 원룸 입구 아래 골목에서 담배를 피운다. 이제 끝난 관계라는 것을 다시 한번 확인했을 뿐이다. 혜리는 전자 담배를 핸드백에 넣으며 혼자 말한다. "저 새끼가 왜 죽어, 내가 미쳤지. 정신 차려야지."

"나, 나폴리에 가야 해!" 이규는 키가 허리께까지 올라오는 라벤더 화분을 손보다가 진영이 하는 말을 듣는다. 진영은 북쪽 도시 B로 온 후 얼마 되지 않아 이탈리아 남부로 여행을 떠난다. "지방대학 교수를 나폴리 학회에서까지 부르다니. 수진 씨와 가겠군 또." 이규는 무심한 듯 반응하고는 섬세한 손길로 라벤더 잎을 닦는다. 진영은 고교 동기인 수진과 제일 친하다. 수진은 최근 엄마를 잃어 아무 때나 잘 운다. "나랑 나폴리에 같이 갈래? 폼페이 보러." 수진이 말했을 때 진영은 긍정의 의미로 가만히 고개를 끄덕였다. "지방대학 교수도 학회에 가지, 왜 못 가." 진영은 이규가 지방대학이라고 꼭 집어 말할 때마다 커다란 벽을 느낀다. "나폴리에도 학회가 있나, 하긴 어디나 학회는 다 있겠지." 진영은 자신의 심장 높이까지 자란 라벤더 잎을 살살 닦는 이규의 한쪽 어깨에 손을 얹는다. 학회는커녕 아무것도 없지만 여행을 갈 때는 늘 그런 식으로 둘러대곤 했고 이규는 알면서도 넘어가주었다. 그러면서도 진영이 집을 나가 목적지에 무사히 도착하기까지 마음을 놓지 못하고 초조해했다. 같이 가자고 하면 김치 때문에 못 간다고 늘 똑같이 말한다. 나폴리로 가기 전날 진영은 이곳 대학병원 유방 센터에 가 사진 촬영과 초음파 검사를 받는다. 진영의 엄마는 오십대 후반에 유방암을 앓았고 이후에 사망했다. 그 후 진영은 의사의 만류에도 불구하고 육 개월마다 강박적으로 초음파 검사를 받았다. 하지만 이곳으로 오면서는 약간 무신경해졌고 이제는 일 년에 한 번씩만 병원에 갈 생각이다. 나폴리 여행은 예정대로 진행된다. 어차피 검사 결과는 이 주가 지나야 들을 수 있다.

자정을 살짝 넘긴 시각에 나폴리 공항에 도착한다. 나폴리는 생각보다 지저분하지만 왠지 마음이 편하다. 숙박하기로 한 호텔은 시청 건물 옆이어서 어렵지 않게 택시로 이동한다. 호텔방은 비좁고 어두워 방에 들어오자마자 막 무대에서 퇴장한 기분이 든다. 진영은 소파에, 수진은 침대에 피곤한 몸을 던진다. 그렇게 몇 분 그대로 있었는데, 창 밖에서 들려오는 자동차 소음이 벼락처럼 커진다. 진영의 귀는 신체의 어느 기관보다 예민해서 소음에 취약하다. 자동차 소리는 몸속으로 돌진해 들어올 것처럼 크다. 진영은 일어나 커튼을 걷고 창을 연다. 맞은편 시멘트 색깔의 건물은 정박해 있는 대형 선박처럼 크고 어둡다. 막 화장실로 들어간 수진이 깔깔거리고 웃는다. 수진이 물을 틀어 작동을 시작한 이태리식 비데에서 콸콸 소리를 내며 물이 흘러나온다. 진영은 윤재에게 보내려고 비데 사진을 한 컷 찍어 저장해둔다. 그리고 여기는 나폴리다! 하고 환호한다. 조식을 먹으러 올라간 레스토랑에 동양인은 진영과 수진뿐이다. 둘은 항구가 가까이 보이는 창가 쪽에 앉는다. 진영은 빵 두 조각과 블루베리 요거트, 오렌지와 커피를 가져온다. 수진은 음식 테이블 쪽으로 가서 직원에게 스크램블드에그를 주문한다. 투숙객들은 대부분 나이가 많은 노인들이다. 그들은 얼굴색이 건강해 보이고, 일어서서 걸을 때 허리를 조금도 굽히지 않는다. 그들은 진영과 수진에게 조금도 관심을 보이지 않음으로써, 차별하지 않는다는 걸 보여줌으로써 차별하는 듯하다. 천천히 여유롭게 움직이는 노인들 사이에서 진영과 수진은 약간 주눅이 든다. 종업원이 다가와 더 필요한 게 없는지 묻는다. 진영은 고맙다고 인사하고 가방 안에서 책을 꺼낸다. '폼페이, 사라진 로마 도시의 화려한 일상'이라는 제목의 하드커버 책이다. "너 이렇게 두꺼운 책을 왜 가져왔니?" 수진이 눈을 동그랗게 뜬다. 읽지도 않을 거면서, 허세 아니냐는 듯한 눈빛이 분명하다. 진영은 왠지 모르게 나폴리에서 이 책을 꼭 읽고 싶었다. 진영은 메리 비어드가 추천하는 곳인 비극 시인의 집, 옥타비아누스 콰르

티오의 집, 베누스의 집, 스타비아 목욕탕, 중앙광장 목욕탕과 교외 목욕탕, 유곽, 이시스 신전, 원형경기장과 대운동장, 스테파누스 축융장, 신비의 빌라까지 모두 돌아볼 생각이다. 스크램블드에그는 따뜻해서 먹기에 좋다. 식사를 마치고 창밖 항구로 시선을 돌린다. 나폴리는 공사 중인 데가 많다. 특히 항구 가까운 곳은 성한 데가 없다. 긴 쇠파이프가 격자 형태로 건물 외벽을 여러 겹 둘러싼 채 보수공사 중이다. 레스토랑 안에 음악 소리가 커진다. 이제 그만 먹고 나가라는 시그널일까. 식사를 하는 사람은 수진과 진영 둘뿐이다.

폼페이행 기차는 출발 예정 시간을 훌쩍 넘기고도 플랫폼에 도착하지 않는다. 수진은 역 직원들에게 한두 번 물어보다가 그냥 포기하고 플랫폼 바닥에 쭈그리고 앉는다. 사철 노선이라서 그런 걸까. 수진은 그런 일에 상처받지 않겠다는 듯, 방어하듯 계속 혼자 중얼거린다. 기차가 오지 않는 동안 진영은 호텔 객실 안의 변기 사진을 윤재에게 보내고 혼자서 웃는다. 기차는 이십 분이나 늦게 도착한다. 이십 분 정도는 얼마든지 기다릴 수 있지만 이태리가 원래 이런 나라인가 싶기도 하다. 기차가 출발하고 얼마 안 가 객실 안에서 바이올린 연주가 시작된다. 여기저기서 행복한 웃음소리가 들린다. 승객들은 음악 소리가 커지는 만큼 웃음소리를 더 크게 낸다. 음악 때문에 모두 행복한 듯 보인다. 시월의 나폴리 날씨는 더할 수 없이 맑고 깨끗하다. 기차 차창을 넘어 객실 안으로 흘러넘치게 들어오는 햇빛이 아름답다. 진영은 자신도 모르게 눈을 감은 채 잠깐 존다. 내릴 역을 확인하는 일은 수진이 맡았지만 기차에 탄 거의 모든 사람이 '폼페이 스카비 빌라 데이 미스터리' 역에 내린다. 역에서 나와 물결처럼 이동하는 사람들을 따라 매표소까지 걷는다. 표를 사려는 사람들의 행렬이 길어 저절로 한숨이 나온다. 폼페이를 보러 전 세계에서 몰려온 관광객들이다. 수진은 배낭에서 생수병을 꺼내 입에 닿지 않게 한 모금 마신 뒤 진영에게 넘긴다. "난 벌써부터 온몸의 기가 다 빨리는 기분이야." 수진이 말한다. 기가 빨리기는 진영도 마찬가지다. 진영은 수진의 어깨에 한 손을 올리며 다짐한다. 정신 차려야 한다, 폼페이니까!

베수비오 화산이 가까운 곳에 있다. 약 2000년 전인 서기 79년에 폭발한 화산, 화산재를 뒤집어쓴 채 2000년가량 묻혔다 복구된 고대도시 폼페이의 흔적을 보러 이렇게 먼 길을 왔다는 게 믿어지지 않는다. 관람을 시작하기까지 꽤 오랜 시간 줄을 서서 기다려야 한다. 가방에 넣어온 다크 초콜릿은 입장도 하지 않았는데 벌써 반을 먹어버렸다. 드디어 폼페이다. 모퉁이를 돌면 폐허가 나오고, 또 모퉁이를 돌면 폐허가 나온다. 이동거리가 길어 하나의 장소를 보고 다음 장소로 가려면 엄청나게 걸어야 한다. 습기가 없는 햇볕이 온몸을 바짝 마르게 만든다. 입술이 마르고 입안이 건조해져 물을 자주 마신다. 기둥들, 사원, 회랑, 공회당, 목욕탕 등 약 2만여 명이 살았던 고대도시 폼페이의 흔적은 그대로다. 화산 폭발로 인해 불에 탄 채 엎드린 고대 로마인들의 화석이 보관된 전시관 앞에서 수진은 감정을 통제하지 못하고 운다. 진영은 수진의 어깨를 토닥여준다. 수진은 죽은 엄마를 떠올리며 또 운다. 폼페이 유적지의 시신들 모습은 살아 있는 이들보다 더욱 정교하고 세밀하고 심지어 역동적이다. 오히려 산 사람들보다 더 생기 있어 보인다. 폼페이를 발굴한 사람들은 지칠 줄 모르고 새로운 유적을 찾아내는 중이다. 폼페이에는 화산 폭발과 연관된 자연 재해 스토리가 넘치고 넘친다. 유명한 스타비아 공중목욕탕 터에서 한국인 관광객들과 마주친다. 그들은 현지 한국인 가이드가 있다. 처음에 두 사람은 한국인 관광객들 틈에 섞여 가이드 얘기를 듣다가 이내 일행에서 벗어난다. 왠지 숨이 차고 가슴이 답답하다. 그런데 모퉁이를 돌면 끊임없이 새로운 재해의 현장이 나와 도망칠 수도, 벗어날 수도 없다. 일순 고요하고 한적하다가 또 소란해지는 폼페이 유적지는 예측할 수 없어 조금은 두렵다. 둘은 유적들 사이에 자연스럽게 위치한 호텔 1층의 식당에 들어간다. 폼페이를 돌아보기에 가장 좋은 위치의 호텔이라고 홍보할 만하다. 하지만 폼페이고 뭐고 너무 배가 고파서 주문한 프리타타가 나오기까지 기다리기 힘들다. "뭐니 이 음식은? 맛없는 감자파이 같네. 어제 먹다 남겨둔 피자 같아." 딱딱한 피자 같은 프리타타는 맛이 없고 심지어 상한 것 같은 느낌이다. 그러나 이후 폼페이를 돌아보는 삼 일 동안 프리타타 맛에 중독될 줄은 전혀 몰랐다. 처음엔 목이 막힐 정도로 딱딱하고 맛이 없었지만 서서히 그 맛에 익숙해진다. 프리타타는 먹을수록 목이 멘다. 진영은 질식할 듯 목을 누르는 프리타타의 맛에 매혹된다. 호텔로 돌아온다. 한참을 뒤척이다 든 잠 끄트머리에서 진영은 맨발로 폼페이 돌바닥을 걸어 다니는 여자를 본다. 폼페이에서 앞서 걷던 수진의 뒷모습 같기도 하고, 낮에 본 여러 관광객들 중의 한 명 같기도 하다. 그 여자가 몸을 돌렸을 때는 유방암을 앓다 세상을 떠난 엄마처럼 보이기도 해서 순간 환하게 웃는다. 여자는 누구일까. 폼페이를 짧은 시간 동안 본 탓에 소화불량에 걸린 듯 머릿속이 복잡하다. 수진은 끙 소리를 내며 벽 쪽으로 돌아눕는다. 두 사람은 다음날에도, 그다음 날에도 계속해서 폼페이에 간다.

폼페이 투어가 끝나고 시내 명소를 돌아본다. 시민들이 이른 아침 노천카페에 앉아 커피를 마시며 책을 읽고 있다. 커다란 개의 머리를 쓰다듬고 담배를 피우며 책을 읽는 모습은 여유롭게 보인다. 두 사람도 커피를 주문한다. 한국식 시금치볶음 같은 야채와 청어처럼 생긴 구운 생선을 점심으로 먹는다. 이상하게도 익숙한 맛이다. 밥이 아닌 빵과 함께 먹는다는 것 말고는 다른 게 없다. 둘은 점심을 먹은 후 구시가지의 꼭대기에 있는 광장으로 간다. 아침에 본 길, 갔던 길을 또 걷는다. 성당, 성당, 또 성당이다. 아침에 커피를 마신 노천카페에 다시 앉는다. 이번에는 진영만 커피를 마신다. 그 후에는 물건을 파는 상점들을 돌아본다. 사람들이 줄을 서 있는 과자 가게에 들어가 쿠키를 좀 사서는 인근의 성당 근처 광장에 앉아서 먹는다. 남은 과자는 잘게 부수어 비둘기들에게 준다. 구름이 뒤엉키며 하늘이 높아지고 나폴리 사람들이 낮잠을 자는 시간이 된다. 가게 문이 닫히고 거리는 일순 조용해진다. 알록달록하니 낡은 이불이 베란다에서 나풀거리고 오래된 책을 파는 수레가 있는 구시가지의 풍경은 이전 시대의 한국 풍경과 다르지 않다. 정감 있고 수수하고 인간적이다. 언덕길을 따라 산책하다 나폴리동방대학교 앞에 멈춰 선다. "진영아, 너 이 사람 알아?" 수진이 벽에 붙은 광고지를 가리킨다. 진영이 아는 작가다. "우리 이따 여기 가볼까? 난 모르는 작가지만 한번 가보고 싶어." 한국작가가 나폴리동방대학교와 연관된 인근의 장소에서 낭독회를 하는 모양이다. 나중에 허둥대지 않기 위해 우선은 학교 위치와 낭독회 장소 위치를 확인해둔다.

몇 년 전에 진영은 지방 도시에서 열리는 작가 A의 낭독회에 가본 적이 있다. 엑스포가 열렸던 그 도시의 낭독회는 왠지 진영에게 유독 생생하다. 낭독회에서 A작가에게 한 독자가 질문했다. "왜 당신은 아이들 얘기나 가족 얘기는 쓰지 않나요, 당신은 왜 아이를 낳지 않나요." 무례할 수도 있는 질문을 받고 A가 불쾌한 기색을 드러냈는지는 잘 기억나지 않는다. 그녀는 턱을 한 손으로 괸 채 별다른 동요 없이 대답한다. "다른 작가들은 어떤지 모르겠지만 작가라고 해서 자신의 이야기를 다 하지는 않아요. 자기 얘기를 한다는 것은 굉장히 고통스러운 일입니다. 언젠가는 쓸 수 있을지 모르겠지만 저는 늘 제 얘기를 하려고 시도했다가는 물러나게 됩니다. 가족은 소중하죠. 그러나 날 힘들게 한 건 다름 아닌 가족이에요. 안 그러세요?" 가족이나 혈연이 아니라면, 가장 중요한 삶의 가치는 무엇일까. 진영은 A의 얼굴에서 그 답을 찾으려 애쓴 순간을 떠올린다. 순간 A의 안면은 심한 비대칭으로 보여서 진영은 자기도 모르게 멀찍이 물러났다.

나폴리에서 돌아온 진영은 강의 준비에 더 몰두한다. 문화다양성 강의는 매주 수요일 오후 세 시부터 여섯 시까지다. 강의가 있는 날 진영은 아침 식사도 점심 식사도 하지 않는다. 왠지 식사를 하고 말을 하는 것은 죄를 짓는 것처럼 느껴진다. 더욱이 아랫배가 불룩 나와 보이기도 하고 트림이 나올까 걱정되기도 한다. 그래서 진영은 강의가 있는 날은 최대 열여섯 시간 공복 상태로 지내기도 한다. 수업은 정한 책을 읽은 학생들이 발표를 하고 토론을 한 뒤 진영이 마무리를 하는 형식이다. 오늘 학생들과 함께 이야기해볼 주제는 사라져가는 언어들에 대한 것이다. 수업 전에 제시한 책은 언어학자인 대니얼 네틀과 수잔 로메인의 《사라져 가는 목소리들》이다. 이 책의 저자들

주장은 분명하다. 지난 이백 년 간 세계 역사에서 소수 언어가 죽어 사라질 수밖에 없는 과정이 가속화되었고, 그 결과 세계적으로 대략 오천에서 육천칠백 개 정도 남은 언어들이 곧 모두 다 사멸할 것이라는 주장이다. 진영은 저자들의 의견에 동의한다. 이들은 생물의 멸종과 언어의 멸종을 동일선상에서 보고 있다. 어떤 소수 언어들은 자연사하는 것이 아니라 살해당한다. 진영은 살해당하는 구체적인 언어들을 예로 들려다가 바로 포기한다. 진영은 바로 눈앞에서 세상의 많은 언어가 죽어가고 있는데 아무렇지도 않게 밥을 먹고 잠을 자는 게 이상하다고 다소 급하게 강의를 시작한다. 학생들은 이내 고개를 숙이거나 딴짓을 하기 시작한다. 어떤 학생이 손을 들고 아주 작은 목소리로, 책이 절판되어 구해볼 수 없어서 아쉽다고 말한다. 그럼에도 진영은 만들어온 PPT를 보여주며 소수 언어가 사라질 위기에 처했다는 게 문제로 느껴지지 않느냐고 학생들을 다그친다. PPT 안에는 소수 언어의 마지막 사용자들의 모습이 담겨 있다. 그들의 죽음은 해당 언어의 죽음을 뜻한다. 어디서나 한국어가 죽어나가는 모습을 매일 목격한다. 언어의 죽음이 보이지 않나? 자음과 모음이, 초성과 중성과 종성이, 소리와 문자가 산산이 부서져 길바닥에 나뒹구는 모습을 매일 본다. 이런 것에 대한 학생들의 의견을 들어보고 싶다고 말한다. 그래도 아무런 반응이 없다. 아이들은 하나둘 책상 위에 머리를 묻고, 아주 예의 바른 학생들만 몽롱한 표정으로 앞쪽을 응시하고 있다. 오늘의 문화 다양성 수업은 실패다.

인문관 건물이 왠지 다른 날보다 조금 소란하다. 학기마다 열리는 동아리 축제 준비 때문일 거라고 생각하며 진영은 강의실로 들어가기 전 매점에 들러 커피를 산다. 커피 쿠폰에 도장을 찍고 오른손에 들려 있던 책과 비닐 파일을 놓고, 텀블러 뚜껑을 열어 직원에게 건네준다. 바로 그 순간이다. 아무런 소리도 없이 건물이 흔들리기 시작한다. 뭔가를 먹고 있던 학생들이 그 자리에서 후다닥 일어나 바깥으로 뛰쳐나간다. 진영도 본능적으로 학생들을 따라 매점 문을 밀치고 로비를 지나 바로 현관 밖으로 나간다. 모두 다 순식간에 벌어진 일이다. 일찍 도착해 5층 강의실까지 미리 올라가 있지 않은 것이 다행이다. 학생들이 한꺼번에 건물 바깥으로 뛰쳐나오느라 아수라장이 된다. 안전하게 건물에서 빠져나온 학생들은 길 한가운데 모여 서서 발을 구른다. 학생, 청소 용역 직원, 기관실 직원 등 건물 안에서 끊임없이 사람들이 나온다. 진영은 서 있는 바닥이 잘게 잘게 금이 가며 사정없이 갈라지는 것을 똑똑히 보고 있다. 인문대학 대표 건물의 붉은색 벽돌벽이 과자 껍데기처럼 순식간에 땅바닥으로 떨어져 내린다. 시멘트 잔해가 나무에 부딪치며 엄청난 먼지가 공터 앞에 모여 있는 학생들 위로 떨어진다. 학생들이 비명을 지른다. 진영은 혹시 강의실에 미리 올라가 있는 학생들이 내려오지 못

했을까 걱정이 되어 먼지가 떨어져 내리는 5층 강의실 쪽을 올려다본다. 그냥 올려다볼 뿐 학생들을 구하러 가야겠다는 생각은 하지도 못한다. 진영은 자신이 생각했던 것보다 용감하지 못한 사람이라는 것을 실감한다. 이타적인 측면이라고는 하나도 없는 이기적인 사람! 별다를 것이 하나도 없는 평범한 인간이다. 매그니튜드 4.3의 지진이 도시를 덮친다. 그 후 두 시간 동안 조금씩 여진이 있다. 심리적으로 여진은 몇 달 간 끊이지 않고 계속될 것처럼 두렵다. 일 년 전에도 북쪽 인근 도시에서 큰 지진이 있었다. 그나마 시민들은 지진 대비 훈련을 받았고 그 결과로 대피할 수 있었다. 진영은 학생들의 행렬을 따라 운동장으로 걸어간다. 학생들이 운동장에 모여 몸을 붙이고 서 있다. 다들 겁에 질린 모습이다. 캠퍼스 전체가 대혼란에 빠진다. 건물 외벽에서 떨어져 내린 담벼락의 잔해가 자동차를 덮쳐 길이 막힌다. 그날 밤 진영은 밤늦도록 북쪽 소도시의 거리에 서 있다. 지진이 난 후 모든 게 올 스톱된다. 거의 모든 시민들이 밖에 나와 있는 것은 아닐까 싶을 정도로 길에 사람이 많다. 이 도시의 어디에 이렇게 많은 사람들이 살았나 싶다. 버스도 택시도 없어 모두 다 걸어서 집으로 돌아가는 중이다. 진영은 온몸이 축 늘어진 채 길을 걷고 있다. 혼잣말을 하며 걷고 있는 사람도 있다. 누군가 한 팔을 내밀어 지나가는 진영에게 말을 시킨다. 진영도 재해 속에 있는 사람들 중 한 명이다. 모두들 안전할까.

B클리닉은 대리모 출산 시스템을 운영하는 곳이다. B클리닉은 분지 북쪽의 비교적 한적한 호숫가에 위치해 있으며, 윤재가 발견된 곳과 그리 멀지 않다. 대다수의 사람들이, 여성들마저도 출산에 대해서는 아무런 관심도 없고 신생아가 거의 태어나지 않는 요즘 분위기와 달리 북쪽 분지 도시 B가 이토록 생산에 열정적인 도시였다니, 생계에 지친 이곳의 평범한 시민들은 알기 어려운 부분이다. 진영은 윤재가 사망한 후 그토록 원했던 교수직을 포기한다. 그 자리가 의미도 없거니와 강의 준비도, 강의도, 첨삭도, 평가도 아무것도 할 수 없다. 특히 윤재와 비슷한 나이의 학생들을 매번 대하는 것이 제일 고통스럽다. 진영은 자신에게 이곳의 일자리를 추천한 B교수에게 연락한다. 그토록 원했던 일이어서 어떡하든 이어가고 싶은데, 당분간은 휴직을 원한다고 말한다. 그러나 근무 연수

가 짧아 휴직은 불가능하다는 대답을 듣는다. 진영의 마음은 점점 모든 것을 내려놓는 쪽으로 기운다. B와 얘기를 나누는 도중에 진영은 흥미로운 이야기를 듣는다. B는 진영보다 이 도시에 대해 잘 알고 있다. 그녀는 진영에게 B클리닉 얘기를 한다. 자신의 지인이 이곳 의사로 오게 됐다면서. 진영은 아주 잠깐 정신이 맑아지며 또렷해진다. 진영이 B클리닉에 오게 된 것은 누구의 강요도 아니고 오로지 그녀 자신의 선택이다. 진영은 이곳에서 다른 사람의 아기를 대신 낳아주기로 한다. 진영은 봉사자로 분류된다. 봉사자는 돈을 받지 않고 대신 아기를 낳아주는 여자들을 지칭하는 말이다. 진영이 왜 아기를 낳아 키우지 않고 출산만 하기로 했는지, 그 결정이 어떻게 윤재를 잃은 상실감을 보상해줄지는 의문이다. 자신이 무모한 일을 하고 있다는 것을 알면서도 진영은 필사적으로 매달린다. 지금 진영은 그 어느 때보다 평온하고, 없던 자신 감으로 가득 차 있다. 지금 진영에게는 이 일이 전부다. 진영을 담당하는 여의사는 자신이 주도하고 주로 여자들이 관여하는 이 일이 지금 이 세상에서 할 수 있는 가장 가치 있는 일임을 강조한다. 진영은 의사의 말을 전적으로 신뢰한다. 그리고 어서 빨리 그 가치 있는 일의 결실을 보고 싶은 마음이다. 진영이 B클리닉에서 만나는 사람들 모두 다 천사처럼 착하다. 다른 사람의 아픔에 공감하는 능력도 뛰어나다. 게다가 의사들은 모두 공인된 실력과 풍부한 임상 경험을 갖고 있다. 이곳에 들어오면 따뜻하고 편안한 캡슐 안에 있는 것처럼 몸이 이완되고 마음도 편안해진다. 이곳에 온 후 진영은 비로소 지옥에서 벗어날 수 있었고 지금까지는 없던, 자신에게도 아직 남아 있을지 모르는 약간의 미래를 상상할 수 있게 되었다. 바로 대리 출산이라는 위험한 일을 통해서.

B클리닉에서는 정기적인 대화의 시간이 열린다. 병원 1층 로비 한 켠 전체를 통유리로 막아 놓은 상담실에서 주로 대화를 나눈다. 안에서는 바깥이 보이지만 바깥에서는 안이 전혀 보이지 않는다. 바깥쪽에서 보이는 유리 표면에는 핑크빛 자줏빛 꽃 장식, 초록 나무 기둥 장식 등 비현실적인 비주얼의 그림이 붙어 있다. 부드러운 양모털이 부착된 상담실 문손잡이를 열면 타원형의, 편안해 보이는 팔걸이의자가 여러 개 보인다. 의자 바닥은 갈색 가죽이고 팔걸이와 몸체는 오크색 원목이다. 의자는 인체 공학적으로 설계되어 있어 일반인은 물론 임산부도 오래 앉아 있을 수 있다. 의자 위에는 알록달록한 색깔의 쿠션들이 하나씩 있고 의자들 앞에는 적당한 간격으로 티 테이블이 놓여 있다. 창밖이 환해서 병원 뜰을 지나다니는 고양이도, 햇빛도, 먼지도, 사람들도 다 볼 수 있다. 대화를 리드하는 사람은 병원 측 관리자인 코디네이터들이다. 코디네이터는 핑크색의 라텍스 종류로 만든 유니폼을 입고 있는데, 어깨가 동그랗고 전체적으로 부드러운 인상이며 신

뢰감 있는 목소리 톤에 행동이 약간 느리다. 이들은 심리학 전공자이거나 상담 전문가로 보이는데, 세상의 모든 것에 대한 얕고 넓은 지식을 보유하고 있다. 코디네이터를 제외하면 이 대화의 참여자는 크게 두 그룹으로 나뉜다. 한쪽은 여러 이유로 자기 대신 아기를 낳아줄 사람을 찾아야 하는 그룹, 한쪽은 자진해서 다른 사람의 아기를 낳아주고 싶어 하는 그룹이다. 서로 필요한 것은 다르지만 이들의 목적은 같다. 지금은 라포를 형성하기 위한 사전 대화의 시간이다. 이 대화의 시간에 참여한 사람들은 목소리도 행동도 조심스럽다. 개인 티 테이블 위의 은박접시에 놓인 땅콩 쿠키에는 손도 대지 않고, 누군가의 핸드백 안에서 울리는 크지 않은 휴대전화 소리에도 화들짝 놀란다. 표현을 안 할 뿐 이들의 마음은 매우 복잡하다.

열다섯 명 남짓한 사람들이 모여 있다. 오늘은 주로 두 명의 여성 참가자 사례를 중심으로 얘기가 진행된다. 두 명 다 직장 여성이고 삼십대 중후반으로 보인다. 삼십대 후반인 듯한 여성이 먼저 시작한다. 레깅스를 입은 온몸이 군살 없이 균형감 있다. 그녀는 꼭 아기가 있어야 한다는 생각은 해보지 않았다고 말한다. 오늘 처음으로 대화의 시간에 참석했고, 아직 자원봉사자까지 이용해 아기를 가질 생각은 해본 적 없다고 말한다. 자원봉사자는 아기를 낳아주는 사람을 편의상 지칭하는 말이다. 그렇다면 여자는 왜 여기에 왔을까. 배란 측진 주사를 맞는 게 지겹고 나이가 많아서 이제는 자신이 없다고, 포기했다고 하면서 왜 여기에 있을까. "제가 불행해지기 시작한 건 아기를 갖고 싶다는 욕망이 생기면서부터예요. 전에는 전혀 불행하지 않았어요. 그리고 사실 저는 지금도 왜 아기를 가져야 하는지 잘 모르겠어요." 그녀의 표정에서 분노가 느껴진다. "그런데, 이 모든 일이 저한테서 비롯된다는 게 참을 수가 없어요. 그 순간부터 저 자신이 싫고 이 상황을 벗어나고 싶어졌죠. 사실 저는 괜찮은 사람이거든요. 아기 문제 말고는." 그녀의 말을 듣고 있는 열 명 남짓한 사람들이 모두 눈을 감고 비감한 얼굴로 공감을 표한다. 다른 한 여성은 '미라클'이라는 닉네임을 말하고 삼십대 초반이라고 자신을 소개한다. 손을 깍지 낀 채 무릎 위에 올리고 이야기를 시작한다. 그녀는 입술을 앙다문 채 머뭇거리다가 겨우 입을 연다. "저는 어릴 때부터 구강질식공포가 있어 식사를 잘 하지 못했어요. 그래서 음식물 섭취에 문제가 많았고 임신이 안 되는 것도 그것 때문인지도 모르겠다는 생각을 해요. 아기를 낳지 못하니 제 인생 전체가 잘못된 것 같아 괴로워요. 제가 전혀 모르는 사람들조차도 저한테 계속 물어봐요. 왜 아이를 낳지 않느냐고, 무슨 문제가 있느냐고, 심지어 처음 보는 사람들조차도. 만난 지 십 분도 되지 않아서 왜 아이가 없느냐고 따지듯 물어봐요. 정말 미친 사람들 같아요. 그렇다고 거짓말을 할 수는 없잖아요." 진영은 앞에서 얘기하는, 앳되어 보이는 표정과 몸짓의 여성들을 골똘히 바라본다. 그녀들의 고통을 단번에 이해할 수 있을 듯하다. 진영의 차례가 된다. 그녀는 윤재 얘기로 말문을 연다. 입만 열면 윤재 얘기가 자동적으로 나온다. 감정 통제가 전혀 되지 않는다. 사람들이 술렁이기 시작한다. 진영은 한쪽 발바닥으로 바닥을 톡톡 치며 사람들의 술렁임이 멈추길 기다린다. "뉴스에서 다 보셨죠? 호숫가에서 발견된 분홍색 시신. 네, 제가 그 애 엄마예요. 남편과 저는 아이를 그냥 보낼 수가 없어서 마지막으로 아이를 집으로 데려왔어요. 어렵게 염을 하는 분을 찾았는데 그분 말이, 요즘 부쩍 어린 친구들이 먼저 세상을 떠난다며, 이게 다 늙은 자기 잘못 같다며 비통해하셨어요. 우리는 윤재를 거실 안쪽에 빛이 가장 잘 드는 곳에 있게 했어요. 첫날엔 윤재 친구들이 와서 윤재를 보고 갔어요. 아이들은 모두 100킬로미터 이상을 달려와 먼저 세상 떠나는 친구를 마지막으로 만났어요. 그 아이들에게 슬픔을 안겨주게 되어 미안했어요. 아이들이 가고 남편이 윤재 방에서 윤재가 좋아하던 아이돌 그룹의 사인이 담긴 시디와 사은품으로 받은 것들을 가져와 윤재의 머리맡에 놓아주었어요. 고등학교 때부터 환경 동아리를 함께 하며 영화까지 찍은 한 친구는 기후위기로부터 지구를 지켜달라는 메시지를 적어두고 갔어요. 저희는 계속 윤재 얼굴을 만졌어요. 그날 밤 마지막으로 윤재 곁에서 잤어요. 밤새 잠을 못 자고 새벽이 되어서야 남편도 저도 깜빡 잠이 들었는데 누군가 벨을 여러 번 눌러 일어났어요. 의뢰한 상조 서비스였어요. 제가 낳은 아이가 저보다 먼저 죽음의 세계로 가는 일, 그 일을 누군들 상상했을까요. 저는 그만 실신했어요. 사람은 태어나면 누구나 죽는다는 걸 왜 모르겠습니까. 제가 그걸 몰랐던 건 아니에요. 다만…….”

대화의 시간이 지속된다. 각자의 아픈 경험, 아픈 시간의 결을 드러낸다. 대화가 진행될수록 분위기는 더 가라앉는다. 하지만 서로 간의 결속력은 커지고 이 클리닉에서 하려고 하는 일들을 정당하게 만들어준다. 진영은 사람들을 둘러본다. 누가 아기를 필요로 하는 사람인지, 누가 자신이 낳을 아기를 데려갈 사람인지, 자신은 누구를 대신해 아기를 낳게 될지 구분이 되지 않는다. 아기를 낳을 봉사자는 몇 명이고, 의뢰자는 몇 명인지도 불분명하다. 코디네이터들은 병원 관계자들을 빼고 이곳에 모인 사람들을 모두 다 클라이언트라고 부른다. 의뢰자와 자원봉사자를 구분해 호칭하지도 않는다. 그 구분은 병원 관계자들에게만 필요하다. 클라이언트들을 호명할 때는 모두 닉네임을 쓴다. 아기를 낳을 봉사자와 아기를 의뢰한 의뢰자의 매칭은 철저히 병원 측의 조정으로 이루어진다. 거기에 어떤 조항들이 있고, 어떤 조정을 통해 페어가 정해지는지는 알 수 없다. 진영이 누구의 아기를 낳을지는 아직 결정되지 않았다. 하지만 이 중의 한 사람일 수 있다. 시니어 코디네이터 겸 매니저인 그레이스 리가 말한다. “모두들 너무 힘들어하지 마세요. 우리가 이렇게 얘기를 나눌 수 있는 것도 얼마나 큰 행복인가요. 저희 병원은 자력으로 출산할 수 없어 고통 받는 여성들을 위한 마지막 장소가 되겠습니다. 여러분들이 저희를 믿으셔야만 최첨단 의학을 통한 가족 만들기 서비스를 경험하실 수 있습니다. 이건 아주 어메이징한 일이고 여러분들 인생을 통째로 바꿔놓는 빅 이벤트입니다. 저희 병원의 모토인 뷰티풀 스토리를 여러분과 함께 만들어가겠습니다." 여기저기서 박수소리가 터져 나온다. 클라이언트들 사이에 섞여 앉은 코디네이터들이 한 명씩 돌아가며 이야기를 덧붙여나간다. "여기 있는 사람들은 아기를 낳아 불법으로 거래하거나 대가를 받고 출산하려는 사람들이 아닙니다. 우리는 여성이기 때문에 같은 여성을 도울 수 있습니다. 이건 우리 여성들의 일이니까요." 진영은 두 손으로 얼굴을 감쌌다. 이 자리에 있는 사람들은 모두 여성이다. 여성들은 왜 여성이라는 테두리 안에 갇혀야 하는가. 여성들은 왜 고통 받아야 하는가. 그리고 이규에게 이 일을 어떻게 설명할 것인가. 그런데 왜 이규의 허락이 필요한가. 그의 아기도, 진영의 아기도 아니다. 제3의 사람들의 아기다. 하지만 십 개월 동안 일상생활을 잘 유지해야 한다. 출산이 어떤 일이라는 것을 알기에, 혼자 알아서 하겠다고 큰소리를 칠 수는 없다. 어쩌면 불륜이나 배신보다 이규에게는 이런 상황이 더욱 황당할 것이다.

샤오는 살 집이 없다. 김애자는 샤오에게 모든 것을 다 말할 생각이었다. 이제 더는 도와줄 수 없다고 통보할 작정이었다. 어제 김애자는 집주인에게서 걸려온 전화를 받았다. 전화번호를 본 순간 가슴이 뛰기 시작했다. 우려하던 서울역 일대 재개발이 시작된 것이다. 보증금과 이사비는 주겠다고 했지만, 당장 동자동만 한 도심의 싼 집을 찾아 이사를 가기는 어려울 것이다. 김애자는 이참에 샤오와 헤어질 것이다. 샤오와 다른 길을 가는 것이 좋겠다고 마음먹은 지는 사실 오래되었다. 집 보증금을 받아 엄마 병원비를 내고 자신은 어딘가 숙식이 가능한 곳에서 일을 할 수도 있기 때문이다. 그렇게 많은 돈을 내는데도 엄마는 요양원에서 인간 취급도 못 받는다. 그런 생각을 하면 몹시 화가 난다. 엄마를 요양원에서 데리고 나와 엄마와 같이 도시에서 사라지고 싶다. 김애자는 샤오에게 자신의 계획을 분명하게 말할 생각이다. 집을 정리하고 경기도 요양원에 있는 엄마를 모시고 더 깊은 시골로 들어가 살겠다고. 엄마가 죽을 때까지 옆에 같이 있고 싶다고. 김애자는 사실 구체적으로 준비하고 있다. 먼 친척에게 연락해 시골집을 알아봐달라고 부탁해두었다. 전기가 들어오고 비바람을 가리고 산짐승만 막을 수 있으면 된다. 엄마가 먹을 하루 세 끼 밥을 직접 다 만들어 먹이고 간식도 물도 심지어 공기마저도 엄마를 위해 가려서 주고 싶다. 지금 김애자 곁에 남아 있는 건 병투성이인 엄마뿐이다. 엄마가 죽어가는 상황에 김애자는 이제 겁나는 것이 없다. 하나님이 김애자로부터 제일 소중한 사람을 데려가려고 한다는 걸 알고 있다. 김애자는 짐정리를 하면서 샤오의 물건들도 주의 깊게 살펴본다. 샤오가 애지중지하는 물건들은 샤오의 옷장 아래 칸, 다이소에서 파는 뚜껑이 있는 회색 상자에 넣어져 있다. 하지만 예금통장은 핸드백에 넣어 가지고 다닐 것이 분명하다. 곧 샤오가 퇴근할 시각이다. 샤오는 어떤 일이 자신을 기다리고 있는지 알지 못할 것이 틀림없다. 샤오는 대로변에서 언덕 쪽을 올려다보다가 낡은 창을 뚫고 바깥으로 퍼져 나오는 희미한 불빛을 보고 안도한다. 돌아갈 집이 있는 사람은 행복하다. 샤오가 지나가자 길고양이들이 부서진 벽돌 더미 사이로 급하게 몸을 피한다. 샤오는 집으로 들어간다. 평소와 다르게 무거운 분위기가 감돌지만 샤오는 내색하지 않는다. 늘 집에 막 도착했을 때 화장실에 들어가 손을 씻는 순간이 가장 허기진다. "배고프지. 내가 뭘 좀 사왔어. 같이 먹자." 김애자가 말한다. 싱크대 앞에 있는 2인용 식탁 위에 순대와 튀김 그리고 떡볶이가 놓여 있다. 두 사람은 작은 상을 펴고 마주 보고 앉는다. 매운 떡볶이여서 먹기가 힘들고, 갑자기 재채기가 나오는 통에 분위기는 더 이상해진다. 김애자는 이 틈을 놓치지 않는다. "샤오야, 오늘 주인한테 전화가 왔는데 이 집이 곧 헐린대." 안 그래도 삼계탕 집이 문을 닫을까 말까 하는 상황에 그 말 한마디로 샤오는 어두운 밤, 무서운 바다 위에 스티로폼 부표에 매달려 표류하고 있는 기분이다. 놀란 샤오는 말문이 막혀버린다. "샤오, 네가 괜찮다면 말이지, 여태까지 내가 월세를 안 받고 너를 보살펴준 것에 대해서, 그걸 네가 만약 감사하고 있다면 말이야. 이번에 나한테 돈을 좀 해주면 어떨까 싶어. 난 엄마와 시골로 갈 거야. 시골에서 나오지 않으려고 해." 샤오는 김애자가 마지막 남은 오뎅을 제대로 먹지 않고 젓가락으로 휘휘 젓고 있는 걸 지켜보고 있다. 그리고 모든 어려움은 한꺼번에 밀려온다는, 옛날에 어디선가 주워들은 말을 떠올린다. "언니, 얼마 정도를 생각하세요?" 김애자는 벌써 다 생각을 해둔 일이라 대답을 하는 데 시간이 조금도 더 필요하지 않다. "한 오백 정도만 해줄 수 있으면 좋겠어." "오백만 원요? 언니 나한테 그렇게 큰돈이 어디 있어요! 오십만 원이라면 모를까 오백은 정말 말도 안 돼." 샤오는 눈을 동그랗게 뜬다. 이런 얘기를 하게 될 줄은 몰랐고, 이런 얘기를 하게 되자 모든 것이, 공기도, 집도, 이불도, 창살도, 구름도 다 어색하게 변해버린다. 이 모든 일이 철새가 날아오면서 생긴 조류인플루엔자 때문이라고 하기에는 너무나 가혹하다. 자신감이 줄고 희망의 크기가 줄어든다. 미래도, 현재도 다 없어져버린 기분이다. "야 샤오야, 요즘 세상에 오백이 돈이니? 오백이 돈이야?" 김애자가 벌떡 일어나 집에서 나간다. 그녀는 슈퍼마켓에 간다. 샤오는 쇠창살이 쳐진 창문을 열고 침대에 누워 어두운 하늘을 보고 있다. 그러다 벌떡 일어나 가방 안에 지갑이 제대로 있는지, 다이소에서 산 통에 넣어둔 물건들이 제대로 있는지 확인한다. 샤오가 감당할 수 없는 일이 일어나고 있다.

하루가 지난다. 오늘이 김애자의 집에서 보내는 마지막 날 밤이다. 샤오가 엑스 자로 막아 놓은 줄을 살짝 당기고 빌라 출입문으로 들어간다. 하룻밤만 자고 나오면 이제 빌라와도 끝이다. 한쪽 손에 치킨이 들려 있고 가방 안에 맥주 두 캔이 있다. 샤오가 세상에서 가장 무서워하는 것은 사실 남편도 아니고 바퀴벌레다. 집이 철거된다는 것을 바퀴들도 다 아는 걸까. 커다란 바퀴벌레 시신들이 거실 바닥 여기저기에 나뒹군다. 샤오는 거의 울 지경이 되어 발끝을 들고 바퀴벌레들을 피해 몸을 긴장시킨 채 걸어 다닌다. 얼굴에 식은땀이 나고 아무런 의욕도 없다. 그때다. 아무 일 없는 것처럼, 노인네 집에서 일을 마치고 퇴근한 것처럼 김애자가 현관문을 덜컹이며 안으로 들어온다. 그 순간 멀쩡하던 거실 전등이 팍 하는 소리를 내며 터져버린다. 김애자의 몸에서는 쉰내가 난다. 샤오는 팔짱을 낀 채 김애자의 얼굴을 보고 서 있다. 광산에 가서 금이라도 캐고 온 사람 같다. 샤오가 김애자에게 말을 걸려던 순간 김애자는 샤오에게 달려들었고 샤오는 김애자에게 머리채를 잡힌다. 샤오는 움직일 수 없을 정도로 김애자의 팔에 세게 결박당한다. 김애자는 이내 샤오에게 올라탄 채로 목을 조르기 시작한다. 샤오의 눈이 뒤집히고 있는 힘을 다해 버둥거린다. 김애자는 보기보다 힘이 세다. 샤오는 정신을 차리고 바닥에 누운 상태에서 왼발로 김애자의 허리 부근을 세게 찬다. 김애자는 수납장으로 고꾸라진다. 샤오는 몸을 일으키고 재빨리 가방을 가지고 나가려고 시도한다. 김애자가 다급하게 말한다. "움직이지 마, 움직이면 죽일 거야." 샤오는 김애자를 돌아본다. 그리고 간절한 눈빛으로 말한다. "언니 미안해요. 내가 돈을 마련해볼게요. 오늘은 좀 자도록 해요." 그 말을 들은 김애자는 그 자리에 주저앉아 한동안 숨을 고른다. 그리고 두 사람은 각자의 자리에서 잠이 든다.

다음날 아침 샤오는 벽이 무너져내리는 소리를 듣고 잠에서 깨어난다. 벽이 무너지는 소리가 바로 옆에서 들려오는 것 같아 귀를 막아야 할 정도다. 김애자의 침대는 비어 있다. 샤오는 정신을 차리고 스웨터를 걸쳐 입고 가방을 들고 문 바깥으로 나간다. 위쪽 건물이 과자처럼 부서져 내리고 있다. 벌써 펜스가 처지고 포클레인 두 대가 동네를 부수고 있다. 샤오는 다시 집으로 들어가 거실에 놓여 있던 비닐 옷장 문을 거칠게 열고 다이소에서 산 회색 상자를 찾는다. 중요한 물건은 그 상자에 다 들어 있다. 그런데 그 상자가 없다. 상자가 보이지 않는다. 샤오는 눈이 뒤집혀 이곳저곳을 찾아보지만 상자는 없다. 벽이 무너지는 소리가 점점 커진다. 샤오는 손을 떨며 김애자에게 전화를 건다. 전화는 연결되지 않는다. 샤오는 침대에 걸터앉아 양손으로 귀를 틀어막는다. 우선 정리가 필요하다. 그런데 그 상자 안에 무엇이 있었는지, 하나도 떠오르지 않는다. 샤오는 무엇을 먼저 해야 하는지 판단이 되지 않아 귀를 막고 앉아 있다. 자기도 모르게 눈물이 터져 나온다. 연기가 아니라 본심이다. 샤오는 미친 사람처럼 집 바깥으로 나간다. 현금을 넣어두었는데, 현금이 사라진 것이다. 어디로 가서 도움을 청해야 하나, 어떤 생각도 떠오르지 않는다. 하루 열두 시간씩 일해서 돈을 벌지만 샤오는 가난하다. 현금 삼백만 원이 사라졌다. 샤오는 휴대전화기를 씹어 먹을 기세다. 김애자에게 메시지를 남긴다. '언니, 내 딸 주려고 모은 돈인데. 그거 내 딸 돈이야! 돌려줘 언니, 부탁이야.' 샤오는 울면서 대로변 횡단보도 앞에 서 있다. 아무도 샤오에게 말을 걸지도, 왜 그렇게 우느냐고 물어보지도 않는다. 샤오는 몸을 가누지 못한다. 샤오는 다시 집 쪽으로 가 포클레인을 운전하고 있는 사람들에게 소리를 지른다. "아침에 여기서 나가는 사람 봤습니까? 그리고 사람이 살고 있는데 이렇게 집을 부숩니까? 멈춰요." 소리가 들리지 않는지, 중장비 기사들은 샤오가 있거나 말거나 계속해서 집과 벽을 잘게 잘게 부숴나간다. 조금 있으면 중장비들이 샤오의 몸을 찍어내릴지도 모른다. 샤오는 딸에게 전화를 건다. 두근거리는 가슴을 누르며 전화가 연결되기를 기다린다. 딸은 곧 중학교에 간다. 이제는 엄마가 언제 오는지 궁금하다는 말도 하지 않는다. 전화도 받지 않는다.

샤오는 무거운 마음으로 출근한다. 골목이 전과 다르게 한산하다. 사장은 병원에서 나온 후 링거 병을 팔에 꽂고 산다. 사장의 아내는 입술이 다 부르텄고 전보다 십 년은 더 나이 들어 보인다. 지방의 양계장과 서울의 식당을 수차례 오가던 사장도 이제 모든 걸 포기했는지 초복날, 지인들과 종업원들을 초대해 마지막 저녁 식사를 하겠다고 한다. 샤오는 다른 직원들이 발 빠르게 새로운 직장을 알아보는데도 의리 때문에 어떤 행동도 취하지 않는다. 사장의 친구들과 지인들 외에 함께 일하던 30여 명의 종업원 중 마지막 식사 자리에 온 사람은 많지 않다. 샤오는 자신을 둘러싼 땅의 기운이 쇠해가는 것을 느낀다. 샤오는 춘식의 옆에 앉는다. 그의 어깨가 넓어서 조금만 움직여도 몸이 닿으려고 한다. 사장은 모두에게 돌아가며 술을 따르고 일어서서 한마디씩 하라고 한다. 몇몇 종업원은 눈시울을 붉히며 울기까지 했지만 샤오는 그렇게까지는 하고 싶지 않다. 그래도 샤오는 예의를 차리고 말한다. "사장님과 사모님께 뭐라고 인사를 해야 할지 모르겠습니다. 다시 가게를 여시게 되면 저도 꼭 불러주세요. 불러만 주시면 금방 다시 달려오겠습니다." 감정이 복받친 샤오는 눈물을 흘린다. 어릴 때도 눈물 흘리는 연기를 잘하기는 했지만 이런 순간에 눈물이 나올 거라고는 예상하지 못했다. 사실 김애자 일로 운 것이지 삼계탕 집 일로 운 것은 아니다. 저만치서 사장이 일어나 샤오가 서 있는 곳까지 걸어와 샤오의 어깨를 안아준다. 그리고 샤오의 귀에 대고 말한다. "샤오, 그동안 일 잘해주고 정말 고맙다. 수고 많았어. 나중에 꼭 다시 우리 가게 와서 일해." 어쩌면 지킬 수 없는 약속이다. 다들 곧 끊어질 전철을 타기 위해 급히 안국역으로 걸어갈 때 샤오는 또 24시간 김밥천국으로 가는 춘식을 본다. 그는 자전거를 김밥천국 앞에 세워놓고는 가게로 들어가 라면을 시킨다. 무슨 용기에서인지 샤오는 그의 뒤를 따라 들어가 등을 보이고 있는 그의 앞으로 가 앉는다. 다른 손님은 없다. "그렇게 먹고도 라면이 배로 들어갑니까?" 샤오의 말을 들은 춘식은 탁자 위에 올려두었던 팔을 풀고 상체를 축 늘어뜨리며 웃는다. "여기 웬일이십니까? 라면 드시게요?" 가까이서 본 춘식의 눈은 순하고 여려 보인다. 멀리서 보면 검은 표범처럼 단단해 보였는데 가까이서 보니 전혀 다르다. 딸이 좋아하는 판다곰과 춘식이 비슷하게 생겼다는 걸 발견한 기쁨에 멍청하게 웃는다. 춘식은 자전거 뒷자리에 샤오를 싣고 종로를 지나고 시청을 지나 남대문까지 간다. 두 사람은 국보 1호 남대문 앞에 앉아 담배를 피운다. 샤오가 그에게 먼저 말한다. "나랑 같이 사는 언니가 엄마 보러 경기도 요양원에 갔어. 나랑 맥주 한잔할래요?" 춘식은 대답은 하지 않고 자전거를 타고는 남대문 담벼락을 따라 커다랗게 한 바퀴 돈다. 그가 왼쪽으로 돌아간 순간에는 혼자 가버린 것이 아닌가 생각했지만 그는 곧 다시 나타난다. 그리고 돌아와서 자전거 브레이크를 건 채 멈춰 서서 샤오에게 말한다. "집사람이랑 아들이 기다려요. 그래도 오늘은 슬픈 날이니 맥주 마시러 가요." 샤오는 정신을 차리고 벌떡 일어나 엉덩이를 턴다. "미안해요. 같이 가요." 두 사람은 자전거를 타고 도시를 달린다. 달리고 달려 을지로에 도착한다. 춘식이 을지로에 대해 설명해준다. "여기는 원래 타일 욕조, 전등, 가전제품, 소규모 제철 가공 공장이 많은 데예요." 샤오는 설명을 들으며 웃는다. "아니 왜 나한테 을지로 설명을 해주는 거야." 샤오가 말한다. "누나 조선족이라면서. 그래서 내가 안내를 해주는 거지." "춘식 씨 나 토종 한국 사람이야." 샤오가 웃고 춘식도 웃는다. 오랜만에 커다랗게 웃는다.

진영은 학교에 사직서를 낸다. 직접 서명한 사직 서류를 전달하고 도서관에서 빌린 책을 반납하기 위해 마지막으로 학교에 간다. 여느 날과 다르지 않은 출근길이었지만 오늘이 마지막이 될 것이 틀림없다. 버스에 탄 진영은 해가 잘 드는 쪽 자리를 찾아 앉는다. 해가 비춰들고 머리통이 따뜻해지면 모든 것이 덜 고통스럽다. 진영은 이전처럼 머리 염색을 하지 않는다. 앞머리는 모두 하얗게 세어 있고 정수리 아래쪽은 모두 아직 염색의 흔적이 남아 있다. 진영은 오십 세도 더 되어 보인다. 도서관에서 빌리고 나서 반납하지 못한 책 다섯 권을 학과 조교에게 맡기고 대신 반납해 달라고 부탁한다. 조교는 슬픈 얼굴로 말한다. "필요한 일 있으면 언제든 연락주세요 교수님. 교수님 강의가 학생들에게 얼마나 인기가 많았는데요. 강의를 그만두신다니 정말 아쉬워요." 한때는 그런 사명감이나 자부심이 매우 중요했다. 진영은 연구실의 수납장 한 칸에 붙은 네임태그의 이름을 본다. 손진영. 수납장 안에는 매주 수업 때마다 사용했던 출석부와 출력해둔 강의자료 파일이 보관되어 있다. 진영은 그것들을 단번에 모두 파란색 쓰레기통에 쓸어 넣어버린다. 이렇게 버리기 쉬운 자료였다니 놀라울 뿐이다. 그녀는 이제 직업이 없다. 진영은 미련 없이 연구실에서 나와 화장실로 들어간다. 삐걱거리는 문소리는 여전하다. 진영은 문소리가 멈출 때까지 속으로 계속 숫자를 센다. 카멜 컬러로 칠한 화장실 안은 오늘따라 더욱 깨끗하다. 진영은 변기 위에 앉아 있다. 누군가 문 여는 소리가 들린다. 진영이 바깥으로 나갔을 때 세면대를 닦고 있는 청소부 여자와 마주친다. 자주색 유니폼을 입은 여자는 무슨 말인가를 하려다가 물러선다. 어쩌면 소문을 들었을지도 모르겠다고 진영은 생각한다. 그럴 리가 있나. 피해의식이라고, 진영은 마음을 다잡는다. 북쪽 도시 B의 모든 시민이 진영의 불행을 다 알고 있다. '저 여자 딸이 죽었대! 안됐네!' 다들 그렇게 말하는 것 같다. 여자는 머리에 쓴 수건을 벗어 손에 들고 잠깐 진영을 본다. 청소부 여자가 한순간 아주 가깝게 느껴진다. 누군가 자신을 이런 여자들 쪽으로 마구 밀어내는 느낌이 든다. '나라고 저 여자처럼 되지 말라는 법은 없을 거야.' 진영의 자존감은 바닥이다. 진영은 꼼꼼하게 비누칠을 해 손을 씻고 밖으로 나온다. 캠퍼스 지진 이후로 단 몇 주 만에 학교는 정상화되었다. 학교 내 모든 건물의 내진 설계 시스템을 전수 조사했고, 학교 주변 건물의 안전도 일일이 확인해 캠퍼스 지도에 표시한 모바일 앱이 바로 출시됐다. 또 비스킷 표면처럼 떨어져 내린 외벽도 모두 보수했다. 수업은 정상화되었지만 캠퍼스는 예전의 그 캠퍼스가 아니다. 수업 중에 갑자기 건물 밖으로 뛰쳐나오는 학생들도 있다. 진영은 왠지 작게 오그라들어버린 듯한 캠퍼스를 걸어 수영장이 있던 자리로 간다. 수영장이 있던 장소는 포클레인으로 파헤쳐진 후다. 붉은 흙이 드러나 있을 뿐이다. 진영은 딸의 일 이후로 한 번도 소리내어 울지 않았다. 하지만 지금 이 순간, 수영장이 모두 사라지고 그 자리에 붉은색 흙만 드러낸 채 깊은 홀로 변한 것을 본 순간 드디어 소리 내어 운다. 쪼그리고 앉아 스커트에 흙이 묻고 앞으로 숙인 머리에 흙이 묻는 것도 모르고 운다. 이곳으로 오지 않았다면, 윤재를 잃지는 않았을 것이다. 하지만 그토록 소중한 윤재를 잃었듯이, 살면서 사랑했던 것들을 잃게 되는 것도 인간 삶의 본질이다. 아무도 그것을 피할 수는 없다.

그 시간, 이규는 딸이 사라진 마지막 장소에 가 있다. 오늘도 이규의 눈에 띄는 것은 술집이 늘어선 길목 앞에 서 있는 커다란 관광호텔 나이트클럽 홍보 버스다. 트럭 전체에 검은색 비닐을 붙이고 현란하게 영어 글자를 휘갈긴 차는 보기에도 부담스럽다. 운전기사 말고 다른 동승자가 있는지는 잘 알수 없다. 이규는 정차되어 있는 버스 쪽으로 바투 다가간다. 검은색 장식을 한 홍보 버스의 뒤꽁무니를 오래 쳐다보다가 주머니에서 기다란 수첩을 꺼내 차량 번호를 적는다. 밤에도 이규는 내내 그 버스의 뒤꽁무니를 따라다닌다. 골목 저쪽에 서 있어 달려가면 사라지고, 달려가면 언덕 아래로 내쳐 달아난다. 버스를 운전하던 청년은 이규와 눈이 마주치면 속력을 내며 멀리멀리 달아난다. 이규가 생각하는 건, 술집에서 나온 윤재가 길을 건너다 그 홍보 버스에 탄 누군가로부터 버스에 타라는 말을 듣는 것이다. 밤이면 타지 않았겠지만, 정상이라면 타지 않았겠지만, 데려다준다니까 탈 수도 있지 않을까, 이규는 상상한다. 버스에 아는 사람이 있다면 탈 수도 있다. 하지만 딸이 이곳 북쪽 소도시로 온 지는 얼마 되지 않아 알 만한 사람은 없다. 그 어떤 것도 알지 못했을 것이다. 이규는 버스가 정차되어 있는 강변의 호텔 주차장을 찾아낸다. 승마장, 체육관, 공원 같은 대규모 위락 시설들이 드문드문 들어서 있다. 어두워지는 가운데 관광호텔만이 환하게 불을 켜고 영업을 준비 중이다. 이규는 주차장에 세워진 버스로 다가간다. 버스 문 뒤로 뭔가 움직인다. 운전기사가 보인다. 이규는 아무 근거도 없이 그가 범인이라고 확신한다. 그러나 사실 그는 범인도 아니고 아무런 연관도 없다. 그는 그저 평범한 운전기사다.

분지의 오후 햇살은 뒤통수가 따끔거릴 만큼 눈부시다. 마지막 CCTV 영상 속 윤재는 시내 중앙로의 횡단보도를 건너고 있다. CCTV는 사실 그리 많은 것을 말해주지는 않는다. 정혁의 말대로 윤재는 술에 취한 것처럼 보이지도 않는다. 그저 화면은 평평해 보일 뿐이다. 그 길을 건너 윤재는 지금은 이전해 비어버린 미군 기지 쪽 길로 접어들고 몸의 반 정도만 보이다가 이내 모습이 완전히 사라진다. 미군 기지에서부터 낚시터까지는 꽤 먼 거리다. 윤재는 왜 낚시터로 갔을까. 이규는 윤재가 갔던 길을 똑같이 가본다. 걸으면 걸을수록 속도가 느려진다. 어차피 빨리 갈 이유도 없다. 오른쪽엔 강이 흐르고, 다리 위로 차들이 지나간다. 왼쪽엔 주택가가 이어지고 곧 미군 기지로 이어지는 길이 나온다. 대낮인데도 지나가는 사람이 없다. 윤재가 발견된 호숫가로 가려면 길을 건너야 한다. 미군 기지는 제로베이스가 된 지 오래다. 사람이 들어갈 수가 없고 거기서 뭘 할 수도 없다. 담장이 높고, 비록 벽 사이에 틈이 있다 해도 벽 안의 풍경은 조금도 보이지 않는다. 웃자란 수풀 말고는 아무것도 없다. 이규는 미군 기지 담장에 등을 기대고 담배를 피운다. 담배를 다 피우고 난 후 길을 건넌다. 윤재가 발견된 곳까지 걸어가보려는 것이다. 윤재처럼, 윤재가 살아 있을 때 간 길을 똑같이 걸어가보는 것이다. 뭔가 떠오를지도 모르니까. 이규는 마지막으로 그 길을 가본다. 사실 이미 많이 가본 길이다. 이제 더는 이러지 않을 작정이다. 최근에는 잘 입지 않던 양복을 입고 구두도 신었다. 시장 입구 난전에서 물건을 파는 사람들이 보인다. 이규는 그들을 지나 횡단보도에 선다. 길을 건너고 안경 가게, 씨앗 판매 가게를 지나 밀리터리 룩을 파는 가게들 앞을 지난다. 저런 가게들 말고는 이 부근에 몇십 년 간 미군 기지가 있었다는 흔적은 별로 없다. 대로변에서 모퉁이를 돌자 인적이 뜸해진다. 손님이 없는 커피숍 창가에 흰 고양이 한 마리만 보인다. 어디선가 휴대전화 벨소리가 들린다. 자동차가 가끔 지나간다. 밤이었다. 윤재는 왜 이 길을 걸어갔을까. 걸어갔던 것이 맞기나 할까. 이규의 발걸음이 꼬이기 시작한다. 숨이 차오른다. 미군 기지가 있던 자리는 3미터는 되어 보이는 철제 가드가 성벽처럼 둘러쳐졌다. 저만치 기차역이 보이고 역사에서 좌회전을 하면 집으로 가는 길이다. 가드는 절대로 오염된 기지 안을 보여주지 않는다. 조금의 틈도 없이 철통 봉쇄되었다. 이규는 계속해서 역사 방향으로 간다. 바람이 불고 바람이 얼굴에 닿는다. 이규는 자기도 모르게 소리도 내지 않고 운다. 몸에 슬픈 노래를 잔뜩 품은 사람처럼 계속해서 운다. 모퉁이가 바로 저만치 보이고 모퉁이 바로 전에 있는 횡단보도 건너편에서 바짓가랑이를 걷은 한 남자가 이규 쪽으로 걸어온다. 이규는 이제 모퉁이에 닿는다. 모퉁이를 돌면 윤재가 서 있기를 바라면서 더 빠르게 더 빠르게 걷는다. 모퉁이를 돈다. 그리고 그 자리에 주저앉는다. 모퉁이를 돌자 길은 막혀 있다. 그곳에 커다란 플래카드가 보인다. 미군 부대 기지 터에서 나온 선사시대 유물 이야기다. 그러나 윤재는 보이지 않는다. 막힌 길 사이로 좁은 통로가 보인다. 이규는 좁은 틈 사이로 걸어 들어가지 못하고 그 자리에 앉아 있다. 도대체 윤재는 왜 호수에서 죽은 걸까. 이규는 먼지 낀 하늘을 뚫고 내려오는 햇볕을 견디고 있다. 이제는 더 이상 어떻게 할 수 없다는 것을 이규도 잘 알고 있다. 모든 사람이 그런 것처럼 억울함도 애틋함도 결국은 시간이 다 잔인하게 뭉개버린다는 것을. 윤재는 돌아올 수 없다.

아침이 되어 눈을 뜨는 것이 가장 힘든 일이다. 자는 동안만큼은 기억하지 않아도 된다. 납처럼 무거운 눈을 뜨는 순간부터 기억은 작동하기 시작한다. 멀쩡하던 경첩이 어긋나버린 문을 열고 거실로 나간다. 집 안 어디나 쓰레기 천지다. 그는 분리가 채 되지 않은 쓰레기를 종량제 봉투에 담아 밖으로 가지고 나간다. 아파트 입구 계단에 종량제 봉투를 든 채 서 있던 이규는 남자들이 서서 담배를 피우곤 하는 놀이터 입구 옆 관리사무실 공터로 간다. 이규는 종량제 봉투를 버리고 우체통에서 신용카드 청구서를 가지고 들어간다. 냉장고에서 바나나를 하나 꺼내 식탁 위에 놓고는 청구서 봉투를 열어본다. 진영의 가족 카드 사용내역이다. 청구서는 무려 다섯 페이지나 된다. 한 달 사용 액수가 삼백만 원, 사용처는 이름만 봐서는 도저히 목적을 알 수가 없는 'B클리닉'으로 되어 있다.

이규는 컴퓨터를 열고 카드 명세서에 적힌 가게 상호들을 하나씩 확인해본다. 카드 명세서 때문에 놓쳤지만 한 장의 과속 스티커도 함께 도착한다. 차량 소유자가 이규여서 그에게 온 것이다. 이규는 카메라에 찍힌 곳 주소를 검색해본다. 호숫가 근처의, 윤재가 발견된 곳으로 가는 일이다. 도대체 진영은 어디에 갔던 것인가. 이규는 자신과 똑같이 윤재가 처음 발견된 장소로 갔을 거라고 믿는다. 그것이 가장 타당하다.

얼마 후 잠에서 깬 진영이 거실로 나온다. 두 사람은 소파에 앉는다. 진영은 핼쑥하고 지쳐 보인다. 진영에게는 알 수 없는 냄새가 묻어 있다. 예전의 진영의 얼굴이 아니다. 얼굴을 만지는 손톱도 지저분하다. 와해되어 버린 한 인간이 있다. 이규의 얼굴도 좋지 않기는 마찬가지다. 그들의 얼굴은 주름투성이고 그들에게서 풍기는 에너지는 제로다. 황폐한 분위기만이 두 사람을 감싸고 있다. "당신이 뭘 하고 다니는지 모르겠는데, 그리고 나는 당신이 뭘 하고 다니는지 물어보고 싶지 않은데, 이건 좀 심하지 않아?" 진영은 입고 있던 스웨터를 벗어 소파에 걸쳐 놓으며 말한다. "당신 친구들, 우리를 아는 사람들은 우리가 뭔가 특별한 잘못을 해서 죄를 받았다고 생각하겠지. 뭘 잘못했는지는 모르지만 말이야. 사실은 나도 내가 죄를 받고 있다고 생각해. 이게 죄가 아니라면 뭐겠어." 진영이 말을 하면 할수록 진영의 몸에서 나는 냄새는 더 진해진다. 이규는 냄새의 진원을 상상해본다. "당신이 얼마나 힘들지 알지만, 이런 식은 아니지. 낭비를 한다고 해서 슬픔이 사라지는 건 아냐. 슬픈 것도 힘든데 이렇게 돈을 써대면 어쩌라는 거야. 나도 일하기 싫어. 나만 일을 해야 해? 우리 이제 돈도 없잖아." 이규가 말하는 동안 진영은 검지를 접어 눈자위를 누르고 있다. 이규는 평정을 잃지 않으려고 최대한 참고 있다. 진영이 말한다. "당신은 겨우 돈타령이니. 돈이 그렇게 중요해?" 그리고 소파에서 몸을 일으켜 허리를 꼿꼿이 펴고 앉는다. "내가 돈을 쓰면 얼마나 쓸까? 돈이 그렇게 아까워? 윤재가 없는데, 돈은 있어서 뭐 해. 당신에게는 아직 미래가 있구나. 난 없어. 돈이 무슨 필요가 있을까." 진영은 탁자 위에 있던 물컵을 쥐려다가 놓쳐버린다. 물이 흘러넘쳐 탁자에서 바닥으로 떨어진다. 진영은 물이 떨어지는 모습에서 눈을 떼지 못한다. "그래도 이건 아냐." 이규는 그 말을 하고 이를 꽉 문다. 진영이 바로 대답한다. "여보 난 말이야, 안 그래도 당신과 얘기를 하고 싶었어. 이런 얘기가 어떤지 모르겠는데 당신이 내 결정을 이해해주면 좋겠어. 난 말이야, 한이규." 진영은 처음으로, 윤재가 사고로 세상을 떠난 이후 처음으로 이규의 얼굴을 똑바로 쳐다본다. 이십대에 만나 평생 함께 하기로 마음먹은 뒤로 순탄하고 조용한 삶을 이어올 수 있었던 것은 모두 다 이규의 희생 덕분이라는 것을 진영은 안다. 그는 늘 조용하게 진영과 윤재를 헌신적으로 보살펴주었다. 윤재도 진영도 이규의 속 깊은 배려 속에서 편하게 살았

다. "난 윤재가 떠난 것도 힘들지만 당신이 이러고 다니는 게
더 힘들어. 우리 그냥 서울로 가자. 여길 떠나, 다시 서울로 가
자!" 이규의 말이 끝나기도 전에 진영이 몸을 한 뼘 정도 움직
여 이규에게 살짝 다가앉는다. "여보 난 하고 싶은 일이 생겼
어. 이 생각을 하고 난 이후로 난 덜 고통스러워." 순간 이규는
진영의 얼굴을 뚫어져라 쳐다본다. 얼마 만에 보는 아내의 얼
굴인지, 이규는 감정이 복받쳐 올라 살짝 눈을 감는다. "여보,
난 출산을 하고 싶어. 다시 아기를 낳고 싶다고. 병원에서 낳
을 수 있대." 이규는 순간 머리를 떨구었다가 다시 쳐든다. 지
금 들은 얘기가 무슨 얘기인지, 이규는 말을 잇지 못한다. 그
는 어안이 벙벙한 채로 한참을 가만히 있다. "말도 안 되는 소
리!" 이규의 첫 반응에 진영은 다급해진다. "여보 내가 윤재의
동생을 낳겠다는 것이 아니고, 아기를 필요로 하는 사람한테
아기를 대신 낳아주고 싶어." 진영은 이규의 얼굴을 보면서도
말을 잇지 못한다. 이규는 자리에서 일어나 거실 창문을 열고
베란다로 나간다. 벽시계는 열한 시를 넘어 정오를 향해 달려
가고 있다. 이규는 다시 거실로 들어와 진영에게 말한다. "아
침이나 먹자. 내가 뭘 좀 만들어볼게. 아무래도 국물이 있는
게 낫겠지. 당신 너무 안 먹어서 헛소리를 하는 거야 지금. 좀
기다려. 아니면 방에 들어가 누워 있든가." 이규는 소파에서
일어나 부엌으로 간다. 하마터면 잡동사니를 넣어두는 대바
구니에 발가락이 걸릴 뻔했지만 이내 균형을 잡는다. 이규는

무를 작게 자르고 두부를 작게 자르고 북어를 작게 잘라 냄비에 넣고 끓인다. 무엇을 자르는지, 무엇을 끓이는지 사실은 아무것도 보이지 않는다. 그래도 계속 이어서 계란을 풀어 넣고 고추와 파를 넣는다. 매운 것을 좋아하지 않는 진영을 위해 고춧가루는 넣지 않는다. 이규는 억지로 진영을 식탁으로 와 앉게 한다. 오랜만에 부엌에 온기가 돈다. 진영은 수납장에서 김을 꺼내와 이규 앞에 놓아준다. 진영이 뭔가 말하려는 듯 입을 열지만 이규가 말린다. "밥 먹고 얘기하자." 두 사람은 말없이 고개를 숙인 채 묵묵히 밥을 먹는다. 밥공기에서 흰 김이 피어오른다. 식사 후 창으로 쏟아져 들어오는 햇볕이 따뜻해 노곤함마저 느껴진다. 이규는 싱크대의 물기를 닦은 행주를 빨아 건조대에 넌 뒤 부엌의 덧창을 닫고 안방으로 들어간다. 침대에 누운 진영의 몸은 매우 왜소해진 듯하다. 이규는 이불 속으로 들어가 진영 쪽으로 눕는다. 진영은 쌔쌔 소리를 내며 옆으로 누워 있다. 이규는 진영의 오른손을 포개 잡고 손깍지를 낀다. 온기가 있다. 수십 년을 함께 살아온 사람의 온기다. 하지만 온기가 느껴질수록 불행이, 통증이 가중된다. 이규는 잡았던 손을 슬며시 놓으며 진영의 등에 얼굴을 묻는다. 이들은 극심한 고통에 시달리는 벌레처럼 몸을 포갠다.

얼마 후 둘 다 잠에서 깬다. 둘의 하늘은 다시 깜깜하다. 그도, 그녀도 어둠에 갇혀 있다. "난 다시 아이를 낳고 싶어." 이규는 진영이 미쳤다고 생각한다. 그래서 진영에게 다가간다.

손을 내밀어 새치로 뒤덮인 앞 머리칼을 쓸어올려 얼굴 윤곽을 따라 흘러내리게 한 뒤 그녀의 왼쪽 귀 뒤에 꽂는다. 그는 아내의 얼굴을 여러 차례 쓰다듬는다. "손진영, 정신 차려, 대학교수까지 한 사람이 어떻게 그런 생각을. 대리모라니, 미쳤어?" 진영에게서 전에는 느끼지 못했던 냄새가 난다. 냄새의 진원지는 다름 아닌 진영이다. 진영은 예전의 진영이 아니다. 이규는 두려움에 온몸을 와들와들 떤다. 둘 다 더는 돌아갈 곳이 없어져버린 것이다. 윤재는 그런 존재였다. 두 사람이 마지막으로 돌아갈 존재! 진영은 고개를 빳빳이 들고 말한다. "당신은 남자라서 그런가, 윤재가 죽은 게 별로 고통스럽지 않은가 봐. 난 창자까지 다 녹아버렸는데. 똥을 누면 음식물이 아니라 내장이 녹아 나와." 아무에게나, 누구에게나 분노를 표출할 거라면 이규에게 하는 것이 낫다. "그래 나한테 해라, 나한테, 얼마든지 해!" 이규는 눈을 감는다. 진영은 달변가처럼 말한다. "나는 윤재가 죽은 후 과연 내가 했던 일 중에 무엇이 가장 의미 있는 일이었나 생각해왔어. 그래도 가장 잘했던 게 윤재를 낳은 게 아닌가 싶어. 목숨을 걸 만큼 위험했고, 그만큼 보람도 있었어. 그래서 다시 해보려고. 그러면 고통이 좀 덜하지 않을까. 당신도 기억하지, 우리가 윤재를 낳았던 때 말이야." 이규는 주먹을 쥐고 자기의 가슴팍을 때린다. 그런 식의 반복이 무슨 의미가 있을까. 그런다고 윤재가 살아 돌아오나. 이규는 진영에게 고통이라는 단어를 빼

앗긴다. "그래, 내가 너만큼 힘들었겠니. 너는 엄마니까. 네 배 속에 있었으니까. 그래, 그렇다 쳐도 이건 아니다. 이런 퇴행을 우리가 왜! 내가 왜?" 이규는 지금 다시 출산을 하고 싶다는 진영의 욕망이 잘 이해되지 않는다. 차라리 윤재를 대신할 아이를 낳아보겠다거나 입양을 해서 키우겠다면 모를까. 이 욕망은 무엇인지 전혀 이해되지 않는다. 이 상황은 끔찍하다. 말을 할 때마다 진영의 오른쪽 빗장뼈가 유독 실룩인다. 오른쪽 빗장뼈 인대는 전보다 더 부어올라 왼쪽과 오른쪽의 크기가 사뭇 다르다. 부어오른 오른쪽 빗장뼈 아래 가로로 긴 무언가가 들어가 자리를 잡은 모양새다. 진영의 몸에 벌레라도 든 것 같다. 이규는 진영이 이러는 게 빗장뼈 안에 든 벌레 때문이라고, 벌레 탓을 한다. 이규는 순간 치아 전체에 퍼지는 뭉근한 통증 때문에 턱관절과 볼 전체가 짓눌리는 아픔을 느낀다. 그는 이내 소년처럼 "으아, 으아" 소리를 지른다. 남자라서, 아빠라서 덜 고통스럽다니! 어떻게 그런 말을. 이규는 아래윗니를 붙여 꽉 다문다. 두 손으로 자신의 머리통을 감싸 안고는 그 손을 풀지 못한다. 타인과는 도저히 나눌 수 없는 고통이 있다. 고통은 자신의 자리가 있다는 듯 더 파고들어온다. 함께 겪은 일이지만 고통은 하나가 아니고 두 개이므로, 각자의 몫이 따로따로다. 그래서 둘이 함께 있을 때 고통이 반으로 줄어드는 것이 아니라 두 배로 는다. 그들은 서로를 소외시킨다. 최소한의 자기를 지키기 위해서는 어쩔 수 없다.

민준은 두렵다. 민준은 김 팀장에게 SOS를 친다. "팀장님 저 상담 좀 해주실래요? 이따 출근하시기 전에 30분만 만나주세요." 민준은 오후 두 시경에 김 팀장에게 메시지를 보낸다. 혜리가 원룸에서 나가고 얼마 지나지 않아 민준도 집을 나와 역 근처 햄버거 집에서 연락을 한 것이다. 민준은 몹시 배가 고프다. 일을 마치고 여지껏 아무것도 먹지 못했다. 빅 사이즈 햄버거와 감자튀김을 주문해 미친 듯이 먹고 추가로 슬러시까지 마신다. 속이 바싹바싹 타들어간다. 대학까지 나와 회사 일에 적응 못 하고 청소 용역 일을 한다면서, 김 팀장은 처음부터 민준에게 호의적이었다. 회사 일보다 오히려 이 일이 더 편하고 좋다고 여러 번 말했지만 그는 늘 같은 반응이었다. 아들과 딸이 있고 취미로 자전거 타기를 즐기는 김 팀장은 언젠가 민준이 되었으면 하는 평범한 남자의 모습,

자신에게도 한 명쯤 있었으면 하는 형의 모습을 한 사람이다. 햄버거 집에서 나가려고 할 때 김 팀장에게서 전화가 온다. 지금은 세상모르고 자고 있어야 할 시간인데, 텔레파시라도 통했나 싶을 정도로 반갑다. 전화를 받자마자 그가 민준에게 말한다. "민준아, 너 안 그래도 내가 연락하려고 했다. 새벽에 후방 카메라로 내가 다 봤어. 너 어쩌자고? 너 바구니 들고 가는 거 다 봤다구. 아기는 어떻게 했냐?" 순간 몸에 힘이 풀리고 눈물이 왈칵 솟는다. 김 팀장도 고양이 울음소리를 듣고 아기 바구니를 발견한 모양이다. 그런데 왜 김 팀장은 아기를 보고도 가만히 있었을까. 민준은 의문이 생긴다. "팀장님, 아기는 병원에 있어요. 아침에 숨을 안 쉬는 거 같아서 병원에 데리고 갔어요. 제가 왜 그랬는지 모르겠어요. 저 좀 바보 같죠. 보셨을 때 바로 얘기해주시지 그러셨어요." 민준은 사실 울고 싶은 심정이다. "혹시 죽었니? 아는 친구 놈 하나한테 들었는데, 우리랑 같은 계통 일을 하는 놈인데, 요즘에 죽은 신생아들 맡아서 처리해주는 업체들이 생겼다고 들었어. 불법이라서 걸리면 감방 갈 텐데, 인구는 모자란다고 하면서 별 이상한 세상이다 그치. 근데 넌 아기 키울 거냐? 니가 애를 혼자 무슨 수로 키워. 엄마도 치매라며. 너 한 몸 감당하기도 벅차다. 애가 우유만 주면 먹고 커서 효도하는 줄 아는 모양인데 절대 그렇지 않아." 감당할 수 없는, 아직 오지도 않은 먼 미래까지 걱정할 여유가 없다. 마른 소나기가 보도블록 위로

후두둑 떨어진다. 차라리 이렇게 누군가와 얘기라도 할 수 있게 되자 오히려 마음이 놓인다. "팀장님 제가 연락을 드린 거는 혹시 팀장님 사모님께서 며칠만 아기를 봐주실 수 있는지 물어보고 싶어서요. 제가 필요한 비용은 드릴 수 있어요. 저 돈 많아요. 혹시 저한테 아기를 버릴 건지 물어보시는 건 아니죠?" 민준은 큰일을 앞에 놓고 차분하게 말하고 있는 자기 자신이 새삼 대견하다. 어차피 민준은 아기를 책임지고 싶으니까. 이렇게라도 방법을 알아보고 싶을 뿐이다. "야!" 김 팀장이 대뜸 소리친다. "우리 집사람은 있는 애들도 제대로 못 돌보고 있어. 꿈 깨! 좀 있다 보자. 출근은 할 거지? 못할 거면 빨리 말해. 빨리 경찰서 가서 신고하고, 네가 하기 힘들면 사장님한테 내가 말할까? 해결해주시겠지, 근무시간에 생긴 일이니까." 그사이 잠깐 민준은 달리 부탁할 사람이 없나 생각해본다. 왜 이럴 때 부탁할 편한 친구 하나 없는지 좁은 인간관계를 유지해온 자신에게 갑갑함을 느낀다. "그런데 팀장님 왜 저를 말리지 않으셨어요. 같이 차 타고 움직일 때 저한테 아는 척 안 하셨잖아요." 민준은 진짜 이유가 궁금하다. "글쎄, 나도 모르겠다. 너처럼 바구니를 열어 아기를 봤다면 나도 그냥 두고 가지는 못했을 거야. 그래서 난 아예 안 열어봤어. 책임지고 싶지 않아서 미리 피한 거지." 김 팀장은 귀찮은 일을 만들고 싶지 않았던 것이다. 그는 민준보다 나이가 많고 경험이 많아 해야 할 일과 하지 말아야 할 일의 경계를 잘 알고 있다. 게다가 그는 사십대 초반에 실직했다. 가장으로서의 책임감 때문에 문제를 일으킬 만한 일은 하지 않을 사람이다. 민준은 김 팀장다운 행동이라고 본다. 전화를 끊기 전 민준은 질문한다. "근데요 팀장님, 아까 말한 그 아기들 업체 말인데요. 아기들을 어떻게 처리하는 건지 갑자기 궁금해졌어요." 그 말을 하는 민준의 입꼬리가 조금 찌그러지며 올라간다. 잠깐 뜸을 들이던 김 팀장이 말한다. "그것까진 나도 모르겠지만 땅에 묻지 않겠니? 화장을 하는 게 정상이지만 뒤로야 뭐 묻겠지." 민준은 깜짝 놀라서 딸꾹질을 한다. "나도 잘 모르지만 태어나지 않은 아기들도, 어느 정도 주수가 되면 화장을 해야 하는 걸로 알아. 그런데 그렇게 안 하는 거지." 민준이 일하는 구역의 쓰레기는 생활쓰레기와 재활용쓰레기로 분리되어 지역 집하장으로 운반된다. 지역 집하장에서 매립지로 옮겨놓는 쓰레기야 쓰레기이니까 그럴 수 있지만, 그게 어디든 아기를 묻을 땅이 있을까. 막 태어난 아기를 도대체 어디에 묻을 수 있나. 민준은 순간 세상과 인간에 대한 의구심을 느낀다. 그리고 땅은 안전한가. 땅에 그렇게 모든 걸 다 갖다 묻으면 땅은 괜찮나. 민준은 꼬리에 꼬리를 무는 질문에 머리가 아프다. 고된 일이지만 쓰레기봉투를 말끔히 치운 서울 도심을 보면 기분이 좋아지기도 한다. 쓰레기봉투를 던질 때 주로 어깨를 이용해 던지기 때문에 늘 어깨와 허리가 아프고 자주 발목을 삐지만, 그래도 서울 시내가 깨끗해진다는 것에서 보람을 느낀다. 그러나 사실 요즘엔 쓰레기가 너무 많아서 이제는 더는 뭘 어떻게 할 수도 없다는 생각이 자주 든다. 쓰레기가 돈이 된다는 것, 폐지를 팔아 생계를 유지한다는 것도 옛날 말이다. 폐지 따위는 안 받는다 이제는. 킬로그램 당 600원이 넘던 폐지 가격이 이제는 30원에서 40원 수준이다. 수출도, 내수도 쓰레기는 이제 그만! 외국으로 수출한 쓰레기도 다시 돌려받는 상황이다. 그런데 여기다 더해 아기까지, 인간까지 버린다면. 다들 어디까지 가려고 하는 걸까. 민준은 현기증을 느끼고 햄버거 집 외벽에 상체를 대고 그 자리에 주저앉는다. 그리고 노모에게 전화를 건다. 인지장애 초기인 엄마가 그래도 희망일까. 민준은 노모에게 정확한 그녀의 상태를 알려주지 않았다. 앞으로 어떤 일이 일어날지, 어떤 파도가 몰려올지 모르는 상황에 엄마에게 무슨 말을 할 수 있을까. 그래도 민준은 노모의 목소리라도 듣고 싶어 전화가 연결되기를 기다린다.

진영과 희우는 짝이 된다. 검사가 끝나고 집으로 돌아가는 길에 진영은 조심스러운 걸음걸이로 병원 앞마당을 빠져나가는 한 여자의 뒷모습을 오래 쳐다본다. 여자의 차는 병원 바깥 도로변에 주차되어 있고 여자는 내내 머리를 숙이고 걷는다. 그녀는 '희우'라는 예명을 쓰는 사십대의 클라이언트다. 신발 밑창이 빨간색인 명품 구두를 신은 희우는 이곳에서 가장 비싼 고층 아파트 단지 25층 펜트하우스에 산다. 어젯밤 그녀는 자신의 아파트 단지에 화재가 나는 꿈을 꾸었다. 꿈속에서 그녀는 가장 아끼는 옷이 불에 탈까 봐 발을 동동 구르고 있었다. 연기가 치솟고 어영부영하는 사이 희우는 아파트 문을 열고 들어오는 방독면과 방수복 차림의 소방수들을 만났고, 그 순간 잠에서 깨어났다. 희우는 잠에서 깨어나면서도 깨어나지 않기를 바랐다. 아기를 가지기로 한 후 그녀의 일상은 지옥이 되었다. 그녀의 자존감은 나날이 무너졌다. 아기방도 이미 만들어두었고 아기 옷과 신발, 모자만 해도 수십 벌을 사두었지만 아기는 없다. 아무런 문제도 없는데 뭔가 문제가 있는 사람 취급을 받아야 하는 건 순전히 아기가 없기 때문이다. 그녀는 가족들을 포함해 다른 사람들에게서 받는 시선이 늘 부당하다고 느낀다. 무심히 흘러가는 바람마저도 자신에게는 호의적이지 않다.

그녀는 정무직 공무원인 남편의 차가 아파트 단지로 들어왔다는 알림이 울리는 순간부터 아침이 되어 출근할 때까지 좌불안석이다. 저녁 식사를 할 때도, 심지어 각자의 방에 틀어박혀 밀린 회사 일을 할 때도 죄인이 된 기분을 벗어날 수 없다. 딱 한 번, 아기를 입양하자는 말을 했을 때, 남편은 놋으로 된 자신의 밥그릇을 주방 바닥으로 던져버렸고 그 충격으로 벽에 붙여두었던 앤드루 와이어스의 그림이 떨어졌다. '크리스티나'였나, 이름은 잊어버렸지만 화가가 자주 그렸던 독일 소녀의 뒷모습을 그린 그림이었다. 희우는 결혼 전 미국 펜실베이니아주 채즈 포드 타운십에 있는 앤드루 와이어스 스튜디오에 간 적이 있다. 바닥에 내동댕이쳐진 그림은 그곳에서 본 그의 그림 중에서 유독 그림 속 여성의 몸이나 실루엣이 자신과 닮았다고 느껴 좋아하는 그림이었다. 희우는 남편이 던진 놋그릇을 씻는다. 그릇 안쪽이 엷은 청동색으로 착색된 것이 남편의 건강상태에 대한 부정적 시그널이라도 된다는 듯이, 희우는 알 수 없는 웃음을 지으며 그 상황을 모면한다. 희우는 결혼한 지 얼마 지나지 않은 삼십대 초반에 진단받은 자궁경부암으로 인해 항암, 방사선 치료를 받았고 수술을 했다. 다소 가볍게 여겼던 것일까. 자궁 근육이 손상을 입었고 자궁 무력증을 앓았다. 희우는 원래 아기에 대해서는 아무런 생각이 없었던 사람이다. 하지만 임신을 여러 차례 실패한 후 그녀는 변했고 더 강렬하게 아기를 원한다. B클리닉을 통해 보고 싶어 하는 세계가 곧 당도할 거라고 믿고 있다. 그녀는 삶의 완전체를 이루는 무엇인가가 아기라고 믿고 있다. B클리닉은 진영의 몸을 샅샅이 검사했다. 거짓말을 보태 수백 가지 검사를 했다. 모든 검사비는 희우가 지불했다. 그리고 그 결과 진영과 희우는 파트너가 되었다. 진영은 늙어가고 있지만 아직 폐경이 되지는 않았다. 그리고 희우와 달리 아기가 자라도 충분히 버틸 수 있는 자궁을 지녔다. B클리닉에서 대리모로 손진영을 추천했을 때 희우는 손진영에 대해 알아봤다. 그리고 최근에 그녀에게 생긴 일에 대해 알게 되었다. B클리닉에서 한 사전 검사 결과에 따르면 그녀는 나이에 비해 건강한 편이고 무엇보다 출산하려는 욕망이 강하다. 그리고 전직 대학교수이고 상식선에서 볼 때 문제가 생겼을 때 뒤탈이 없을 가능성이 컸다. 진영 말고 조금 어린 봉사자를 함께 추천받았지만 희우는 진영을 택했다. 십 개월간 아기는 산모의 몸으로부터 많은 것을 받는다. 진영의 미토콘드리아 안에 좋은 DNA가 들어 있어 난자 제공자의 그것에 덧붙여질 것을 믿는다. 희우는 B클리닉 원장인 닥터 리, 담당 주치의와 함께 젊은 여성들의 프로필 사진을 하나씩 보며 난자 공여자를 선택했다. 희우는 외모가 뛰어난 여성보다 머리가 좋은 여성을 선호한다. 게다가 희우의 남편은 다소 감상적인 성격의 소유자다. 그렇다면 매사 이성적이고 합리적인 성격의 유전자가 다가올 세상에서 더 살아남기 쉬울 거라고 판단한다. 희우는 난자 공여자가 왜 난자를 판매하고 있는지, 그녀가 돈을 위해 과배란을 하고 있는지, 왜 난자를 계속 팔아야 하는 상황인지, 그렇게 자신의 건강을 해치고 있지는 않는지 그런 문제는 생각조차 하지 않는다. 희우는 어렸을 때 난자를 미리 채취해 냉동해둘 수 있는 밀레니엄 세대를 부러워한다. 자신들은 그렇지 못했다. 그때는 그런 기술도 없었고 인구 절벽도 아니었으며 모두들 아기에 대해서는 아무런 생각도 없었다. 어떤 똑똑한 젊은 여성이 아직 다가오지도 않은 미래를 걱정하면서 살겠는가. 겉으로는 아무런 감정을 드러내지 않았지만 이 과정에서 희우는 이미 엄청난 소외감을 경험했다. 자신의 아이를 만드는 일에 오직 자신만이 아무런 역할이 없는 것이다. 그럼에도 자신이 이 일의 가장 큰 희생자라고 느끼는 이유는 뭘까. 희우는 자주 입이 마른다. 희우는 자신의 아기 입장에서 역지사지를 해본다. 이 일에 관여하는 사람 혹은 생물학적 부모는 몇 명인가. 젊은 여성인 난자 공여자, 정자의 주인인 희우의 남편, 대리 출산을 하는 진영은 생물학적 부모가 맞는가. 그리고 이 모든 일을 근심어린 표정으로 관장하고 비용을 내고 아기를 데려가 키울 당사자인 희우, 제3자에게 자궁을 빌려준 아내에게 문제가 생기면 아내를 돌봐야하는 진영의 남편 이규까지. 모든 걱정에도 불구하고 희우는 어쩌면 다행이라는 생각도 한다. 자신을 온전히 닮은 아이보다는, 완전히 새로운, 자신과는 다른 어떤 존재를 상상하는 것이 덜 부담스럽다. 또 이 모든 과정이 자신의 몸을 통과하지 않는다면 좋을 것이다. 자신의 DNA도 물려받지 않으면 더 좋을 것이다. 최소한 자궁암에 걸리지는 않을 테니까. 딸이라면 그런 위험이 더 클 텐데, 그런 걱정을 하지 않아도 된다. 그렇다면 아기는 어떤가. 아기의 가족사진 촬영에는 총 세 명의 엄마와 한 명의 아버지가 포함되어야 한다. 만약 당신이 그런 출생의 과정을 거쳤다면 당신의 정체성은 온전할 수 있을까? 아기가 나중에 손진영을 만나고 싶다고 하면 어떻게 할 것인가. B클리닉에서는 클라이언트들을 최대한 안심시킨다. 병원에서는 이 모든 과정에 전혀, 아무런 문제도 없을 거라고 홍보한다. 다들 불안을 감추고 있을 뿐, 자신이 하려고 하는 일의 파장을 전혀 예측하지 못한다. 모두들 질주할 뿐이다.

이규는 진영에게 미쳤다고 말한다. 이규는 더는 참을 수 없다. 너는 결국은 이런 식으로 나한테 한 방을 먹인다고, 이런 일을 일으킬 줄 알았다고 소리친다. 이혼을 하면 이규에게는 아무런 책임도 피해도 없을 것이 분명하다. 아파트를 팔아 반씩 나누고 더는 만나지도 연락도 하지 않으면 그만이다. 하지만 윤재를 잃은 슬픔이 사라지거나 그 일이 없던 일이 되지는 않을 것이다. 결국 이규는 대화를 위해 진영과 마주 앉는다. 마주 앉는 순간 고통은 사라지지 않고 배가된다. "이제 윤재 짐을 정리하자. 당신이 해도 좋고, 내가 해도 좋아. 각자 간직하고 싶은 윤재 짐은 가지고, 나머지는 정리하자. 우리가 이러는 걸 알면 윤재가 좋아하겠니?" 이규는 얼굴을 우그러뜨리며 말한다. 그의 표정은 맹렬히 화가 나 있고 폭발 직전이다. 진영에게는 짐을 정리하자는 말이 관계를 정리하자는 말처럼 들린다. 뭘 어떻게 하는 것이 정리를 하는 것인지, 정리가 가능한 일인지도 실은 잘 알지 못한다. "나는 당신과 일찍결혼한 거 후회하지 않아. 그때 우리에겐 결혼이 최선이었고.어쩌면 말이야, 윤재만 아무 일이 없었다면, 아니 지금도 나는 당신이, 무슨 말을 하는 건지 모르겠지만, 어쨌든 날 그냥내버려둬. 날 이렇게 그냥 놔둬줘." 진영은 횡설수설하는 과정에서, 혼돈 속에서 오히려 결심이 더 공고해지고 있는 것을느낀다. "당신 말이 맞아. 윤재에게 아무 일이 없었다면 당신이 이렇게 되지는 않았겠지. 당신은 지성인인데, 당신이 지금하려고 하는 일, 나는 도저히 이해가 안 돼." 진영은 이규의 입장을 충분히 이해한다. 하지만 비난받을 일이란 생각은 들지않는다. 그리고 무엇보다 다른 사람을 돕는 일이기도 하다.이 일이 아니면, 윤재를 잃은 것을 상쇄할 만한 다른 일을 찾을 수 없을 거란 확신이 든다. 이규는 억울하다. 이런 상황이올 것이라고는 상상하지 못했고 아내가 이런 미친 일에 연루되리라고는 전혀 예상하지 못했다. 이규가 개입하기에 이 일은 폐쇄적으로 진행되고, 이 일에 대해 이규는 아무런 상식이없어서 황당하기까지 하다. "당신은 서울로 가. 다시 회사로복귀해. 난 여기서 혼자 지내다가 무사히 출산을 하고, 그러고 난 뒤 집을 정리해서 돈을 보낼게. 당신한테 조금도 피해주고 싶지 않아. 당신이 나랑 끝내고 싶으면 그렇게 해도 좋아." 이규가 이해할 수 없는 것은 진영이 왜 그런 욕망을 품게 되었는가 하는 점이다. 왜 지나온 일을 다시 되풀이하려고 하는지. 그 일을 통해 무엇을 얻으려고 하는지. 원래 독특한 구석이 있는 사람이었지만 시간이 갈수록 손아귀에서 멀어지는 듯한 진영의 정신세계는 불가해하다. "당신 술 한잔할래?" 이규는 주먹을 꼭 쥔 채로 진영에게 말한다. 진영은 단호하게 고개를 젓는다. 술을 마시는 것은 복잡한 임신 전 사전 검사가 완전히 끝나지 않은 상황에서는 금지 사항이다. 이규는 소파에 앉는다. 이규는 소파 바닥의 텍스타일 결을 손으로 움켜쥔다. 이 사각 소파를 사자고 제안한 건 윤재였다. 가족들이 다 함께 누워 티브이를 보면 더 좋지 않겠냐며, 이규와 진영이 양쪽에 누워 있으면 사방이 다 든든하다고 좋아하던 소파다. 한가운데 셋이 누워 축구를 보던 때가 그리워진다. 윤재는 어떤 존재였을까. 윤재는 늘 부모를 존중하고 따르던 아이다. 착한 아이여서 단 한 번도 진영과 이규를 힘들게 한 적이 없다. 공기처럼, 혈액처럼 없어서는 안 될 존재가 사라졌다. 잔인하게도 그런 존재가 세상에서 사라지는 일은 불시에, 누구에게나 일어난다. 이렇게 잔인한 일을 일으키는, 삶의 질서를 깨는 것은 누구인가. 누가 결정하는가. 왜 이런 일에는 신이 개입하지 않는가. 진영은 냉장고 야채박스에서 굴러다니는 토마토를 씻고 치즈를 꺼낸다. 한때 이규가 가족들을 위해 조개를 해감하고 토마토를 뭉근하게 끓여 스튜를 해주던 때가 있었다. 스톱워치를 켜놓은 채 땀을 뻘뻘 흘리며 요리를 했고 플레이팅을 한다고 수납장 맨 아래쪽 쓰지 않는 접시까지 꺼내며 요란을 떨었던 때가 있었다. 지금 부엌은 텅 비어 있다. 누구도 요리하지 않는다. 환풍기 기름때도 닦지 않은 지 오래여서 노란 기름이 똑똑 떨어진다. 선반 손잡이도 기름때에 절어 끈적한 것이 묻어난다. 테이블에 놓인 와인 잔에는 옅게 먼지가 앉아 있고 입으로 후 불어도 먼지가 떨어지지 않는다. 가끔 바퀴벌레도 지나가고 틈새마다 찌든 때가 끼어 있다. "만약에, 만약에 실패한다면 어떻게 할 거야? 출산하지 못할 수도 있잖아." 실패는 늘 있다. 실패는 언제나, 어디에나 늘 있지 않나. 진영이 두려워하는 것은 실패가 아니다. 그녀가 두려워하는 것은 오히려 성공이다. 성공했는데도 윤재를 잃은 슬픔을 극복하지 못한다면 진영은 더 이상 갈 곳이 없어진다. "내가 왜 못 하겠어. 나이가 좀 많지만 두 번이나 출산한 경험이 있잖아. 그리고 의사 선생님도 아무 문제가 없을 거라고 했어. 너무 걱정하지 마." 이규는 절망감에 고개를 숙인다. 이규도 오래전 그날을 기억한다. 진영이 순간 어금니 안쪽을 지그시 문다. 그 일은 그동안 입 밖에 내본 적이 없는, 세 사람만 아는 비밀이다. 또 한 사람은 이미 죽은 진영의 엄마다. 우리는 무슨 죄를 지은 걸까. 윤재는 왜 우릴 떠났을까. 이규는 진영을 안는다. 진영의 몸이 젖은 낙엽 더미처럼 축축하다. 입술을, 머리칼을, 쇄골을 차례로 쓰다듬는다. 이규는 온 힘을 다해 사랑해보려고 애쓴다. 그게 누구든, 그게 진영이든 또 다른 누구든 사랑이 고통을 이길 수 있다는 말이 맞는지 실험해보고 싶다. 하지만 이규는 얕은 숨을 여러 차례 내뱉고는 그대로 포기한다. 이 장면은 그저 두 사람의 상상일 뿐, 한 사람은 소파 이쪽에, 한 사람은 소파 저쪽에 앉아 있을 뿐이다. 그들의 몸에는 에너지가 조금도 남아 있지 않다.

이십 년 전의 일이다. 첫째 아이를 임신하고 14주가 되던 날, 정기검진을 다니던 병원에서 전화가 걸려온다. 태아의 목 투명대가 두꺼워 보인다고 해서 기본적인 기형아 검사 외에 한 단계 진전된 양수 검사를 하고 결과를 기다리던 중이다. 배에 긴 주삿바늘을 꽂아 양수를 채취한 뒤 배양을 해 결과를 보는 꽤 까다로운 검사였다. 진영도 이규도 그리 걱정하지는 않았지만 덜컥 걸려온 전화 때문에 두 사람은 급히 병원으로 달려간다. 예감이 좋지 않다. 의사를 만나고, 소견을 듣는 과정에서 하늘이 무너지는 진단 결과를 듣게 된다. 의사는 끝까지 선택은 산모와 가족들의 몫이라고 말한다. 목 투명대 두께는 차차 얇아질 수도 있지만 의학적인 소견은 염색체 이상이 확실하다는 말만 반복한다. 이런 경우는 합법적인 임신 중지가 가능하지만 해당 병원에서는 임신 중절 수술을 시행하지 않는다며 다른 병원을 알아보라고 한다. 그날 밤 이규와 진영은 각자의 부모들에게 이 사실을 알린다. 진영은 대학원 박사과정에 막 입학한 시점이었고 이규는 첫 직장인 로

모투자증권의 직원이 된 지 채 이 년이 안 됐을 시점이다. 남자 아기였다. 그때는 아주 슬쩍 아기의 성별을 알려주는 분위기였다. 진영과 이규는 차를 타고 도시를 빠져나가 시장과 단독주택들 사이, 임신 중절 수술을 할 수 있는 뒷골목 병원으로 간다. 진영의 엄마가 동행했고 수술실에도 같이 들어간다. 유도 분만 과정은 아기를 낳는 것과 동일하다. 그러니까 진영은 아기를 버리기로 결정한 것이다. 몸에서 커다란 무엇인가가 떨어져 나가는 것을 느낀다. 그것은 뇌의 일부, 마음의 일부, 어쩌면 양심의 일부다. 진영은 자신이 결코 생명을 소중히 여기는 사람이 아님을 그때 깨닫는다. 진영의 엄마가 계속 흐느낀다. "아이고 가엾어라, 아이고 가엾어라!" 진영은 죽은 아기가 어디로 가는지 모른다. 하지만 아기를 쓰레기통에 버린 여자가 바로 진영이다. 이규도 그것에 동의했다. 그것은 살해일 수 있다. 진영은 그때, 그게 무엇인지 모르지만 중요한 것을 잃는다. 자신의 생에 잘못 끼어든 카드를 아무렇지도 않게 뽑아내 버리듯 진영은 그것을 과감하게 떼어낸다. 예상외로 그 일의 파장은 커진다. 거의 출산에 버금가는 처치를 한 경우라 예후도 좋지 않다. 무슨 약물인지 알 수 없지만 수술할 때 사용한 항생제 알레르기로 진영은 몇 주간 구역 구토에 시달린다. 게다가 몸에는 붉은 발진이 나고 하혈이 그치지 않는다. 이후로 진영은 붉은 고기를 전혀 먹지 못한다. 박사 과정에 충분히 적응하고 공부에 집중할 수 있을 줄 알았는데 기대는 충족되지 않는다. 그리고 얼마 후 진영의 엄마가 유방암 진단을 받는다. 이후 치매도 앓는다. 나중에는 상태가 심해져 치매 시설에 맡겨진다. 아직도 그 시설을 생각하면 건물 전체에 퍼져 있던 묵직하고 불쾌하던 냄새가 먼저 떠오른다. B시의, 짓다 만 건물들이 흉물스럽게 방치된 강가의 요양병원에서 진영의 엄마는 삼 년을 보내고 죽음을 맞이한다. 진영의 엄마는 병을 앓는 와중에도 여러 차례 그날의 일을 얘기한다. 단기 기억은 모두 사라졌지만 그날의 기억이 유독 선명한 모양이었다. 어느 날 오후 치매 환자들에게 좋다는 콩 고르기를 하던 엄마가 창밖으로 흩날리는 눈을 보면서 말한다. "눈이 어쩌면 저렇게 이쁘다냐! 눈이 저렇게 이쁘다니, 여봐요 눈 좀 봐봐요!" 흰콩 검은콩을 섞어 담아 흰콩은 흰콩대로 검은콩은 검은콩대로 분류를 하고 있을 때였다. 진영은 그날 엄마가 유독 말수가 많았다고 느낀다. 사력을 다해 말하고 있었던 것이다. "난 이혼했다." 엄마는 평생 이혼한 적이 없다. "내가 학교에서 애들을 잘못 가르쳤수. 미안해요 내 잘못이에요." 그녀는 교사였던 적도 없다. "이봐요, 나 막걸리 좀 줘." 그녀는 술도 마시지 않는데 막걸리를 찾는다. 급기야 앞에 앉아 있는 진영에게 묻는다. "여기 직원이슈? 젊어서 좋으네. 저는 말이죠, 젊었던 시절이 아주 없었던 것 같아요." 진영은 엄마의 젊었던 때를 기억한다. 진영이 어릴 때 본 엄마가 그녀의 가장 젊은 시절의 얼굴일 테니까. "난 한시를 외워요. 한시

들어볼래요?" 진영이 알기에 엄마는 한시를 외운 적이 없다. "두 시 반쯤 되면 색칠놀이를 해요. 아니 체조를 하던가, 맞아 체조를 해요. 곧 체조 시간이야." 그런 말을 할 때 엄마의 상태는 그래도 좋았다. 그러나 상태가 나빠지면 이상한 말도 한다. "이봐요 여기 사람들이 날 감금했어요 여기다가. 날 좀 도와줘요. 내 신발 거기 있지요?" 진영은 엄마의 눈가로 흘러내리는 눈물을 본다. "아니 왜 이 집에는 출입문이 하나뿐이지? 집에 문이 하나뿐인 집도 다 있네." 그녀가 말할 때마다 사선으로 뻗어 나오던 가습기 수증기가 갈갈이 찢어진다. "오늘은 국수를 주는 날이야. 나 배고파." 진영의 엄마는 그 말을 끝으로 동작을 멈추더니 금세 잠이 들어버린다. 창 바깥으로 아웃도어 복장에 헬멧을 쓰고 자전거를 탄 사람들이 계속 지나간다. 잠을 자는 엄마의 몸은 침대에 거의 밀착되다시피 붙어 있다. 그런 엄마를 보며 진영은 엄마가 이대로 죽는다고 해도 받아들일 수밖에 없다고 인정한다. 진영의 엄마는 자다가 벌떡 일어나 눈을 뜨고 치매에 걸린 적이 없다는 듯이 명료하게 얘기한다. "아기가 버둥거리며 살아 있었다고! 잘생긴 아들이었어!" 엄마는 흥분한 상태다. "간호사가 아기를 빨간 빠께스에 떨어뜨렸어! 쓰레기통에 버렸다고!" 진영은 엄마의 입을 막아버리고 싶지만 얘기하도록 그대로 내버려둔다. 어차피 엄마의 말은 온전하지도 않고 잘 들리지도 않는다. 오직 진영만이 이해한다. 그 상황을 겪은 사람만이 알 수 있다. "엄마, 누가 아기를 빠께스에 버려요, 인간이라면 그렇게 안 하지. 걱정 마요 엄마." 진영은 아직도 배 속에 아기가 있을 때 이규와 함께 관람하러 갔던 잠실 실내체육관의 프로농구 티켓을 보관하고 있다. 그때의 일기도 보관하고 있다. 일기에는 이런 구절들이 있다. 1월 7일 오후 3시경, 22주 6일째에 유도분만으로 너를 버렸다. 너를 엄마 곁에서 떠나보낸 지 열하루째다. 너를 엄마 곁에서 떠나보낸 지 3주째다. 나를 용서하지 마. 대가를 치를 거야. 너를 버린 대가를.

샤오는 대리모가 된다. 자신의 고향인 북쪽 B시로 돌아오게 되리라고는 상상도 하지 못했지만 샤오도 고향으로 돌아왔다. 샤오는 고향으로 돌아오자마자 어린 시절을 보낸 동네를 찾아간다. 아빠, 엄마, 오빠와 함께 살던 동네다. 샤오는 가난한 집에서 태어났지만 좋은 부모님 덕분에 행복했다. 하지만 그건 아주 잠깐의 행복이었다. 학교에 다니고, 밥을 먹고, 옷을 입는 것 외에 샤오가 바라는 다른 것은 전혀 해줄 수 없는 삶이었다. 샤오가 그토록 원했던 건 피아노 레슨이었다. 다른 아이들이 학교를 마치고 골목의 피아노 학원으로 몰려갈 때, 샤오는 개인 피아노 레슨 학원의 담벼락에 기대어 선 채 아이들이 치는 피아노 소리를 듣는 것으로 만족해야 했다. 샤오는 지금 그 피아노 학원으로 가고 있다. 북쪽 도시 B로 돌아와 가장 먼저 가보고 싶은 곳이 피아노 학원이라니, 샤오의 발걸음이 급해진다. B국립대학 정류장에 내려 길을 건넌다. 대학 정문을 지나 한 블록 더 내려가면 골목이 보이고 골목 안쪽에 감리교 교단 소속의 교회가 하나 있다. 교회까지 가지 않고 왼쪽 길로 접어들면 유독 좁은 골목이 펼쳐지고 그 중간쯤에 피아노 레슨이라는 팻말이 붙은 집이 있다. 샤오는 교회를 보고 정면으로 걸어간다. 그런데 옛날에는 분명 있던 왼쪽의 좁은 골목길이 보이지 않는다. 길을 확장해 아예 구획 정리가 되었는지 골목 자체가 없다. 대형 슈퍼마켓과 약국, 동물병원, 문구점, 한의원이 보인다. 샤오는 골목에서 나와 다시 B국립대학 앞을 지난다. 이 대학 캠퍼스는 옛날부터 나무가 많기로 유명하다. 샤오는 이 대학도 다른 대학도, 대학은 다니지 않았다. 다만 이 대학 캠퍼스는 어린 시절 김희선의 놀이터였다. 실용음악학과에는 피아노 연습실이 있다. 샤오는 캠퍼스를 가로질러 재빠르게 음악 연습실 쪽으로 걸어간다. 출입문은 건물 좌우 끝에만 있고 작은 연습실들은 모두 똑같은 구조다. 희선이 초등학생일 때 이 건물의 연습실은 늘 비어 있었다. 어린 희선은 비어 있는 방 아무 데나 들어가 놀 수 있었다. 어디로 들어가도 피아노 하나, 의자 하나, 옷걸이 하나가 있는 똑같은 구조다. 그때처럼 옷걸이에 가방을 걸고 머리를 질끈 묶고 의자에 앉는다. 피아노 학원에서 흘러나오던 피아노 소리를 떠올리며 샤오는 의자에 앉아 소매를 걷고 건반 위에 손가락을 얹는다. 드디어 페달에 발을 올리고 연주를 시작한다. 사실 샤오가 끝까지 연주할 수 있는 곡은 별로 없다. 물론 페달 사용법도 모른다. 그래도 샤오는 눈을 감고 피아노 건반을 내려다보면서 피아노와 교감하듯 연주에 몰두한다. 그래 봐야 샤오가 끝까지 연주할 수 있는 곡은 왈츠인 〈젓가락행진곡〉이나 미국 민요 〈클레멘타인〉 같은 곡뿐이다. 샤오는 연주할 수 있는 부분까지만 연주하고 피아노 의자 위에 그대로 앉아 있다. 갑자기 얼굴이 뜨거워지며 건반 위에 올린 손이 떨린다. 그때 연습실 어디선가 클래식 기타 소리가 들려온다. 샤오는 클래식 기타 소리도 좋아한다. 샤오는 모든 음악 소리를 좋아한다. 살면서 음악을 들을 수 없는 곳에만 있었지만 샤오는 원래 음악을 좋아한다. 창으로 고개를 돌리니 캠퍼스의 울창한 나무도 보인다. 좋아하는 피아노가 있고 기타 소리도 있다. 샤오가 늘 그리워하던 것들이다. 어릴 때 피아노 레슨만 받을 수 있었다면 자신의 삶은 달라졌을 거라고 샤오는 여러 번 생각했다. 사실 샤오가 그리워하는 것들은 돈이 아니다. 샤오가 돈을 벌어야 했던 이유는 돈이 있어야 그나마 딸과의 관계가 유지되기 때문이다. 샤오는 어릴 때도 지금도 음악이 좋다. 너무 멀어서, 도저히 가까워질 수 없어서.

샤오는 북쪽 도시 B로 돌아오는 상상을 해본 적이 거의 없다. 어렸을 때부터 이곳은 나이가 더 들기 전에 빨리 떠나야 하는 곳이었다. 그럼에도 샤오가 이곳으로 오게 된 것은 초등학교 친구의 권유 때문이다. 아니 돈 때문이다. 딸과 남편은 샤오가 보내주는 돈으로 잘 먹고 잘 산다고 생각했는데 그렇지 않았다. 샤오는 지금 또 다른 선택을 해야 하는 기로에 있다. 샤오의 남편은 공사장에서 다리를 다쳤다. 수술비까지는 본인이 냈지만 당분간은 아무 일도 할 수 없다. 지금까지 생활비를 자신이 벌기라도 한 것처럼 말한다. 샤오는 집을 나온 후 처음으로 남편의 안부가 궁금하다. 하지만 그것도 잠깐, 돈을 벌 수 있는 길을 찾아야 한다. B시에서 초등학교를 함께 다닌 친구가 샤오에게 큰돈을 벌 수 있는 기회라며 정보를 준다. 이유는 알 수 없지만 자력으로 출산할 수 없는 한 부부의 정자와 난자를 체외수정한 수정란을 샤오의 자궁에 옮겨 샤오가 아기를 대신 낳아주는 일이다. 샤오는 식당 일을 전전하며 돈을 버는 일이 힘에 부치고, 그렇다고 집으로 돌아가 남편을 돌보기도 싫다. 샤오는 친구와 함께 돈을 벌 수 있는 일을 소개한다는 브로커 부부를 만난다. 그들의 인상은 매우 선해 보인다. 그들은 샤오를 만나자마자 커피숍 테이블 위에 B클리닉 홍보 인쇄물을 올려놓는다. 그리고 많은 액수의 돈부터 제시한다. 샤오가 일 년 동안 허드렛일을 해서 버는 돈의 세 배를 단 십 개월 만에 벌 수 있다니! 아이를 출산한 경험이 있고, 젊은 여성이기에 샤오가 쉽게 할 수 있는 일이라고 말한다. 샤오가 질문한다. "문제없이 다 잘됐을 때 얘기죠. 나쁜 일은 일어나지 않나요? 그리고 제가 아직은 젊지만, 아무리 건강하다고 해도 몸에 무리가 갈 텐데요. 괜찮을까요? 중간에 잘못되기라도 하면? 난 딸이 있어요. 이 일로 인생 망치기 싫어요." 여성 브로커는 어두운 은색 아말감으로 때운 어금니를 드러내며 살짝 웃는다. 그러면서도 어떤 문제가 생기고, 몸에 어떤 부작용이 생길 수 있는지는 끝까지 말해주지 않는다. 어쩌면 그들은 더 이상은 아는 게 없고 거기까지가 다인지도 모른다. 그들은 껍질 없는 삶은 계란 으깨기 정도의 일이라면서, 아주 쉬운 일임을 강조한다. 샤오는 살면서 그런 말은 처음 들어본다. 더 좋은 조건은 공동 숙소에서 다른 여자들과 함께 십 개월 동안 숙식을 하고, 식사도 빨래도 전혀 할 필요가 없고 누워서 텔레비전이나 보고 여유롭게 호숫가 산책을 즐기면 된다는 것이다. "우리 희선 씨는 그냥 아기를 잘 낳아서, 그 사람들한테 주고, 돈만 받으면 되는 겁니다. 한 가지 조건이 있다면 이 일을 처음부터 끝까지 비밀로 해야 한다는 것입니다." 샤오는 머리를 굴려본다. 왜 비밀로 해야 할까. 이 일은 불법인가. 불법이라면 더 위험할 텐데, 강변에 있는 B클리닉이 불법을 저지르고 있다면 저렇게 버젓이 병원 운영을 할 수는 없을 텐데. 머리가 복잡해지고 뇌의 한계를 느낀다. 헤어지기 전 브로커가 샤오에게 말한다. "그런데 담배는 끊어요. 담배를 피우면 이 일을 못 하게 될 수도 있어요." 샤오는 궁금증이 많은 사람이어서 친구와 둘이 남아 더 얘기를 나눈다. B클리닉이 출산을 대신해주는 것으로 막대한 수익을 올리고 있다는 것은 샤오가 알 수 없는 일이다. 이 북쪽 소도시에서 일어나는 어떤 일도 샤오가 다 알기는 어렵다. 샤오는 이 북쪽 도시에 최근 늘어나기 시작한 싱글 여성 인구 중 한 명이다. 그녀에게는 새 직업이 필요하다. "원래 남의 아기를 낳아주고 돈을 받으면 불법이야. 그런데 병원에서 불법으로도 하나 봐. 너 괜찮겠어? 나중에 나 원망하지 마. 네가 돈 빌려달라고 했는데 내가 못 빌려주니까 미안해서 소개했다. 십 개월은 금방 가니까." 친구와 헤어진 샤오는 시계를 본다. 지금 자신이 하려고 하는 일이 딸 지우에게 어떤 영향을 줄지 걱정스럽다. 샤오는 택시를 타고 시외버스터미널로 간다. 성남으로 가는 표를 사고 바삐 터미널을 오가는 사람들을 멍하니 쳐다본다. 샤오는 지우에게 메시지를 보낸다. 학교 마치고 어디로 가면 볼 수 있는지, 보고 싶어서, 보러 가겠다고 말한다. 지우는 약속 장소 주소만 보내온다. 시외버스에서 샤오는 가는 내내 잠을 잔다. 샤오가 눈을 떴을 땐 버스 뒤쪽에서 화재가 나 승객들이 모두 하차하는 중이다. 샤오도 핸드백을 메고 차 밖으로 나간다. 아직 해가 질 무렵은 아닌데 고속도로 위는 어둡다. 교통 경찰들이 한 차선을 막고 샤오가 내린 버스 주변으로 붉은색 바리케이드를 친다. 승객들은 도로 한가운데서 갓길 쪽으로 이동한다. 그리고 거기 서서 다른 차가 와주기를 기다리고 있다. 잠시 후 같은 회사 버스가 오고 승객들은 모두 버스에 올라탄다. 그때 승객 중 한 명이 갓길을 따라 저만치 앞쪽으로 뛰어간다. 운전기사가 소리를 지르지만 차 소리 때문에 들리지 않는다. "고객님, 거긴 위험해요." 기사가 소리를 질러도 소용이 없다. 여자는 긴 머리칼과 통이 넓은 바지를 휘날리며 계속해서 갓길을 뛰어간다.

지우가 약속 장소로 알려준 성남 학원가는 굉장히 복잡해 보인다. 샤오는 이런 곳에 와 있는 것 자체가 처음이어서 낯설고 또 낯설다. 상가 건물 1층의 제과점은 모든 빵이 다 동날 정도로 손님이 많다. 샤오는 여기서 지우를 기다린다. 약속 시간이 십 분 지나도 지우는 나타나지 않는다. 아직도 차량 화재 냄새가 몸에 배어 있어 고속도로에 서 있는 기분이다. 문 쪽을 하염없이 바라보던 샤오가 자리에서 벌떡 일어난다. "지우야, 엄마 여기." 지우는 그동안 키가 컸고 살은 빠졌다. 지우는 커다란 배낭을 무릎 위에 올리고 앉는다. "우리 지우 많이 컸네." 샤오는 자기도 모르게 눈물이 핑 돈다. "아빠 걱정돼서 왔어?" 지우가 샤오에게 묻는다. "아니 통화했어 아빠랑은. 우리 지우 진짜 많이 컸다." 지우는 엄마와 눈을 맞추지 않는다. "엄마 나 조금 이따 학원 가야 해. 곧 시험이거든." 이제 곧 중학생이라 공부에 열중하는 모습이 보기 좋으면서도 왠지 서운하다. "엄마 햄버거 먹으러 갈래?" 갑작스런 제안에 샤오는 자리에서 벌떡 일어난다. 샤오는 맥도날드에서 햄버거를 먹다가 브로커의 전화를 받는다. 그는 할지 말지를 결정해달라고 말한다. 샤오는 오히려 지우가 눈앞에 있어 결

정하기가 쉽다. 지우를 위한 일이니까! 샤오는 떨리는 마음을
다잡으며 "하겠다"고, "예스"라고 말한다. 헤어질 때 지우가
샤오의 뒤로 가서 두 팔을 겨드랑이 사이로 넣어 샤오의 몸을
꽉 안는다. 그리고 목덜미에 얼굴에 대고 말한다. "아, 엄마 냄
새 좋다."

희우는 진영을 대리모로 고용한 사람이다. 계약서는 모두 스무 페이지쯤 된다. 진영은 담당 의사와 코디네이터, 병원 법률 자문, 그리고 희우와 함께 앉아 계약서에 사인한다. 양쪽 남편의 서명은 진영과 희우가 대리로 한다. 그 과정에서 진영은 희우가 법률 관계 일을 하는 사람이라는 것을 알게 된다. 그녀는 법대를 졸업했고 로스쿨을 다녔고, 이것도 편견이지만 무엇 하나 부러울 것이 없는 환경에서 자란 듯하다. 문제가 없지는 않았지만 진영도 그리 나쁘기만 한 환경에서 자란 것은 아니다. 그러니까 소위 배웠다는 여자들이 모두 이 일에 연루되어 있다. 그리고 남자들은 일단 여자들 뒤에 숨어 있다. 정자는 희우 남편의 것이고 난자는 기증 받았기 때문에 희우의 남편은 당연히 아기의 유전적, 법적 부모가 되지만 희우는 아기를 양자로 받아들이는 법적 절차를 거쳐야 한다. 이 일이 세상에 알려지면 어떻게 될까. 진영은 지금은 직장이 없지만 희우는 직장을 잃을지도 모르는 위험을 감수하면서까지 이 일을 하고 있다. 어떤 일이 생겨도 피해갈 논리를 이미 다 갖추고 있는지도 모른다. 희우가 무슨 생각을 하는지 진영은 알 수 없다. 진영은 희우가 아기를 안고 흐뭇하게 웃고 있는 모습을 상상한다. 그리고 그 옆에서 웃는 자신의 모습도 상상한다. 그래, 겨우 십 개월이면 다 끝나는 일이다. 계약 내용 중 가장 중요한 사항은 엄마가 될 희우에게 아기를 인도한 후 진영이 어떤 요구를 해서도 안 된다는 것이다. 대가를 바라지 않는 자발적인, 선한 의미의 대리모이기 때문에 추후 어떤 대가를 요구하는 것이 불법이라는 내용도 적혀 있다. 대가를 요구하는 것이 불법이면, 그렇다면 대리모라는 행위 자체는 합법일까. 법이 허용하면 모든 행위가 다 해도 되는 정당한 행위로 인정되는 것인가. 불안하지 않은 것은 아니다. 누가 더 불안할까, 진영일까 희우일까. 계약서 상에는 이 모든 과정에서 일어날 수 있는 안 좋은 일들에 대한 언급은 최소화해 표현해놓았다. 단번에 이해하기 힘든 법률 용어들, 의학 관련 용어들이 빼곡하다. 계약서보다 이 일에 연루된 사람들의 머릿속이 더 복잡하다. 제왕절개를 할 수도 있기 때문에 심각한 상황이 오면 어차피 이규가 보호자가 되어야 하고, 사실 이 모든 일의 책임은 어쩌면 아무런 잘못이 없는 이규가 지게 될 수도 있다. 잘못된다면 말이다. 하지만 진영은 이 모든 일을 오로지 혼자 감당하고 싶다. 모두가 가장 두려워하는 것은 과정상의 문제로 이 일이 실패로 돌아가는 것이다. 출산 과정에서 생길 수 있는 여러 가지 사고들을 예상할 수 있지만 그런 일들은 아예 일어나지 않는다고, 실패는 없다고 스스로 각인을 시킨다. 성공 이후에도 문제는 있을 수 있다. 대리모가 아이를 주지 않겠다고 할 수도 있고 또 다른 문제가 발생할 수도 있다. 사실 계획이 어긋날 가능성은 매우 크다. 체외수정에 성공하고 안전하게 진영의 자궁에 착상했다는 말을 들었을 때 진영은 윤재가 살아 돌아온 듯한 느낌을 받았다. 이제 좀 더 안정을 찾게 되면 기다리던 임신 증세도 나타날 것이다. 아직까지 몸에 큰 변화는 없다. 이물감도 없고 심리적인 증상이나 에너지 변화도 그다지 크지 않다. 착상이 안정되어 무사히 초기 단계만 지나면 된다. 그 이후는 정기적인 검진만 받으면 된다. 의료진은 무엇이든 샅샅이 검사해 다 밝혀낼 태세다. 출산 전에 생기는 어떤 문제도 놓치지 않고 다 찾아내겠지. 출산은 이제 창조주만이 관여하는 신비의 과정이 아니고 의학 시스템이 주관하는 관리의 대상이 되었으며 진영은 이 프로세스에서 잘 관리되고 있다.

병원 건물 앞 정원은 호수 산책로와 자연스럽게 연결되어 있다. 진영은 벤치에 앉는다. 아름다운 봄꽃들이 정원을 꽉 채우고 있다. 진영은 '봄'이라고 발음해본다. 저 앞 호숫가에 서서 이야기를 나누고 있는 여자들이 보인다. 얼굴을 간

지럽히는 햇살 사이로 아직은 차가운 바람이 분다. 문득 진영은 눈을 뜰 수가 없어 그대로 감고 있다. 내가 이렇게 따뜻한 햇볕을 볼 자격이 있는 사람인가. 착한 사람들만이 그럴수 있어. 윤재의 사고 이후로 진영은 늘 그런 기분이었다. 진영은 한참 만에 가까스로 눈을 뜬다. 호수에서 살아 있는 기운이 전해져온다. 진영은 그 무엇에 대해서도 소유할 생각이 없다. 그 무엇도 이제는 소유하고 싶지 않다. 이 바람처럼, 그저 지나가고 마는 것이다. 진영은 고개를 돌려 병원 마당에서 선 채로 얘기를 나누고 있는 여자들을 쳐다본다. 한 여자는 모르는 사람이고 한 여자는 낯이 익다. 진영은 잠깐 눈을 감았다 뜬다. 그사이 낯익은 여자가 누구인지 알게 된다. 여자들이 자신을 돌아보기만을 기다린다. 그때 유니폼을 입은 여자가 팔짱을 끼며 무심코 고개를 돌려 진영을 본다. 진영은 벤치에서 일어나 걸어오고 있는 여자 쪽으로 다가간다. "역시, 교수님이셨네요. 아무래도 어디서 많이 뵌 분이라고 생각했는데." 교수라는 호칭이 몹시 낯설다. 진영도 한때 교수가되고 싶었던 적이 있었고 교수가 되었다. 문학에 대한, 인식에 대한 숭고한 광기 같은 것들이 중요하다고 생각했던 시간이 있었다는 게 믿어지지 않는다. "여기서 일하시는군요!" 진영은 진심으로 그녀가 반갑다. "네 교수님도 아시다시피, 학교에서 청소 용역 수를 계속 줄이잖아요. 저도 학교가 좋은데 결국은 학교에서 나왔어요. 요즘 이 병원이 유명한 모양이에요. 친구가 소개해줘서 들어오게 됐어요. 저는 여기서 일하는 게 좋아요. 호수도 가깝고 탁 트여서 답답하지가 않아요." 그녀는 호수 쪽으로 고개를 돌리며 두 팔을 크게 흔든다. 몸은 종잇장처럼 말랐고 잦은 염색 탓인지 머리 색깔이 지나치게 검다. 학교에서 만났을 때는 꽤 아름다웠던 것으로 기억한다. "그런데 교수님은 여기 웬일이세요?" 그녀의 시선이 잠깐 진영의 배에 가닿는다. 왜냐하면 여기 오는 사람들은 두 부류 중 하나이기 때문이다. "혹시 교수님도 불임, 아이고 죄송해요. 제가 실언을 했어요. 정말 죄송해요." 여자는 진영에게 어떤 일이 일어났는지 알지 못한다. 남에게 일어난 일을 다 알 수는 없다. 진영은 모든 것을 지금 그대로, 미결정인 채로, 덜 말해진 채로 남겨두기로 한다. "친구가 여기서 출산을 한다고 해서 보러 왔어요." 진영은 웃으며 둘러댄다. "그러시군요. 아기를 무척 원하는 분이신 모양이네요. 그럼 교수님 저는 먼저 들어갈게요. 휴식 시간이 끝나서요." 여자는 인사를 하고 유니폼 주머니에서 손을 뺀다. 그때 진영이 말한다. "참 예쁘신 거 같아요." 그녀는 웃는다. "고맙습니다. 오늘 날씨 정말 좋죠. 좋은 시간 보내다 가세요, 교수님." 여자가 커다란 청소차를 끌고 병원 문 안으로 들어간다. 진영은 주변을 둘러본다. 병원 건물을 배후로 많은 여자들이 하늘을 보며 서성거린다. 모두들 기대와 불안을 함께 드러낸 기묘한 얼굴들이다. 진영은 여자에게 이름을 물어보지 않은 것을 후회한다. 다음에 만나면 꼭 물어보겠다고 다짐한다.

진영은 희우를 만나 차로 함께 병원에서 나온다. 차가 병원에서 빠져나오자 희우가 얕은 한숨을 쉰다. 대로로 진입하기 직전 차는 좌회전 방향등을 켜고 잠깐 서 있다. 주변의 시설은 그닥 주목할 만한 곳이 없이 고요하다. 희우가 말한다. 그녀는 언젠가부터 진영을 언니라고 불러왔다. "언니 왜 점점 시간이 갈수록 처음과 달리 더 힘들게 느껴질까요. 처음에는 기대도 크고 즐거웠는데요, 지금은 꼭 그렇지는 않아요. 지금은 사실 언니를 만나는 것도, 아기의 초음파 사진을 보는 것도 힘들어요. 과연 제가 아이를 잘 키울 수 있을까요?" 희우가 진영의 배를 턱으로 가리키며 말한다. "하지만 곧 괜찮아지겠죠. 제가 요즘 좀 예민해진 것 같아요." 희우를 위로하고 싶은 마음은 있는데 누가 누구를 위로할 수 있을까. 그런 자격은 애초에 아무도 가질 수 없는 것인지도 모른다. 자신인지 희우인지, 이 상황에서는 누가 약자인지 알 수가 없다. 그러나 진영은 희우를 돕고 싶다. "내가 잘 버텨볼게요. 너무 걱정하지 말아요. 어차피 누구의 잘못도 아니니까. 우리 모두 같이 그저 아무 일도 일어나지 않기를 바라야죠. 누구의 잘못도 아니니까요." 진영은 말하고 나서 웃으며 희우의 얼굴을 쳐다본다. "언니 저는 회사에 다시 들어가봐야 해요. 오늘 반차를 썼는데, 직원들 눈치가 보여서요. 나중에 함께 식사해요. 늘

몸조심! 언제든 조금이라도 불편하거나 몸 안 좋으면 연락주세요. 아이고 내 정신, 안 좋으면 큰일이죠. 좋을 때도 연락주세요." 운전석에 앉은 희우의 어깨가 과하게 흔들린다. 진영은 왼손으로 그녀의 어깨를 톡톡 두드리고는 차에서 내린다. 희우의 벤틀리 승용차가 시내로 미끄러져 들어간다. B시에서는 잘 볼 수 없는 고급 차종이다. 진영은 피곤함을 느끼지만 최대한 마음을 편하게 가지려고 노력한다. 길에 서서 택시를 기다린다. 택시가 잡히지 않자 왠지 택시 승강장에 버려진 느낌이 든다. 배가 고픈 것도 같고, 조금 추운 것도 같고, 예전에 경험해보지 못한 이상한 감정 상태다. 호르몬의 변화가 아니라면 설명할 수 없다. 진영은 냄새가 나는 쪽으로 몸을 돌린다. 쉭쉭대는 가스 불 소리와 함께 흰 김을 쏟아내는 길옆 만두 가게에서 나는 냄새다. 진영은 가게 앞에 도착하자마자 도저히 참을 수 없는 허기를 느낀다. 그래도 진영은 배고픔을 참고 집으로 간다. 희우가 보내준 최상품 한우가 냉장고를 가득 채우고 있다. 집 앞 현관은 택배가 끊이지 않는다. 특급 한우에 유기농 닭고기에 냉장고 속은 고기 천지다. 진영은 고기를 즐겨 먹지 않았지만 이제는 고기에 밴 핏물 냄새가 싫지 않다. 윤재를 가졌을 때는 육 개월 간 멜론만 먹었다. 그런데 지금은 괜찮다. 체중은 10킬로그램 이상 불어 70킬로그램이 넘는다. 의사는 모든 상황이 지극히 정상이라고 말한다. 사십대 후반에 임신을 한 것 자체가 기적이라며 이렇게 예후가 좋은 경우는 많지 않다고, KFC 가게 앞에 세워둔 아저씨처럼 속 좋게 웃는다. 배가 나오기 시작하면서 이규는 아예 진영을 피한다. 정말 목공을 배우러 다니는지 집에서 머무는 시간이 길지 않다. 진영은 아예 윤재의 방문을 열지도 않는다. 해가 좋은 날, 윤재의 방문 아래 빈틈에서 퍼져 나오는 한 줄기 빛을 보는 것만으로도 마음이 무너진다. 언젠가 열어보겠지만 지금은 열지 않는다. 몸이 무거운 듯해 저녁에는 미지근한 물에 몸을 담근다. 진영은 습관적으로 겨드랑이와 양쪽 유방을 샅샅이 눌러본다. 왼쪽 유방 아래에 뭔가 딱딱한 것이 잡힌다. 만지면 금세 형체가 사라져야 하는데 너무 선명하다 못해 도드라지듯 손에 잡힌다. 그렇다고 아픈 것은 아니다. 진영은 욕조에서 나와 타월로 복부를 감싼 채 화장실 문에 몸을 기대고 선다. 그리고 거울에 몸을 비춰본다. 유방 모양의 변형이 있는지, 전체적으로 살펴본다. 진영 엄마를 포함해 자매들 중 두 명이 이미 유방암을 직접 사인으로 사망했다. 진영은 유방 모양의 변형이 있다는 걸 알게 된다. 폼페이에 다녀와서 본 결과에는 아무런 이상이 없었다. 갑자기 심장이 거칠게 뛰고 호흡이 빨라진다. 진영은 다이어리를 꺼낸다. 다이어리 속표지에는 윤재의 사진이 붙어 있다. 진영은 손가락으로 윤재의 얼굴을 쓸어내린다. 미치게 보고 싶다. 안고 싶다. 다이어리의 내용은 모두 윤재에 대한 것이다. 윤재에게 쓰는 편지, 다 하지 못한 엄마로서의 책임감, 잘못된 경찰 수사 결과 등 윤재를 향한 모든 마음이 들어 있다. 이 다이어리를 나중에 윤재가 보기라도 할 것처럼 진영은 많은 것을 써두었다. 진영은 다이어리를 안고 소파에서 잠든다. 그리고 한 시간 후에 일어나 저녁 식사를 준비한다. 그래도 지금은 모든 것이 더할 나위 없이 순조롭다. 오랜만에 수진에게서 전화가 걸려온다. "폼페이에 갔던 게 엊그제 같은데 그 후로 우리 상황이 많이 변해버렸네." 수진의 말이 맞다. 진영과 수진이 폼페이에 다녀왔고 윤재가 떠났으며 모든 것이 변했다. 한때 수진과 그토록 친밀한 사이였던 게 믿어지지 않는다. "너랑 폼페이 갔을 때가 그리워." 진영은 그 말에 아무런 대답도 하지 않는다. 아무렇지도 않게 함께 공유했던 일상이 아주 먼 이야기가 된 지 오래다. 수진은 진영을 이해할 수 없는지, 어느 순간 분노를 표출한다. "넌 다른 사람이 너 때문에 얼마나 힘든지, 그러니까 네 남편의 고통 따위는 생각도 하지 않니? 너는 문학을 해서 그런가 고통에 익숙해서 좀 무딘 것 같아. 나는 그런 네가 늘 신기했는데, 지금 넌 정말이지 충격이야. 뭐랄까, 지극히 이기적인 결정이랄까. 사실 넌 굉장히 이기적인 사람이잖아. 그래 사실 넌 좀 못됐지." 수진은 감정이 복받치는 모양이다. 진영은 차분하게 응대한다. "수진아 나도 이런 결정을 내리게 되리라고는 생각하지 못했어. 불편하면 전화 끊자." 그렇게 말하며 무심코 배를 문지른다. 남자아이다. 희우에게 들은 아기의 태명은 '마레'다. 속으로 아기의 이름을 불러본다. '마레야.' "넌 사실 옛날부터 윤리 의식이 흐릿했지. 남들이 두려워 차마 하지 못하는 일도 서슴지 않고 할 수 있는 사람, 그게 바로 너야. 네가 다른 사람과 다르다는 것을 보여주기 위해 늘 위험한 선택을 했지. 지금 네가 하는 일도 그렇고. 넌 정말 이상한 거 같아. 옛날엔 그냥 이상했는데 지금은 징그럽달까. 어디까지가 너일까. 이규 씨는 생각도 안 해?" 진영은 수진이 자신을 비난하는 이유를 잘 알고 있다. 하지만 누구도 자신이 하는 일과 행동을 완벽하게 다 설명하지는 못하는 법이다. 설명하지 못하게 될수록 그 일을 해야 한다는 당위는 더욱 굳건해지는 법이다. 진영은 말한다. "내가 그런 사람이어서, 이상한 나 따라다니면서 덩달아 너도 즐거운 학창 시절을 보낸 거 아니니? 그럼 됐지. 뭘 더 바래. 내가 이렇게 되니까 즐겁니? 날 함부로 대해도 될 것 같니? 전화 끊어." 진영은 감정을 드러내고 만다. 수진과 이런 이야기를 하는 것 자체가 무의미하다고 느낀다. 그러나 수진이 한 말을 곱씹게 된다. 내가 그렇게 이기적이었나. 어쩌면 그랬을 거라고 진영은 인정한다. 진영은 피곤함을 느끼고 일찍 눕는다. 아랫배가 뭉치는 기분이 들어 화장실에 자주 드나들고 새벽녘에서야 잠이 든다. 아랫배의 통증이, 그 강도나 느낌이, 한 번도 경험해본 적이 없는 통증이다. 이규는 새벽녘 진영의 인기척을 듣고 그녀의 방으로 간다. 진영은 아기가 움직이지 않는다고 말한다. 진영은 이규의 손을 꽉 잡는다. 과거 윤재를 낳던 그때처럼, 힘을 주어 남편의 손을 잡는다. 그러자 과거의 악몽이 되살아난다. 가장 두려워하는 일이 일어날 것만 같고, 피할 수 없을 것 같은 직감 말이다. 진영은 출산에 실패할 것인가. 그녀는 겹겹이 기워 연결한 퀼트 이불을 덮고 죽은 사람처럼 누워 있다. 몸이 납처럼 무겁다. 마음은 더 무겁다. 윤재가 죽은 것도, 출산에 실패할 것 같은 기분이 드는 것도 다 자신 때문인 것 같다. 하지만 진영은 울지 않는다. 여태까지 운 것으로 충분하다. 진영은 출산이라는 과정에만 동반되는 그 무엇과도 비교할 수 없는 완벽한 긍정이나 보람을 다시 한번 경험하고 싶을 뿐이다. 지금은 그것이 가장 중요하다. 선잠이 들었던 진영은 벼락처럼 소리를 지르며 잠에서 깨어난다. 아기는 아직 살아 있다. 아무런 문제도 없다. 이규가 진영에게 다가와 손을 잡는다. "괜찮아 당신?" 이규가 묻는다. 진영은 이규의 얼굴을 본다. 이규의 얼굴은 작고 검은 주름투성이다. "만약에 아기가 잘못된다면 말야, 아니 내가 잘못된다면 말야……." 진영은 두 눈을 감았다 뜬다. 이규는 사실 아기가 잘못되길 바란다. 생명 그 자체가 자신의 문제를 알아서 저절로 사라진다면, 아무 일도 없었던 것이 되어버린다면 좋겠다고 애초부터 생각했는지도 모른다. 그리고 어쩌면 진영이 잘못되는 것조차, 그리고 자기 자신이 잘못되는 것조차 바라고 있는지도 모른다. 자신들은 죄인이니까, 아이를 잃은 부모들이니까.

B클리닉의 일원이 된 샤오에게도 문제가 생긴다. 그녀는 진작에 담배도 끊었다. 이제 절대로 말보로 라이트는 사지 않는다. 병원 접수대에서 직원이 샤오의 이름을 부른다. "김희선 님! 김희선 님 어디 계신가요?" 누군가 샤오의 본명을 이렇게 목이 터져라 외쳐 부르기는 처음이다. "저기 간호사 선생님, 본명 말고 닉네임을 불러주세요. 제 닉네임은 샤오예요." 샤오가 접수대로 걸어가 말하자 간호사가 다시 호명한다. "김샤오 님, 2번 방으로 들어오세요! 저기 2번 방요." 샤오는 검은 커트 머리에 파란색 옷을 입은 코디네이터에게 안내되어 상담실로 들어간다. 상담사가 먼저 입꼬리를 올리며 밝게 웃는다. "안녕하세요 김샤오 님, 지금부터 제가 하는 얘기를 잘 들어주세요. 샤오 님 열심히 사느라 고생이 많죠? 저희 클리닉에 잘 오셨어요. 그동안 돈은 많이 모으셨어요?" 대답

을 듣기 위해서라기보다는 자신의 말을 이어가기 위해서 중간 중간 질문을 섞어 넣는 형식으로 상담을 진행한다. "여러 가지 검사를 해봐야 확실한 걸 알 수 있지만 이번 기회는 샤오 님이 많은 돈을 벌 타이밍이 될 겁니다. 우리 샤오 님은 출산 경험이 있다고 하셨고, 아직 나이가 젊어서요. 이미 알고 오셨을 텐데, 난임으로 고생하시는 부부들을 도와주는 일입니다. 보람도 있는 일이죠." 그러면서 간호복 주머니에서 브로슈어와 볼펜을 꺼내든다. 샤오는 호기심 가득한 얼굴로 콧등을 찡그리며 어느 타이밍에서 호응을 하며 웃을지 생각한다. "아기를 낳기 위해 남자와 성교를 하지 않아도 되고요. 모든 일은 다 기계가, 기술이, 과학이 합니다. 샤오 님은 그저 배를 빌려주기만 하면 되는 것이지요." 샤오가 뭘 물어볼 기회는 좀처럼 생기지 않는다. 잠깐 틈을 타 샤오가 질문한다. "진짜 임신만 하면 되는 거죠? 그런데 누가 나한테 아기를 낳아달라고 했나요?" 샤오가 묻는다. 누구라도 궁금할 것이다. "그것은 알려드릴 수 없습니다, 샤오 님. 나중에 자연스럽게 아시게 될 겁니다." 상담실에서 나왔을 때 복도에 늘어선 작은 방들에서 다른 여자들이 문을 닫고 나오고 다른 여자들이 또 들어간다. 모두들 샤오처럼 궁금한 것이 많은 얼굴이다. 그러나 누가 의뢰자이고 누가 대리로 아기를 낳아주는 자원봉사자인지는 잘 알 수 없다. 파란색 유니폼을 입은 코디네이터들은 같은 음식을 먹고 같은 미장원에서 머리를 한 것처럼 모두 비슷한 비주얼이다. 심지어 향수 냄새까지도 비슷하다. 여기 오는 환자들은 그들의 안내대로만 하면 된다. 일주일간 입원한 상태에서 검사를 하고 최종 결정을 하게 된다. 병원 코디네이터는 브로커를 고용해 은밀한 방법으로 참여자들을 모집한다. 의뢰자들에 대해 샤오는 아직 아무것도 알지 못한다. 샤오는 이어서 클리닉 대표 의사이자 원장인 닥터 리를 만난다. 여기서는 대리모들을 '자원봉사자' 혹은 '봉사자'라고 불렀는데 닥터 리는 이 봉사자들을 실제 검사하고 합격 여부를 최종 결정하는 역할을 한다. 그는 먼저 이 일이 불법이 아님을 강조한다. 샤오는 사실 법을 어기는 행위인지 아닌지보다, 얼마를 벌 수 있는지 그것이 가장 궁금하다. "식당에서 최소한 삼 년 일해야 벌 돈을 한꺼번에 벌게 될 겁니다." 브로커가 했던 말이 떠오른다. 샤오는 생계를 위해서 이런 일을 선택한 자신을 이미 용서했다. 누구나 살면서 한 번은 자신을 용서할 수 있지 않나. 어쩌면 그녀는 자신에게 지나치게 관대했는지도 모른다.

검사를 끝내고 병원 건물 바로 옆의 숙식이 가능한 건물을 돌아본다. 안내를 받는 사람은 샤오 말고도 두 명의 여성이 더 있다. "우리 지금 병원 투어 중이지? 여기 경치 죽인다." 두 여성 중 한 명이 강가 산책로에 설치된 데크 끝에 서서 강을 내려다보며 말한다. 두 사람은 밝고 쾌활하다. 건물 내부는 요양원 시설처럼 1인 시설이다. 생각보다 시설이 크고 깨끗하다. 샤오는 여기에서 하루 세 끼를 먹고 따뜻한 침대에서 잠들 수 있다. 안내에 의하면 그 세 끼를 다 영양식으로, 다른 사람이 만들고 차려주기까지 한다. 밥을 먹은 후에는 간식을 먹고 간식을 먹은 후에는 양치질을 하고 가글을 한다. 식후 삼십 분쯤 지나면 누워 있거나 병원에서 준 태블릿으로 게임을 할 수도 있다. 태블릿 윗면에 박힌 B라는 이니셜이 매우 아름답다. 병원의 모토라는 'Beautiful'의 이니셜이 멋지다. 모든 기계들이 샤오의 방으로 날라져 들어온다. 초음파로 자궁을 보고 폐 사진을 찍고 혈압과 맥박, 몸의 모든 기능을 검사한다. 아기를 한 명 낳기만 하면 한 큐에 인생을 다시 시작할 수 있다는 말, 그 말이 머릿속을 맴돈다. 이것은 감상이 아니다. 이것은 명백한 샤오의 일이다. 십 개월짜리 단기 직업이다.

샤오는 며칠 후 대리모 적합 판정을 받는다. 체외 수정한 의뢰자 부부의 정자와 난자를 샤오의 자궁에 이식하게 되고, 아이를 낳은 후엔 돈을 받게 되는 것이다. 아기를 가진 동안에는 생활비도 받는다. 겨우 열 달이다. 매달 15일에 생활비가 입금된다. 샤오는 그 돈도 쓰지 않고 아낀다. 정기적으로 병원에 가는 비용도 클라이언트가 다 알아서 해주기 때문에 샤오는 아무것도 신경 쓸 일이 없다. 샤오는 아기를 건강하게 낳기 위한 일에만 신경을 쓰면 되는 것이다. 샤오는 심각하기는커녕 오히려 마음이 편하다. 이 일의 심각성이나 위험성 따위를 느낄 겨를이 전혀 없다. 모두들 괜찮을 거라는 말만 하기 때문이다. 태반박리 같은 임신상의 위험을 미리 알려주는 사람도 없다. 그렇게 정신없이 몇 주가 흘러간다. 샤오가 임신한다. 샤오는 가정해본다. 만약 남편의 아이였다면 나는 아기를 낳을 수 있을까? 남편의 아이를 낳기 원하나? 샤오는 남편의 아이는 원하지 않는다. 지금 샤오는 성교를 통해 임신을 한 것이 아니라 과학기술의 힘으로 임신한 것이라서 오히려 더 부담이 적다. B클리닉에서는 아직까지 클라이언트의 그 어떤 정보도 샤오에게 알려주지 않는다. 그러나 자신이 누구의 아이를 가진 것인지 궁금해지기 시작한다. 부부는 어떤 사람들일까. 빨리 만나보고 싶다. 남편의 정자일까. 아내의 난자일까. 그러니까 혹시 정자나 난자 공여자가 아기의 부모일까? 양쪽 다? 아니면 한쪽만? 샤오는 나쁜 머리를 굴려가며 여러 가지를 상상해본다. 머리가 터질 것처럼 복잡해진다. 샤오는 딸과 통화를 할 때도 아직 나오지도 않은 배가 신경 쓰여 얼굴만 보이게 하고 영상통화를 한다. "엄마 정말 짱 능력자네. 또 직장을 구했네, 엄마 진짜 대단하다. 엄마 멋있다." 딸이 말한다. 딸은 곧 들어갈 중학교에 대한 기대가 크다. 리틀 샤오라서, 현실 적응력이 매우 뛰어난 아이임에 틀림없다. 어린 딸은 엄마가 무슨 일을 하면서 돈을 버는지 관심이 없다. 엄마가 보고 싶지도 않은 걸까. 숙소의 여자들은 낮에는 모여 앉아 뜨개질을 하거나 텔레비전을 보다가 마사지기를 다리에 끼우고 마사지를 받는 게 일이다. 21세기에 이렇게 아무것도 안 하고 편한 하루를 보내는 여성들이 또 있을까 의심스러울 정도다. 샤오는 하루에 한 번 저녁 식사를 하기 전에 호숫가를 산책하고 동네의 작은 마트에 들러 하루는 일회용 휴지, 하루는 프로폴리스 치약, 하루는 소독 물휴지 등을 산다. 마트에 들렀다가 시설로 들어오는 식으로 하루를 정리한다. 이 북쪽 소도시 B는 호수가 아름다워 모든 걸 다 참을 수 있다. 어쩌면 이 모든 게 다 호수가 많아 생긴 일이라는 생각이 들 정도다. 호수가 사람들의 이성을 마비시켜버리는 것 같다. 호숫가에는 늘 시원한 바람이 불며 호수를 끼고 조성된 둘레길은 걸어도 걸어도 끝없이 잔잔한 호수가 보인다. 대도시에 비해 인구가 적고 확실히 공기가 좋다. 샤오는 호숫가를 걷다가 호수의 잔물결을 보며 중얼거린다. "그래, 휴양하는 셈 치면 되지, 그러면 되는 거야. 여태 쉬지도 못했잖아." 저만치 B클리닉 건물이 보이자 샤오는 그 자리에 멈춰 서서 숨을 몰아쉰다. 겉보기에는 아주 평온해 보이는 병원이다. 시설도 좋고 깨끗해서, 저 안에서 일어나는 일이 법에 저촉된다거나 불법이라거나 하는 생각은 전혀 들지 않는다. 샤오는 호숫가를 따라 자연스럽게 연결되는 병원 마당으로 들어가 호수가 잘 보이는 벤치에 앉는다. 햇볕이 따뜻해서 저절로 눈을 감게 된다. 샤오는 그저 대낮의 햇볕을 즐기고 싶다. 샤오는 해가 떠 있는 동안 늘 식당 주방에 있거나 어두운 곳에 있었다. 지금까지 이렇게 편하게 햇볕을 즐긴 적은 결코 없었다.

34주로 접어든 어느 날 숙소에서 지내는 샤오는 갑작스런 하혈과 복통으로 천천히 바닥에 엎드린다. 암적색 피가 물처럼 흘러내리고 배가 아프다. 전혀 예상하지 못한 상황이지만 다행히 병원이 가까워 응급처치를 끝낸다. 샤오가 입고 있던 베이지 톤의 임부복이 혈액으로 오염된다. 샤오는 최근에 출혈이 조금씩 있었다는 걸 의사에게 말한다. 의사는 진찰을 통해 자궁경부가 많이 열려 있다고 말해준다. 출혈은 계속되고, 샤오는 더 할 수 없이 불안하다. 얼마 전 알게 된 샤오의 클라이언트는 딸을 원하는 사십대의 초혼 부부다. 자신들의 아기를 가지게 되었다는 말을 들었을 때 다소 힘없이 울고 있던 부부가 떠오른다. 그리고 지우의 얼굴도 떠오른다. 출혈이 멈추지 않는다. 제왕절개 수술을 해도 불안한 상황이다. 의사는 응급 수술을 제안하고, 샤오는 더는 생각할 것도 없이 수술에 동의한다. 그런데 문제가 생긴다. 의뢰자들이 수술비를 낼 수 없다고 한다. 자신들은 이런 돌발 상황에 대한 준비가 전혀 되어 있지 않으며 이미 지불한 수수료 50퍼센트 외의 수수료는 건강한 아기를 출산했을 때 지불하기로 한 것이고, 이외의 상황에 대해서는 전혀 생각해보지 않았다는 것이다. 부부는 제왕절개 수술비는 샤오가 먼저 내고, 아기가 아무런 문제가 없다고 판명되면 그때 자신들이 수술비를 내거나, 다른 방식으로 그것을 계산해주겠다는 뜻을 전해온다. 샤오는 질문한다. "이 아기가 내 아이예요? 그 두 사람의 아이인데, 내가 왜." 샤오는 이제 와서 자신이 한 일이 무엇인지, 자신이 하려고 한 일이 무엇인지 알게 된다. 샤오는 담당 코디네이터를 불러 자신의 상황을 설명한다. 그러는 와중에도 출혈은 계속된다. 샤오는 코디네이터에게 말한다. 그녀는 이제 입장이 바뀌었다. "부모가 책임 안 지려고 한다면 어쩔 수 없이 이 아이는 내 아이네요. 내가 책임질 테니 수술해주세요. 수술비는 제가 어떻게 해볼게요." B클리닉은 샤오와 아기 상태를 계속 체크하면서도 응급 상황에 맞는 처치 결정을 내리지 못한 채로 시간을 보낸다. 그러다가 한참 만에 의사가 와서 샤오에게 묻는다. "그동안 혈압이 높다거나 했던 것도 아닌데, 혹시 술담배 많이 하셨나요?" 샤오는 더는 화를 참지 못한다. 배의 통증이 참을 수 없을 만큼 심하기 때문이다. 태반박리가 된 지 얼마나 된 것인지, 아무도 알 수 없다. 제왕절개수술을 시도한다. 아기의 상태는 아직 알 수 없다. 샤오는 곧 쇼크에 빠진다. B클리닉은 이 케이스에 유독 민감하다. 돈을 받지 않고 남의 아이를 낳아주는 케이스가 아니고, 수입을 위해 비밀로 진행한 케이스이기 때문이다. 샤오의 앞날은 어떻게 될 것인가. 샤오의 운명은 표류한다. 샤오는 난민이 된다.

진영의 유전자 검사 결과가 나온다. 이식 과정이 이루어지고 임신이 안정된 한 주 전만 해도 진영은 온통 행복했다. 젤을 바른 차가운 기계가 진영의 질 속으로 들어가 희우가 기다리고 있는 것의 실체를 보여준 날의 감흥이 아직 사라지지도 않았다. 모니터를 통해 아기를 처음 본 날 희우는 감격에 휩싸인다. 아파트 창에 비친 자신의 모습도 기억한다. 와인을 마시며 남편에게 아기에 대해 자세히 설명하던 자신의 모습은 매우 아름답고 적절한 감정적 균형을 보여주었다. 그때 진영도 고개를 돌려 초음파 화면을 같이 봤다. 희우도 두 팔을 앞으로 가지런히 모은 채 의사 옆에 서서 입체 초음파 화면을 함께 지켜보고 있었다. 주변이 어두워 두 사람은 저절로 화면에만 집중하게 된다. 의사가 초음파 화면을 잘 보여주기 위해 모니터를 돌린다. "아직은 잘 보이지 않지만, 자 이렇게 한번

보실까요. 여기가 머리고요. 여기 팔, 여기 다리, 다 정상입니다." 순간 인형이나 가상의 캐릭터에 대해 말하는 것처럼 느껴진다. 성별도 말해준다. 대부분 다 태아 성 감별을 한다고 봐야 한다.

다음날 진영은 바로 B클리닉의 호출을 받는다. 유방외과 의사의 표정이 좋지 않다. "우리 손진영 님, 정밀 검사를 해봐야겠지만 아무래도 유방암 증상이 있는 것 같습니다." 어쩌면 조금은 예상했던 결과이지만 눈앞에서 거대하고 단단한 땅이 여지없이 갈라지는 것을 보고 있는 것 같다. 그는 보고 있던 모니터를 진영 쪽으로 돌려준다. 그는 유방외과 전문의 중에서는 수술 경력이 풍부한 사람이다. 대리 수술 의혹이 불거진 이후 이곳으로 전직했다. 그는 B대학병원 외래로 가서 가능한 빠른 날짜에 수술을 하라고 말한다. 온 우주가 팽그르르 돌고 진영은 충격을 받는다. 닥터 리와 담당 코디네이터도 이 사실을 공유한다. 모두 딜레마에 빠진다. 진영은 한 치 앞도 예측할 수 없는 불확실성에 노출된다. 대학병원에 가서 외과 수술 날짜를 확정해야 하고 그러기 전에 희우에게 이 사실을 알려야 한다. 꼭 알려야 하나, 알리지 않을 수도 있다. 어쩌나? 진영은 혼란에 빠진다. 유방외과 의사는 한 가지 검사를 더 제안한다. 유방암과 연관된 유전자 검사다. 이것은 닥터 리의 전문 영역이라면서, 그에게 가라고 한다. 진영은 기분이 좋지 않아 검사를 거부한다. 무엇이든 자신에 관한 것이 영구히 기록으로 남는 것이 싫다. 하지만 진영의 기록은 모두에게 공유되고 이 상황도 모두 알게 될 것이다. 진영의 병도, 그 가계의 병도 다 까발려진다. 그것이 심지어 혈액 속을 흐르는 유전자의 비밀이라고 할지라도 다 까발려진다. 유전적인 소인과 연관된 모든 질병, 혹은 잠재적 장애까지도 모조리 찾아내어 질병 보유군으로 분류하고, 열등으로 분류하고 관리 대상이 된다. B클리닉에 있는 한 피하기는 어렵다.

북쪽 도시 B 전체가 더할 수 없이 고요하다. 의사 옆자리에 늘 함께 앉아 있던 희우가 보이지 않는다. "클라이언트 님은 오늘 회사에서 중요한 미팅이 있으시답니다. 클라이언트께서는 우리 봉사자 님과 저희가 먼저 얘기를 나눈 뒤 알려달라고 하시네요." 누군가 복도 구석구석을 대걸레로 닦고 있다. 청소복을 입은 여자가 지나가는 것이 보인다. 진영은 얼마 전 만났던 그 청소부를 상상한다. 법률적인 용어들이 등장한다. 알아들을 수는 있지만 질문이 꼬리를 문다. 진영이 코디네이터에게 말한다. "유방암 수술은 출산 후에 해도 됩니다. 걱정하지 마세요." 웃고 있는 듯하지만 의사의 얼굴은 싸늘하다. 의사가 앞쪽으로 나와 앉아 진영의 얼굴을 쳐다보며 말한다. "유전자 검사는 저희도 진행을 했는데요. 그쪽 체크를 못한 게 실수입니다. 다시 좀 더 광범위한 검사를 하겠습니다. 그리고 우린 다시 얘기를 나누죠. 너무 걱정하지 마시고요." 진영은 그들이 걱정하는 게 무엇인지 잘 모른다. 검사 결과는 이 주 뒤에 나오기로 되어 있다. 집으로 돌아간 진영은 평정을 잃고 술병을 찾다가 멍하니 벽을 보고 앉아 있다. 술이라도 한잔 마시면 마음이 좀 편해질 것 같은데 술병은 집 안에서 모두 치워 하나도 남아 있지 않다. 진영의 엄마는 오십대에 유방암 진단을 받았다. 암 환자인 엄마는 아무 일도 없는 듯 건강해 보이고 내내 멀쩡해서 아무것도 실감할 수 없었다. 하지만 몸에 항암 약이 가해질수록 엄마는 급속히 무너져갔다. 그때 엄마가 진영에게 그런 말을 했다. '이제 고생 끝나고 좋은 시간만 있을 줄 알았는데 이렇게 됐네. 내 팔자가 그렇지 뭐.' 한쪽 유방을 절제하고 방사선 치료를 하고 호르몬 치료를 하는 동안 진영의 엄마 피부에는 갖가지 색깔의 꽃들이 피어났다. 구토와 오심으로 식사를 제대로 하지 못하고 지속적인 우울에 시달리며 가끔씩 격노했다. '내가 뭘 잘못했다고 나한테 이런 일이! 신이 계시다면 저를 치료해주세요. 전에도 저를 치료해주신 것처럼요.' 진영은 엄마가 소파에 누워 그렇게 말하는 것을 들은 적이 있다. 바로 이 길을 진영도 걷게 된 것이다. 나쁜 일은 피해갈 수 없다. 엄마 뺨에 피어났던 검버섯들이 이제 진영의 얼굴에도 피어날 것이다.

새로운 유전자 검사 결과가 나온다. 진영의 유전자는 평생 특정 암을 피해갈 수 없는 돌연변이를 소유하고 있다는 결론이 나온다. 진영이 소유한 돌연변이는 천 명에 한 명 이하로 나타나는 BRCA2. 유전적 문제 없이 환경적인 문제만으로도 암에 걸리는데, 이 결과가 그토록 중요하다는 걸 인정하기가 어렵다. 진영의 유전자 돌연변이는 유방뿐만 아니라 다른 암을 일으킬 수 있고 남자의 경우도 여성처럼 유방암을 발생시킬 수 있다. 의사는 잠깐 바닥을 내려다보며 고민에 빠진다. 오늘도 희우와는 연락이 닿지 않는다. 그러고 보니 그녀와 전화통화를 한 것 자체가 오래됐다. B클리닉의 의사는 말한다. "좋은 결과가 아니어서 안타깝네요. 저희 클라이언트께서는 이 상황을 엄중하게 여기고 계십니다. 계약 상황에 변화가 생겨서 계약이 해지될 것이 분명합니다." 진영이 제대로 들었던 내용은 여기까지다. 희우도 이 상황을 충분히 알고 있다. 대학 인문관 건물에서 들었던 피아노 소리가 계속 들린다. 현대음악 중의 하나였는데 기운차면서도 슬픈 음조였다. 진영이 닥터 리와 독대한다. 진영이 가진 아기는 낳게 되더라도 클라이언트가 인수하지 않을 가능성이 크다고 말한다. 정자 제공자인 희우의 남편도, 난자 제공자인 제3의 여성도 유전적 문제가 없는데 대리모가 유전적 질환이 있을 때 이 모든 책임은 대리모가 지게 되어 있다고 주장한다. 계약 파기를 해도 되는 중대한 상황이라고, 틀림없이 계약서에 명시되어 있다고 말한다. 진영은 모든 힘을 다 모아 강력하게 항의한다. 아기가 아직 태어나지 않았는데, 지나친 염려라고 주장한다. "이 모든 상황에 대한 최종 판단은 클라이언트가 하게 될 겁니다. 저희도 기다리는 수밖에 없습니다. 책임은 손진영 님에게 있어요." 냉혈한들이다. 진영은 소리 지른다. "내 몸쓸 유전자를 못 찾아낸 건 당신들 잘못이지." 아무도 반응이 없다. 진영은 가만히 고개를 숙인다. 호수 표면은 고요하다. 물 안쪽은 푸르다. 진영은 호수가 잘 보이는 벤치에 턱을 괸 채 앉아 있다. 이쪽의 소요나 번잡함과는 관계없이 호수는 잔잔히 흐른다. 왠지 더 가까이 가고 싶어 뒤뚱거리며 몇 걸음 더 옮겨 호수 쪽으로 내려간다. 진영은 후회한다. 물살을 보는 것만으로도 고통이 다시 살아난다. 진영은 몸을 가누지 못한다. 누군가 가까이 다가온다. "괜찮으세요? 여기, 여기 제 팔을 잡으세요." 여자는 진영의 한쪽 겨드랑이를 잡고 무사히 벤치까지 오르도록 돕는다. 의자에 앉자마자 진영은 다시 거칠게 숨을 내쉰다. 진영은 희우에게 전화를 걸지만 전화는 바로 음성메시지로 넘어간다. '지금은 전화를 받을 수 없습니다. 용건이 있으신 분들은 메시지를 남겨주세요.' 진영은 무슨 말을 하려고 입술을 달싹거리다가 만다. 두 손으로 배를 잡는다. 배가 딱딱하게 부풀어 있는 기분이 든다. 다음날에도, 그다음 날에도 병원에서는 감감무소식이다. 진영은 전자 혈압기로 혈압을 잰다. 최고 혈압이 90대로 몹시 낮아 다소 우울한 기운을 느낀다. 머리를 들지도 못하고 침대 머리맡을 따라 뱅뱅 돈다. 진영은 배에 손을 얹고 혼자서 뭐라고 뭐라고 소곤거린다. 그러다 다시 노래를 부르고 또다시 소곤거린다. 그러다 진영은 도서관 생각을 한다. 도서관에 가서 책을 읽으면 마음이 편해질 듯하다. 진영은 시내의 시립도서관으로 간다. 오랜만에 맡는 책 냄새, 매점의 커피 냄새가 잃어버린 진영의 감각을 일깨운다. 진영은 의학 파트로 가 책을 찾는다. 검색을 통해 찾은 책《유전성 유방암》의 첫 페이지를 넘긴다. 이규가 이 소식을 듣는다면 어떤 반응을 보일까. 진영은 책장을 더 이상 넘기지 못한다. 엄마와는 다른 삶을 살아야지. 아프지 말고 건강하게 잘 살아야지. 늘 했던 다짐들은 의미가 없어졌다. 진영도 결국은 엄마가 갔던 길을 가게 됐고, 사는 건 그저 자기가 물려받은 유전자의 한계 속에서 뱅글뱅글 도는 것일 뿐이다. 아무도 유전자의 한계를 벗어나지 못한다. 돌연변이 유전자를 갖고 있는 것을 알았다고 해서 뭐가 달라질까. 모르는 것이 낫지 않았을까. 의학의 발달은 오히려 인간의 가능성을 축소하고 병에 가두고 낙인한다. 같은 시간이면 늘 오던, B클리닉에서 보내주던 자원봉사자의 몸 상태와 안부를 묻는 문자메시지가 오지 않는다. 진영은 이 프로젝트가 잘못됐다는 것을 인정한다. 그렇지만 아무도 진영의 몸에 깃든 병은 걱정하지 않는다. 진영의 몸에 있는 아기도 걱정하지 않는다. 다음 주에는 수술과 관련된 자신의 상황을 의논하고 일정을 잡아야 한다. 진영은 검색대로 가 유방암 대체요법 같은 글자를 타이핑 해본다. 순간 배가 꿈틀한다. 아기가 장난을 치는 모양이다. 임신 후 처음으로 진영은 후회를 한다. 배가 가

녑다면 얼마나 좋을까, 임신하지 않았다면. 왜 이런 쓸데없는 짓을 했을까. 진영은 아랫입술을 깨문다. 그 누구에게도 자신의 얘기를 할 수 없다는 사실이 절망스럽다. 윤재가 용서하지 않을 것이다. 그러나 배 속의 아기는 보호해야 한다. 그러나 어떻게 보호하지. 진영은 절망한다. 순식간에 발밑이 꺼진다.

민준은 쓰레기 매립지에 간다. 물론 이것은 민준의 상상이고 꿈이다. 민준은 꿈속 공간이 서울의 남산 같은 곳이라고 생각한다. 하지만 점차 도시는 생경한 모노톤의 풍경으로 바뀌며 도시 풍경이 완전히 사라진다. 민준은 왜 자신이 그곳으로 가고 있는지 알지 못한다. 그는 계속해서 걷고 있다. 처음에는 높은 산에 올라가는 기분이었는데 그마저도 평평해지고 점차 땅이 가까워지면서 공중 부양하는 느낌이 줄어든다. 소음도 없고 바람도 없다. 지대가 높은 푹신한 땅이 계속 이어진다. 스모그인지 안개인지 모를 뿌연 공기만이 민준을 뒤덮고 있다. 민준은 사계절 내내 신는 신발이 딱 두 켤레뿐인데, 이상하게도 지금 왼쪽은 검은 신발, 오른쪽은 흰 신발을 신고 있다. 민준은 이것이 꿈이 아닐까 생각한다. 신발을 이렇게 신고 다닐 수는 없으니까 이것은 꿈이 아닐 수가 없는 것이다. 다 큰 녀석이 신발도 제대로 맞춰서 못 신는다고 하던, 노모의 잔소리가 들려온다. 민준은 자신이 아직도 어른이 되지 못했다는 불안감에 휩싸여 있다. 몇 살이 되면 어른이 되지, 어른이 되면 무엇을 할 수 있지, 최소한의 두려움은 언제 사라지지, 늘 궁금하다. 민준은 지금 해수면보다 400여 미터나 낮다는 아라비아 반도의 사해를 걷는 듯한 기분으로 편평하고 푹신한 땅 위를 걷고 있다. 이것이 땅인가. 땅은 온통 소금밭처럼 희고 땅 주변은 어두운 회색 그림자가 드리워져 있을 뿐이다. 그리고 길 끝에 쓰레기 매립지가 보인다. 눈앞에 보이는 높은 언덕 위에는 해가 들지만 지금 민준이 걷는 곳에는 해가 전혀 들지 않는다. 민준은 계속 걷는다. 걷고 또 걷고 눈앞 쓰레기 매립지를 보며 계속해서 걷는다. 민준이 쓰레기 매립지로 가려고 의도한 것은 아니지만 매립지를 목적지로 해서 걷고 있는 것은 분명하다. 왜냐하면 길이 그곳으로만 이어져 있으므로. 그 길 외에는 다른 길이 없다. 급기야 민준은 언덕을 오르기 시작한다. 무엇 하나 잡고 오를 것이 없지만 매립지 언덕을 오른다. 희고 팍팍한 소금 같은 땅만 이어질 뿐이다. 해가 질 무렵이라 주변은 매우 어둡다. 민준이 언덕 꼭대기로 올라가면 그 순간 해가 져버릴 수도 있다. 가팔라지던 언덕은 어느 순간 끝나고 민준은 가까스로 언덕 맨 위, 평평한 지대로 올라선다. 언덕 위는 쓰레기 매립지다. 희뿌연 연기뿐이지만 온갖 쓰레기 천지라는 걸 알 수 있다. 민준이 언젠가 꿈속에서 보았던, 김 팀장에게 한번 가보고 싶다고 말했던 매립지 풍경 그대로다. 쓰레기와 굶주린 개, 새와 닭이 돌아다니고, 불과 연기가 뒤섞여 있고, 사람들이 쓰레기 더미 속에서 먹을 것을 찾고 있던 장면이 지금 민준의 눈앞에서 펼쳐지고 있다. 쓰레기들은 평생 썩지 않을 듯 매우 선명하다. 우선 가장 많은 것은 생수병, 옷가지, 종이책, 스테인리스 스틸, 스티로폼, 빨대, 과자봉지, 각종 비닐, 돗자리, 일회용 가스통, 약통, 화장품 그리고 이불, 종이 박스, 보냉제, 곰인형, 플라스틱 소꿉장, 마스크 또 마스크, 운동화, 우주선 모양의 일회용 접시, 조화, 자동차 보닛, 노트북 뚜껑, 케이블, 또 생수병, 또 마스크, 치킨 포장지, 치킨 상자, 치킨 포장지, 치킨 뼈. 그리고 가장 많은 것은 역시 플라스틱. 사람들이 서서 긴 막대기로 뭔가를 찾고 있고, 개들도 쓰레기에 머리를 대고 뭔가를 찾고 있다. 민준은 쓰레기 더미에서 불길이 치솟고 있는 장면을 보고 있다. 발목이 축축해져 온다. 이미 양쪽 신발이, 바짓단이 축축하게 젖어 있고 몸을 움직일 때마다 몸에서 먼지가 날린다. 민준은 매립지를 비추는 해를 보며 쓰레기 산을 천천히 돌아본다. 여기에 왜 왔지. 민준은 생각났다는 듯 한 손에 들린 아기 바구니를 내려다본다. 아기는 평화롭게 자고 있다. 민준은 여전히 아기 바구니를 그대로 들고 서 있다. 이곳에 버리고 갈 수도 있다. 많은 생활쓰레기와 동물 사체 들이 산처럼 쌓인 이곳에, 쓰레기 매립지에 아기를 버리고 가면 그만이다. 내 아기도 아니다. 아기는 어떻게든 될 것이다. 불길이 거세진다. 이곳에서는 쓰레기 냄새조차 나지 않는다. 불길이 치솟는 매립지에서 길 잃은 오리가 뒤뚱거리며 쓰레기 더미 위를 오가는 모습은 보기만 해도 그로테스크하다. 민준의 두 손이 떨린다. 버려진 건 아기인데 왜 민준도 버려진 듯한 느낌을 받는 걸까. 아기는 누가 버렸을까. 아기는 왜 버려졌을까. 그렇게 버려질 만큼 출생 자체에 문제가 있었던 걸까. 세상에 완벽한 존재가 있나. 완벽한 존재는 없다. 저 앞의 쓰레기 불길이 더 커지며 하늘로 치솟아 올라간다. 플라스틱 타는 냄새에 질식할 것 같다. 숨이 멎을 듯하다. 쓰레기 매립지 너머로 해가 넘어가려는 순간 민준은 아기 바구니를 한 번 더 내려다본다. 민준은 꿈에서 봤던, 책 표지에 새겨졌던 두 글자를 발치의 쓰레기에서 발견하고 읽는다. 바로 'Life', '생명'이라는 글자다.

희우는 아기를 책임지지 않기로 한다. 옆에서 자고 있는 남편이 잠을 깰까 봐 조심조심 이불을 들추는데 허리 아래에서 뻐근한 통증을 느낀다. 꿈을 꾸면서 몸부림을 친 탓인지 온몸이 아프고 다리 근육이 뻣뻣하다. 희우는 아기를 출산하는 꿈을 꾸었다. 아기를 낳기 위해서 다리를 얼마나 버둥거렸는지 하체 전체에 뭉근한 통증이 전해진다. 희우는 B클리닉을 알기 이전부터 온갖 불임 관련한 기사를 스크랩하고 병원 정보를 스크랩했다. 관련된 영화나 다큐멘터리를 보면서 보조생식기술을 이용해 자신의 삶을 개선할 수 있는지 꼼꼼히 살폈다. 희우는 늘 기술을 믿는 편이었다. 사실 온통 그 일에 미쳐있는 자신에게서 벗어나고 싶어 이 일을 시작했다. 임신은 희우에게 일종의 강박이자 노이로제였다. 한번은 시도를 해봐야 끝나는 일인 것이다. 평소 기상 시간인 일곱 시까지는 아

직 네 시간이 남아 있다. 어쩌면 희우에게는 일이 가장 중요
하다. 희우는 내일 오전 근무를 하고 점심 식사를 간단히 한
뒤 B클리닉 원장 닥터 리를 만나야 한다. 그를 만나면 모든 걸
결정하기가 쉬워지겠지만 이미 마음은 굳어졌다. 하지만 손
진영이 어떤 반격을 해올지는 알 수 없다. 상대는 대학교수였
고 돈을 바라고 이 일을 한 사람이 아니다. 돈을 바라고 한 일
이라면 돈을 주고 끝낼 수 있지만 손진영은 그런 상대가 아니
다. 그녀는 딸을 잃었다. 희우는 진영의 마음을 이해할 수 있
다. 아니 이해할 수 없다. 희우는 사실 불안하다. 그 불안이 전
혀 예측 불가능한 것이어서 더 불안하다. 깨알 같은 글씨의
계약서를 들이밀면서, 당신이 이미 다 사인한 내용인데 책임
지라고, 온갖 조항들을 설명하면 결국 수긍하겠지만 예상외
로 훨씬 복잡하게 진행될 수도 있는 문제다. 생명 윤리 같은
단어를 사용해가며 부당함을 호소할 수도 있을 것이고, 대외
적으로 공개하겠다며 이 일의 비밀유지 서약을 깰 수도 있다.
그렇다면 어떤 위험을 감수해야 하나. 희우는 머리가 복잡하
다. 대리모 고용이 불법이라고는 해도 이타적 대리모는 다르
다고 주장해야 하나. 사실 잘만 끝났다면 문제가 되지 않을
일이다. 인구 절벽으로 인해 이제 사람들의 윤리 의식도 변
하고 있다. 법은 현실과 상식을 따라가기 마련이다. 대리모가
아니면 아이를 얻을 수 없는 사람들이 많아지고 있다. 희우
는 진영이 낳을 아기를 키우고 싶지만 키우고 싶지 않기도 하

다. 키우기 싫은 이유는 단 한 가지다. 십 개월 동안 대리모와 태아는 단단하게 연결되어 있다. 탯줄을 통해 임산부와 태아는 미토콘드리아 등 모든 유전정보를 공유한다. 질병처럼 감염되는 것은 아니지만 유전자는 결국 수직으로 이어진다. 누구나 유전자의 한계를 벗어나기는 어렵다. 그런데 그게 어째서? 희우는 사실 살아가는 데에 그런 것이 중요하다고 생각하지는 않는다. 어쨌든 그래도 아기를 낳아 키워봐야 아는 일 아닌가. 그리고 유전자라는 건 경험에 따라서 달리 발현될 수도 있는 것인데, 미리 지레짐작으로 아기를 데려가지 못하겠다고 말할 수 있나. 후성 유전이 점점 더 설득력을 얻어가고 있는 상황에서 돌연변이를 물려받는다고 다 큰 병에 걸리는 것은 아니지 않나. 그리고 아직 돌연변이를 물려받았는지조차도 알 수 없는데. 그런데 또 다른 생각도 비집고 들어온다. 아이가 자신과 전혀 다른데, 어떤 동질감으로 긴 인생을 함께 살아갈 것인가. 도대체 자신이 걱정하는 것이 무엇인지 희우는 혼란스럽다. 희우는 치사해진다. 어쨌든 유전적으로 아기와 아무런 관련이 없기 때문에 자신은 상관이 없다는 태도를 취할 수도 있다. 문제는 이 분쟁을 누가 책임 있게 조정할 수 있는가이다. 신이 온다면 조정이 가능할까. 상황이 지나치게 복잡하다. 희우는 무거운 창을 밀고 베란다로 나간다. 북쪽 B시의 새벽은 다른 도시보다 한층 습기가 많고 어둡다. 몸 안쪽이 바짝바짝 타들어가는 기분이 들어 시원한 바람이 그

립다. 이런 상황에서 희우가 걱정하는 것은 사실 자기 자신이다. 불행해질 수 있는 성가신 조건을 무릅쓰고 아기를 낳아 데려올 이유가 있는가. 이 사실을 남편에게 어떻게 설명할 것인가. 그는 자신의 정자를 제공했으므로 이 일에 주체적으로 관여해야 함에도 불구하고 일로만, 외국으로만, 골프장으로만 나돈다. 그는 희우가 이 일조차도 잘 정리할 것으로 알고 있다. 가족 간에 일어나는, 껄끄럽고 어려운 일들은 모두 다 여자들이 처리해야 한다. 심지어 이런 문제까지도. 희우는 아랫입술을 지그시 깨문다. 초음파 사진을 봤을 때 느꼈던, 아기에 대한 무구한 호기심 같은 것이 사라져버렸다는 것이 이상한 상실감을 준다. 다시는 회복하지 못할 종류의 감정이다. 희우는 미리 만들어둔 아기방으로 들어간다. 천장에 매단 모빌이 가볍게 흔들린다. 이 방의 주인은 누구인가. 아기를 오지 못하게 막는 것은 누구인가. 희우는 그것이 자기 자신이라고 생각하지 않는다. 누군가, 다른 사람들이, 제도가, 종교가, 국가가 막고 있다고 생각한다. 사실 아기가 유전적으로 치명적인 단점을 가지고 태어날지는 미지수다. 또 진짜 그렇다고 해도 그런 아이들이라고 해서 태어나지 못할 이유는 없다. 세상은 원래 그런 게 아니었던가. 좋은 거 나쁜 거 가리지 않고 공평하게 태어나고 살다가 누가 먼저랄 것도 없이, 순서도 없이 죽는다. 그래도 희우는 이런 나쁜 일이 평생 힘들고 성실하게 살아온 자신에게 굳이 일어나야 했는지, 그것을 용납할 수 없다. 자신의 인생에는 조금의 문제도 있어서는 안 된다. 키우는 중에 아기가 아프면 어쩔 것인가. 생모인 손진영의 도움이 필요한 일이 생기면 어떻게 할 것인가. 그런데 손진영이 생모인가, 그럼 아닌가? 그럼 누가 생모인가, 난자 공여자가 생모인가? 희우의 남편은 아버지이지만 희우는 입양 형식을 거쳐야 어머니가 된다. 게다가 생모와 태아는 열 달 동안 단단히 연결되어 있다. 모든 것을 주고받고 닮고 섞이고 핏줄 하나하나, 세포 하나하나까지 나노 단위까지 철저하게 나눈다. 희우는 사실 마음 깊은 안쪽에서 손진영이 배 속의 아기를 책임지겠다고 할 것을 기대하고 있다. 그 여자는 양심적이고 표리부동하지 않고 주체적이니까. 그 여자는 자식이라는 존재의 무게를 이해하니까. 희우는 자기 자신에 대해서는 반감이 있다. 자신은 겉만 번드르르할 뿐 그런 어려움은 받아들일 수 없는 한심한 인간이라고 아예 선을 긋는다. 손진영이 자기보다 나은 사람이어서 자기가 버린 아기를 받아 키워야 한다니. 희우는 점점 영악하고 교활해진다. 인공자궁이 만들어지지 않는 한 인간의 출산은 여성의 몸을 통해 이루어질 수밖에 없다. 슐라미스 파이어스톤은 이미 1960년대에 《성의 변증법》에서 여성에게 고통을 주는 임신과 출산을 인공생식과 인공자궁, 인큐베이터 기술 등 진보한 기술을 통해 해결할 수 있다는 주장을 했다. 그녀의 주장처럼 남자도 아기를 낳을 수 있다면 세상은 바뀔까. 물론 과학기술의 발달로 인해 어느 시점에 이르면 체외수정과 인공자궁을 통한 출산이 가능해질 수도 있겠지만 그렇게 되면 인간은 행복할 수 있을까. 과학기술이 바꿔놓는 것은 무엇일까. 모르던 것들을 알게 된다고 해서 뭐가 달라지나. 모호한 채로, 미궁인 채로 남겨두는 것이 나을 수도 있지 않을까. 그 사실을 몰랐다면 어떨까. 희우는 이미 입주 베이비시터도 고용해두었다. 남편과 상의가 끝나 직장도 그만둘 계획이었다. 이제 완전히 주부로 변신할 생각이었다. 희우는 선택을 해야 한다. 어두운 북쪽 도시 B의 새벽하늘을 보며 희우는 마음을 졸인다. 무엇이든 남의 일일 때와 자신의 일일 때는 다르다. 눈앞에 보이는, 뻔히 예측되는 불행은 막아야 한다. 희우는 갑자기 몸을 돌려 거실로 나간다. 수납장에서 술병을 꺼내 뚜껑을 연다. 그러나 술을 마시지 않고 뚜껑을 닫아 술병을 다시 수납장 깊숙이 집어넣는다. 지금 술을 마시면 아침에 못 일어날 거고, 그렇게 되면 핑계를 대야 한다. 자존심 상하는 일을 만드는 건 참기 어렵다. 그리고 최근에는 이 일로 여러 번 자리를 비웠다. 희우는 수납장 문을 조심스레 닫고 방으로 들어간다. 이불 속으로 들어가며 가슴을 움켜쥔다. 그녀는 비로소 결심한다. 아직 정상인지 아닌지는 알 수 없지만 미래의 삶에 그런 위험 부담을 감수할 수는 없다고! 못난 것은 없애버려도 된다고, 원래 자신에게는 아기가 없었다고, 그 아이는 자신의 아기가 아니라고.

민준은 병원에서 걸려온 전화를 받는다. 오후 네 시 정각이 가까웠을 즈음이다. 병원 관계자는 병원은 탁아시설이 아니므로 아기를 맡을 수 없으며 공적인 루트로 인계하겠다고 말한다. 그는 아마도 원무과 직원인 듯하다. 경찰에서 조사를 위해 직접 연락할 거라는 말도 한다. 민준은 원무과 직원에게 솔직하게 말한다. "저한테 시간이 필요합니다. 제가 서울시 청소부라 오늘 저녁 여덟 시에 일을 시작하면 내일 새벽에 끝납니다. 죄송하지만 아기를 하루만 더 맡아주세요. 제가 내일 새벽에 꼭 병원으로 갈게요." 말은 그렇게 했지만 사실은 시간이 주어지는 게 더 무섭다. 시간이 생겨 혹시라도 아기를 포기하는 쪽으로 마음이 기운다면? 민준은 아직까지도 갈팡질팡이다. "보호자님, 병원은 환자 치료만으로도 벅차요. 몸이 열 개라도 모자랍니다. 빨리 데리고 가세요. 병원이 탁

218

아시설은 아니잖아요. 당장 오시지 않으면 저도 병원 법무팀에 인계할 수밖에 없어요." 민준은 시계를 본다. 저녁 출근시간까지는 세 시간 반 정도가 남아 있다. 길다면 긴 시간이지만 금세 지나가버리는 시간이기도 하다. 민준은 김 팀장에게 메시지를 보낸다. "팀장님 제가 오늘 지각할 것 같습니다. 여기 병원이에요. 늦지 않게 가겠지만 혹시 늦더라도 조금만 기다려주세요. 죄송합니다." 민준은 바로 지하철역으로 간다. 지하철역은 한산하다. 민준은 오늘 새벽 한 시에서 한 시 반 사이에 어둠 속에서 본 아기의 얼굴을 떠올려보려 애쓴다. 왜 아기의 얼굴이 떠오르지 않는 걸까. 아기는 왜 버려졌을까. 누가 아기를 버렸을까. 지하철을 타고 내리는 수많은 사람들의 얼굴을 보면서 민준은 두 팔로 머리를 감싼다. '내가 왜 이러지.' 민준은 자기가 왜 이러는지 잘 알고 있다. 그러나 민준은 부모 탓을 하고 싶지는 않다. 부모 탓을 하면 그 나쁜 감정이 결국 자신에게로 다시 돌아온다. 민준은 아기가 베이비 박스로 보내지거나 시설로 보내지는 것을 원하지 않는다. 사실은 그것이 가장 중요하다. 그 이상은 그럼, 무엇을, 어떻게 할 수 있다고 생각하는 걸까. 그러니까 그냥 아기를 포기하면 되는 일이다. 그 아기가 어디로 가든 민준이 전혀 상관할 일이 아니다. 아기를 버린 자들이 걱정할 일이지 민준이 걱정할 일은 아닌 것이다. 게다가 세상은 선한 의지로 작동한다. 최소한 이 나라는 제대로 작동되고 있다고 믿어도 되는 곳이다.

과연 그럴까. 아기를 버린 자들은 아기를 걱정하고 있을까. 그들은 자신을 더 걱정하고 심지어 자기가 죽은 뒤까지도 걱정할지 모른다. 민준은 그런 자들이 세상을 망쳤다고, 망치고 있다고 믿는다. 쓰레기봉투에 죽은 반려동물을 넣어 아무렇지도 않게 버리고, 겨우 얇은 종량제 봉투 하나로 숨긴다. 아마도 죽였을 거라고 민준은 생각한다. 그리고 물건을 계속 사고, 버리고, 또 사는 인간들, 세상을 망친 건 분명 인간이다. 민준은 분노에 차 하마터면 내릴 역을 지나칠 뻔한다. 지하철역에서 나와 병원으로 걸어간다. 그때 전화기가 울린다. 이모 전화다. 분명 또 엄마가 아프다거나 뭔가 필요하니 택배를 보내달라는 전화가 틀림없다. 민준은 전화를 받는다. "네 이모, 저예요." 민준은 이런저런 소음이 커다랗게 들리는 병원 로비에서 말한다. "이모 뭐 필요해요? 뭐가 필요하냐고요?" "네 엄마가 그러는데, 어디서 애를 델꼬 왔다고 엄마가 하루 종일 떠드는데, 이게 무슨 소리냐. 엄마는 네 애라고 하는데." 민준은 마음이 급해진다. "이모 내가 나중에 전화할게. 엄마 밖에 못 나가게, 꼭 붙들고 화투 치고 있어요." 민준은 소아응급실 접수대에 가서 직원에게 말한다. "저기요, 소아응급실에 가려고 하는데요." 소아청소년 응급실 구역은 따로 떨어져 있고 출입증이 있어야 들어간다. 민준은 손목에 차고 있는 보호자 팔찌를 보여준다. "보호자님 저 따라오세요." 민준은 두 손을 앞으로 모으고 소아응급실 구역으로 따라간다. 응급실 문

220

을 열자 아기들의 울음소리가 와락 들린다. 울음소리가 너무 커서 민준은 잠깐 인상을 찡그리고 귀를 막는다. 다른 문이 열리고 또 작은 문이 열리고 민준은 비로소 아기 침대로 안내된다. "보호자님 좀 기다리세요. 제가 마지막 체크하고요. 퇴원증이 나와야 해요. 나오면 바로 나갈 수 있게 해드릴게요." 아기는 눈을 감고 있다. 바로 어젯밤에 만난, 아침에 바구니에서 냄새를 풍기던 그 아기가 아니다. 놀랍게도 아기는 살아 있고, 가끔씩 눈을 깜박이거나 얼굴 한쪽을 찡그린다. "아기가 많이 아픈 건 아니죠?" 민준은 고개를 숙이고 아기를 내려다보며 간호사에게 묻는다. 작은 아우성 같은 것이 느껴진다. 어떤 한계를 뚫어보려는 아우성, 어떻게든지 움트려는 에너지, 땀, 숨소리가 느껴진다. 민준은 온통 쭈글쭈글한 아기를 내려다보며 혼자 중얼거린다. 살아 있구나. 민준은 간호사에게 사실대로 말한다. 차분히 있던 간호사가 민준을 안심시킨다. "오민준 님 아기는 아프지는 않아요. 그런데 오민준 님 아기가 여기 누워 있는 동안 더 아픈 아기가 치료를 못 받고 있다는 생각은 안 해보셨어요? 그리고 오민준 님이 어떤 상황인지 그런 것은 우리한테는 전혀 중요한 일이 아닙니다. 여기는 아픈 아기들을 치료하는 곳이에요. 그러니까 모든 이야기를 저한테 하지 마시고 경찰서나 위탁 시설에 가서 하시면 좋겠습니다. 아기를 퇴원시켜드릴게요. 잠시만 나가 계세요." 민준은 소아응급실 문 밖으로 나온다. 당장 아기를 데리고 나가 무엇을 어떻게 해야겠다는 생각은 없다. 아픈 사람들이 수없이 지나간다. 어린아이, 노인, 여성, 남성 할 것 없이 아픈 사람이 매우 많다. 민준은 간호사의 말을 따라 원무창구로 간다. 병원비는 생각보다 많이 나오지 않았다. 문제는 돈이 아닐지도 모른다. 간호사는 아기를 처음 보는 이불에 감싸 안고 나왔다. "바구니는 버렸어요. 아기를 그런 바구니에 담다니, 아기가 움직이다가 떨어지면 큰일 나요." 간호사는 노모만큼이나 잔소리가 심하다. 아기는 꿈틀꿈틀 요동친다. 입을 실룩이고 눈을 실룩이고 이불을 뚫고 나오려고 발버둥 친다. 민준은 택시를 잡는다. 아기가 미친 듯이 운다. 아기를 데리고 택시에 타는 것도 쉽지 않다. 아기를 안고 있는 것만으로도 진땀이 난다. 민준은 자신이 어디에서 왔는지 생각해본 적이 있다. 그리고 그곳으로 다시 돌아가고 싶다는 생각을 한 적도 있다. 어디서 왔든 어디로 가든, 우리에게 선택권은 없다. 우리는 아무것도 선택할 수 없고 우리가 태어난 이 자리를 벗어나기 어렵다. 우리는 늘 우리가 태어난 자리의 상식과 인식의 틀 안에 존재할 뿐이다.

몇 개월 전의 일이다. 진영은 호숫가에 있다. B클리닉 앞 정원에서 호수는 바로 연결된다. 이곳에서 쉬면서 봄볕을 즐기는 사람들은 대부분 여자들이다. 진영은 호수를 바라볼 수 있게 설치해 놓은 흰색 벤치 한곳에 앉아 있다. 진영은 자신에 관한 생각을 거의 멈추었다. 윤재를 떠올리면 환한 빛이 다가와 온몸을 감싼다. 진영은 지금 호숫가에서 빛이 된 윤재를 만나는 중이다. 그러다 우연히 바로 옆 벤치에서 전화 통화를 하는 여자의 대화 내용을 듣는다. "엄마 보고 싶지 않아? 엄마가 당분간은 바빠서 우리 딸 보러 못 갈 거 같네. 생리통은 어떠니?" 진영은 고개를 돌리지는 않지만, 통화 내용에 완전히 몰입해 있다. "딸이 몇 살이에요?" 진영이 통화를 끝낸 여자에게 즉흥적으로 묻는다. "이제 곧 중학생이 돼요. 제가 집에서 나와 있어서 딸을 자주 못 만나요. 딸과 통화하고 나면 늘 눈물이 나요." 여자는 감정을 주체하지 못한다. 진영의 입가에도 미소와 슬픔이 동시에 번진다. 진영은 겨우 윤재 얘기를 하지 않고 견뎠지만 여자 때문에 윤재의 중학생 시절이 떠오르는 것은 어쩔 수 없다. "우리 둘 다 같은 처지인 거 같아서 저도 모르게 말을 붙였네요. 저도 딸이 있거든요." 진영은 시간이 갈수록 다른 사람의 이야기를 듣는 것이 자신의 상태에 집중하는 것보다 참을 만하다고 느낀다. 여자는 여기 왜 왔을까. 자신과 같은 봉사자일까, 의뢰자일까. 진영은 여자가 어디를 보는지, 왜 이곳에 와 있는지 알지 못한다. 진영은 물오리들이 떼 지어 지나가는 모습을 본다. 그러다 여자에게 말한다. "성공할 수 있어요, 나보다 젊잖아요. 그게 뭐든 성공할 수 있어요." 여자가 고개를 돌려 진영을 보며 웃는다. "그랬으면 좋겠네요. 어떻게 아셨어요? 혹시 제 얼굴에 불안해하고 있다고 적혀 있나요? 맞아요. 저 다른 사람 아기 낳아주러 왔어요. 저 물처럼 흘러 여기까지요. 여긴 참 이상할 만큼 조용하네요." 진영은 벤치에서 살짝 몸을 돌려 왼쪽 다리를 오른쪽 다리에 포갠 채 여자를 보고 앉는다. "나도 그래요. 똑같아요. 나도 아기 낳아주러 왔어요. 그런데 딸의 장래 희망은 뭔가요? 문득 궁금하네요." 여자는 머리를 뒤로 하고 얼굴에 볕을 듬뿍 받고 있다. 초면인데, 진영의 질문이 좀 이상했을 수도 있다. "그러네요. 여태껏 딸에게 장래 희망을 물어본 적이 없는 거 같아요. 꼭 한번 물어볼게요." 여자가 손에 든 휴대전화를 내려다보다가 진영을 보며 대답한다. "사실 딸을 버리고 나왔어요. 남편이 싫어서요." 처음 보는 사람이어서, 다시는 만나지 않을 수 있는 사람이라서 돌발적으로 진실을 말해버린다. 그때 왼쪽에서 수상스키가 나타나 호수 한가운데를 가르고 오른쪽으로 지나간다. 진영은 그래도 딸을 만날 수 있는 여자가 부럽다. 장래 희망 따위가 중요한 것은 아니다. 하지만 꿈이 있으면 견딜 수 있다. 여자의 딸이, 모든 사람이 어려움을 잘 이겨낼 수 있기를 바란다. "그런데 여기는 무슨 검사가 이렇게 많을까요 진짜." 진영이 손등을 간지럽히고 지나가는 벌레를 잡는 동안 여자가 말한다. "몸을 찍고 또 찍고, 피 뽑고 또 뽑아요. 매일매일 그래요. 몸이 남아나지 않겠어요." 여자가 툴툴대며 손으로 턱을 괸다. 갑자기 딸 자랑을 하고 싶었던 걸까. "늙어서 병들면 요양병원에 보내지 않고 직접 돌봐주겠다고 했어요. 우리 딸이요. 엄마가 자기를 위해서 서울에서 고생했다는 것을 잊지 않겠다는 말을, 그런 말을 한 적이 있어요." 진영도 뭔가 윤재에 대해 자랑하고 싶다. 자랑할 것이 너무 많은 아이다. "그런데 있잖아요. 우리가요, 우리가 애를 낳아 키운 건 잘한 일일까요? 가끔 그런 생각을 해요." 진영이 질문한다. 여자는 수상보트가 갈라놓은 물살이 양 갈래로 움직이는 모습을 보고 있다가 두 팔을 들어 기지개를 켜더니 벌떡 일어나 진영에게로 다가온다. "저는 병원에서 호출이 와서 먼저 들어갈게요. 그리고 애를 낳은 게 잘한 건지는 모르겠어요. 아무 생각 없이 그냥 낳아서요. 나중에 뵙게 되면 또 얘기해요. 그럼, 건강 조심하시고요." 진영은 고개를 돌려 여자의 뒷모습을 쳐다본다. 여자가 짧은 단발머리를 풀어 다시 묶는다. 그리고 베이지 색 코트 위에 가방을 엑스자로 메고 병원 본관으로 걸어 들어간다. 진영은 고개를 들고 호숫가를 비추는 따뜻한 햇볕에 몸을 맡긴다.

작가의 말

    진영, 샤오, 민준은 이 소설의 주인공이라고 할 수 있는 사람들이다. 이 소설은 대리모가 된 두 여자의 이야기인데 특정한 시기나 연도를 지정하지는 않고 썼다. 진영은 고향인 북쪽의 B시에 있는 대학에 직장을 얻어 가족들이 이사를 하게 되는데, 여기서 비극적인 사고가 일어나 딸을 잃게 된다. 진영은 딸을 잃은 뒤 상실감을 극복하고자 대가가 없이 다른 사람의 아기를 낳아주는 이타적인 의미의 대리모가 되는데, 예기치 않은 변수로 인해 뜻했던 바를 이루지 못하게 된다. 샤오는 진영과 달리 순전히 경제적인 이유로 대리모가 되는 사람인데, 샤오도 문제없는 출산에 이르지 못하는 곤란한 상황에 맞닥뜨리게 된다. 이 두 사람의 삶이 과거에서부터 현재까지 이어지는데 이것이 이 소설에서 상대적으로 비중이 큰 구성적 사건에 해당한다.

다른 한 축은 서울시의 남쪽 지역에서 청소 용역 대행회사 직원으로 일하는 오민준의 이야기이다. 그는 일을 하다가 새벽에 누군가 공원에 갖다 버린 아기를 발견하는 사람이다. 그가 아기를 발견하는 순간부터 시작해 하루 동안의 이야기가 이 소설의 보충적인 사건에 해당한다고 할 수 있다. 그런데 소설을 써가면서 진영과 샤오의 이야기보다는 민준의 이야기가 더 중요한 핵심 이야기로 변모되는 과정을 경험했다. 사실 아기를 버린 사람이 누구인지는 알 수 없다. 진영과 샤오일 수도 있고 다른 누구일 수도 있고 어쩌면 우리들일 수도 있다. 오민준이 아기를 어떻게 하는지, 그 과정에서 무엇을 보게 되는지가 작가인 내게는 매우 중요했다.

대리모라는 용어 자체를 무신경하게 사용해서는 안 된다는 주장도 있어 몹시 고심했다. 의학의 발달이나 과학의 발달이 인간을 억압하지 않았으면 하는 바람에서 쓰기 시작했고, 쓰다 보니 여성의 임신과 출산이라는 기능을 강조해서 설정하게 되었지만 어려운 점이 많았다. 보조 생식 기술 등에 대한 전문적인 지식이 있는 것도 아니어서 그런 내용에 오류가 있을 가능성이 많다. 그럼에도 이 소설을 쓰는 동안 한두 가지 질문을 내내 가지고 있었는데 그 하나는 삶의 의미에 관한 것이었다. 그리고 다른 하나는 우리의 삶이 삶이 아닌 다른 무엇인가로 대체되어 가고 있는 것이 아닌가 하는 이상한 징후의 발견이었다.

이 소설을 쓰느라 엄마와 더 많은 시간을 보내지 못했다. 아마 그것을 후회하게 되겠지만 이렇게라도 꾸역꾸역 써나가지 않을 수가 없었다. 이 소설의 미진함을, 살면서 쓰면서 채워갈 수 있게 되리라 믿는다.

2023년 12월
강영숙

참고한 자료들

《대리모 같은 소리》(레나트 클라인, 이민경 옮김, 봄알람, 2019)를 읽고 필자가 한 설정에 대해 확신하고 밀고 나갈 수 있었다.

또한 이 소설을 쓰면서 아래 두 편의 논문의 문제의식을 참조했다.

* 「보조생식기술시대의 부모되기 ― 크리스티안 디트로프의 〔하얀 성〕에 그려진 '공정거래' 대리모 사업」, 박인원(이화여대), 《뷔히너와 현대문학》, 한국뷔히너학회, 제53호(2019).
* 「'제3자 생식'규제를 둘러싼 한국의 재생산 정치-난자·정자공여와 대리모는 왜 문제가 되었는가」, 김선혜, 《여성학연구》, 부산대학교 여성연구소, 제29권 1호(2019).

그 외에도 아래의 도서와 영상을 부분적으로 인용하거나 참고했다.

* 《폼페이, 사라진 로마 도시의 화려한 일상》, 메리 비어드, 강혜정 옮김, 글항아리, 2016.
* 《폼페이-오늘과 2000년 전의 모습》, 알베르토 C. 까르뼤체치, Bonechi Edizioni 'IL TURISMO', 1991.
* 《사라져 가는 목소리들》, 수잔 로메인·대니얼 네틀, 김정화 옮김, 이제이북스, 2003.
* 《성의 변증법》, 슐라미스 파이어스톤, 김민예숙·유숙열 옮김, 꾸리에, 2016.
* EBS 다큐프라임 〈인류세〉, 김형준 기획, 최평순 연출, 2020.

분지의 두 여자

1판 1쇄 발행 2023년 12월 31일

지은이 · 강영숙
펴낸이 · 주연선

(주)은행나무
04035 서울특별시 마포구 양화로11길 54
전화 · 02)3143-0651~3 | 팩스 · 02)3143-0654
신고번호 · 제 1997―000168호.(1997. 12. 12)
www.ehbook.co.kr
ehbook@ehbook.co.kr

ISBN 979-11-6737-388-5 (03810)

• 이 도서는 2023년도 한국문화예술위원회 아르코문학창작기금 발간
지원 사업에 선정되어 발간되었습니다.